此処は、虚構に彩られた都市。
本書は、その地図に過ぎない。

多くの都市は瑕疵を隠し、楽園を志向するが、
善／悪／幸福／不幸／本当／嘘／現世／虚構……
此処は、すべてが無造作に／等価値に転がっている。
此処では、すべての事象が等しく意味を失っていく。

空想東京百景〈V2〉

殺し屋たちの休

過去の記憶は、現在を裁く審級には成り得ても、
未来の野火が、地図を容赦なく焼き尽
すべての対極が加速し、動的な均衡へと導かれても
都市に囚われた者たちの迷走／瞑想は、続く。

ゆずはらとしゆき
Illustration/toi8

KODANSHA BOX

観光公社
public corporation

本文使用書体：イワタ宋朝体

【附録／〈空想東京百景〉の歩き方】

【「空想東京百景〈V2〉〈V3〉」制作スタッフ】

Author & Storywriter——著者／装弾
ゆずはらとしゆき Toshiyuki YUZUHARA

Illustrator & Cartoonist——作画／発射
toi8

Designer——図書設計
鈴木陽々 Yo-yo SUZUKI　川井ララ Rara Kawai　（ヨーヨーラランデーズ）

Producer & Editor——企画編集
柚原季之 Toshiyuki YUZUHARA　（パノラマ観光公社）

Editor——編集作業
河北壮平 Sohei KAWAKITA　（講談社文芸シリーズ出版部）

Special Thanks——企画協力
小池一夫　安彦良和　一迅社ComicREX編集部

Series Special Thanks——特別協力
化野燐　箸井地図　竹　鮎村幸樹　宇佐美渉　野崎哲也（講談社）　太田克史（星海社）

改めて——〈東京〉の生き字引として、虚実入り交じった時代考証に
ご協力をいただいた〈都市生活者の方々〉に深く感謝いたします。

もう一つの昭和三十年代
〈東京〉を幻写する
〈奇書〉にして〈暗号〉——。
空想東京百景
Various scenery of imagined Tokyo
File:01 A rainbow to watch in darkness
闇の中で見る虹

地下カジノで出会った、あどけなく美しい性悪猫は、
浮き沈みの激しい派手な博打《レイズ》を繰り返していた——。

001

昭和三十六年九月十七日

——港区赤坂〈地下カジノ〉

新條《しんじょう》の場合——偏頭痛《へんずつう》と共に呼び起こされる記憶の断片は「振り返った半身が塩の柱と化し、脆《もろ》くも崩れ去る」というイメージだが、それ自体は平行世界〈東京〉の住人にとってはごくありふれた症状に過ぎない。もっとも、そのような症状を示す者の多くはなんらかの暴力商売——たとえば、刑事であるとか、ヤクザであるとか、教師であるとか、宗教家であるとか、編集者であるとか、殺し屋であるとか、探偵であるとか——まァ、そういう役割を演じているのだが、新條の場合は二番目だ。

ヤクザというのはだいたいが目立ちたがり屋で、暴力商売《シノギ》に成功すればすぐに派手な身なりをして外国車を乗り回すが、彼の愛車は珍しく国産車——スバル360であった。服装も地味で、写真を撮《と》られるなど、痕跡を残すことを極端に嫌っていた。一応は舎弟頭《しゃていがしら》の地位にありながら、自らの乾分《こぶん》を持つこともなかった。そして、昭和三十六年九月、何度目かのお勤めをひっそりと終えた。

数日後、深夜のラジオが室戸《むろと》岬《ざき》の風速計を振り切った巨大台風《ナンシー》を報じている最中——新條は赤坂のナイトクラブの地下に組が作ったカジノを訪れていた。それは麻布《あざぶ》狸穴町《まみあなちょう》の米軍将校向け《オフ・リミット》を模したのだろうが、空間の広さは遜色《そんしょく》なく、遠目の体裁も整っていた。しかし、装飾や調度品《インテリア》の多くは粗悪な〈まがいもの〉で、やがて、地下の空間全体が矮小《わいしょう》な複製品のように思えてきた。〈てんとう虫〉と呼ばれる軽自動車には、矮小化のために技術の粋を集めたことに敗者なりの誇りもあるが、此処《ここ》は安易な模倣《フェイク》に過ぎず、誇ることもない。だいたい、客筋もかつての賭場《とば》とさして変わらない——。かすかな眩暈《めまい》を覚えた新條が、部屋の隅のソファでうつらうつらとしていると「まるで〈赤と黒のブルース〉だな」と、顔見知りのにわかディーラーが仕事明けの顔で笑う。

「鶴田《つるた》浩二《こうじ》か。懐かしいな。だが、浮ついた空気にアテられただけだ」

　偏頭痛を伴うろくでもない夢とはいえ、所詮《しょせん》は記憶の断片——遠い昔の妄想に過ぎない。それは、禁断症状《フラッシュバック》のようでもあったが、新條は薬《ペイ》を嫌っていた。湾岸の巨大な新爆スラム〈蠅《はえ》の街《まち》〉から持ち込まれる改造粉末《エンチャント・ドラッグ》ジュース——薬《ペイ》の〈まがいもの〉が、組の収入源になっていることにも強い嫌悪感を抱いていた。怪しげな儀式で魔力付与《エンチャント》するだけでお子様向けの人工甘味料《チクロ》が覚醒剤《メタンフェタミン》やヘロインによく似た非合法薬物《イリーガル》へと変化し、一袋五円の小袋が数千円に跳ね上がるのだから、これほど馬鹿馬鹿しいこともない。もっとも、特に明確な理由がない生理的な嫌悪であることは自覚していたし、その感情を表に出す政治的理由もなかった。そうした隘路《あいろ》も自覚してしまうほど、新條は退屈していた。

　たらふく喰って大きくなった身体を持て余していたのも過去の話で、肉体はそろそろ盛りを過ぎつつあるが、その代わりに上手《うま》くやり過ごす術《すべ》を身に纏《まと》いつつあることに満足していた。しかし、かつて仄《ほの》暗《ぐら》く湿った闇《やみ》から這《は》い出していく過程で手に入れ損ねた何かの不在も感じていた。

　内在する不在感は呼吸に合わせて放たれたボディ・ブローのように少しずつ蓄積され、結果として、澱《よど》んだ退屈の中で酸欠状態《アスフェサイア》に陥っている。

　酸素を求めるように背を起こし、セブンカード・スタッドの台を見ると、見るからに幼い洋装の少女が派手にレイズを繰り返していた。年齢は高く見積もっても十五、六——長い朱髪を高く束ね、尾のように垂らしていた。肩口から背中まで大きく開いた黒いドレスは本人の意図と裏腹に、華奢《きゃしゃ》で白っぽい子供の肢体《からだ》という印象しか与えなかった。非フォーマル仕様のショートドレス、シフォン素材のフリルから覗《のぞ》く太腿《ふともも》だけはわずかに肉体を感じさせたが、これまで新條が抱いた女たちの艶《つや》と比べればささやかなものだ。

「あいつァ、とんだ性悪猫《しょうわるねこ》ですぜ」

　ずいぶん耳の長い、慎太郎《しんたろう》刈りの小男――〈蝿の街〉から来た男が、吐き捨てるように呟《つぶや》いた。

「耳夫《みみお》か――〈将軍〉の爺さんに渡す売上金もすっちまったのか?」

「怖いことを言わないでくれよ、新條さん。久しぶりに会ったというのにさァ」

　性悪猫かどうかはいざ知らず、毛色の違う博打《ばくち》を探して迷い込んだ仔猫の浮き沈みは激しかった。だが、首の上まで沈むことはなく、場を支配することには成功していた。勝負の潮目《しおめ》を見ることに長《た》けているはずの常連たちも気まぐれで危なっかしい仔猫に振り回されている。

「おいらはこう見えても、信義に篤《あつ》い男なんだ――〈街〉の金には手をつけねぇよ。それに、薬《ペイ》を捌《さば》くのは弟の役目だ」

　耳夫は少しばかり不機嫌になった。〈蝿の街〉最大の実力者〈将軍〉の下で情報屋を生業《なりわい》としている耳夫は、腕っぷしはからっきしの青瓢箪《あおびょうたん》だが、かすかな独り言も聞き逃さない聴力に長けた異能者《ミュータント》である――それは当然、博打にも有利に働く異才だが、此処に出入りすることは奇妙に許されていた。

「珍しく大相撲で一発当ててさァ、その勢いで来たんだけどよォ、あの小娘に調子狂わされちまって、すっからかんさ」

　それは、〈将軍〉の手代――小僧の使いを務めていたからだが、それ以上に異才を活《い》かす博才がまるでない安全牌だったからだ。

「公営とヤミじゃ、流れる運気の質が違うんだ。覚えとけ」

「言われなくとも分かってらァ。だけども、どうにも腹の虫が治まらねえんだ……」

不承不承《ふしょうぶしょう》の耳夫は、新條に仇《かたき》を取ってくれ――と言わんばかりの目配せをすると、早々に地下カジノから立ち去った。とはいえ、首を突っ込む気にもならなかった。手本引《てほんび》きなら中盆《なかぼん》の皮膚一枚が震えることすら愉《たの》しめる自信もあるが、ポーカーという外来の博打はどうにも張りが足りないように思えた。

(本物《バイニン》なら、どんな博打でも駆け引きを愉しめるんだろうが……)

もっとも、昔ながらの手本引きでは、華やかな洋装には似合わないだろうし、オリンピックを控え、賭場の近代化を急ピッチで進めなければならない組織の事情もある。

「しかし、あんな小娘まで客とはな……」

「人のことは言えまい。あんたもガキの時分から賭場に出入りしていたろう? 俺が駆け出しの壺振りだった頃からな」

「〈十五区封鎖〉か……あの頃はまだ、戦争が続いているんじゃないかという実感があったが……」

にわか仕立てのディーラーとなった壺振りは「最近じゃ、密《ひそ》かに英会話学校へ通っているんだぜ」とぼやいたが、新條は遠目でその瞬間を見計らっていた。場は相変わらず荒れており、手筋の固い常連ほど腰が引けていた。

(厄介《やっかい》なのは、荒れた空気を感じ取っているくせに、知恵を回さない奴と知恵の回らない奴だ――)

特に前者――あどけなさの残る表情で微《かす》かな笑みを浮かべているが、場を見据える眼だけは鋭い。ろくに瞬《まばた》きもせず、虹のように不確定な光を放つ。怖いもの知らずの不良少女《ズベ》が怖いもの知らずの若衆《ボンクラ》と衝突するのは時間の問題――。

「ふざけんじゃねぇぞ! ロクに毛も生えてねぇガキのくせによぉ!」

案《あん》の定《じょう》、まだ覚えていない若衆《ボンクラ》の一人が浮き沈みの激しさに苛立《いらだ》って怒声を上げたが、少女は金魚みたいに口を尖《とが》らせ、眉尻《まゆじり》の上がった気位《きぐらい》の高そうな

「あいつァ、とんだ性悪猫ですぜ」

目を細めつつ、若衆《ボンクラ》を見下すように見上げていた。

（くそったれ！
まったくもって、予想通りの最悪だ）

傍目《はため》にはのっそりした動作だが、新條は二人の間に身体を滑り込ませた。背を向けた若衆《ボンクラ》には隙をさらけ出す構図だが、その隙を突くほどの度胸はないことも計っていた。

「誰の紹介で迷い込んだのかは知らねえが——招き入れた客に因縁《いんねん》をつけるたァ、最悪だ」

土地と繋《つな》がっていた賭場とは違い、人工的に作られたこのカジノモドキは、金の匂いさえ放っていれば誰にでも股を開く。だが、扉を開いたのはこの若衆《ボンクラ》だ——なのに、皮膚一枚どころか、全身が震えていやがる！

街ではならず者を気取っていた若造も、組織に属した時点で獣《けもの》の序列を叩き込まれ、社会化される。いったん群れてしまった者が、獣の序列から抜け出すには長い時間が要《い》る。ゆえに、時間に対する想像力が欠落した厄病神《ヤクネタ》がこの程度の闇にいるはずがないのだ！

背後から伝わる怯《おび》え——相対的に昂《たか》ぶる感情を抑《おさ》えつつ、新條は眼前の少女を見据えた。その背丈は先の印象よりも低く、頭のてっぺんは新條の胸元にも届かない……素顔も子供っぽく可愛《かわい》いものだが、眼光だけは鋭く、新條を確実に射抜いている。

「だが——あんたもそろそろ潮時だ。物足りねぇかも知れんが、十九《カブ》を狙《ねら》って二十《ブタ》になるのは最悪だ。そうなりゃ、元も子もない」

「……確かに、物足りないわ。でも、あなたは容赦《ようしゃ》しないんでしょう？」

「そうだ。欲の皮ァ突っ張れば、すぐに大火傷《おおやけど》だ。流れのままに場が荒れているうちはいいが、こうなっちゃァ、な」

「そうね。大火傷もご勘弁ね」と呟き、ちろっと出した深紅の舌で上唇を舐《な》めた少女は大袈裟な身振り《オーバーアクション》で合意した。仏頂面《ぶっちょうづら》をからかうような態度は少々、癪《しゃく》に障ったが、新條は背後で震える若衆《ボンクラ》に精算処理の指示を出し、予想通りの最悪に終止符を打った。

「一応、お礼を言っておくわ——ありがと、〈バウンサー〉のおじさん！」

ふてぶてしく笑いながら、カジノを去っていく少女の背中は、同世代の少年少女たちからも切り離されているように思えた。でなければ、独《ひと》りでこのような場所に迷い込むはずもないが——。

「カジノの用心棒《バウンサー》扱いたァ、ずいぶんといい度胸をしている——」

台風一過——拒絶され、拒絶するような少女の不敵な眼差《まなざ》しを反芻《はんすう》した新條は、それを好ましく思った。そして、ほんの一瞬だが——点景が全景と化したような、奇妙な感覚を覚えた。

002

昭和三十六年十月七日

——港区六本木〈ニコラス〉

「常連の一人が戯《たわむ》れに連れてきたってンなら、まだ笑いごとで済むンだがなァ」

にやけ顔で首を捻《ひね》って呟く〈兄貴〉に、新條は無言で顔をしかめたが、九月十七日の台風一過から半月の間、気まぐれで危なっかしい仔猫が現れたという報告はなく、特に問題もなかった。

「まァ、うちに限った話ではないのでしょう。此処《ニコラス》も、派手な素人衆《しろうとしゅう》が目につくようになりましたから——」

「ありゃ、一ツ木《TBS》か北日ヶ窪《NET》だろうなァ。しかし、テレビ屋やジャズメン上がりの興行師《プロダクション》なんざァ、堅気《かたぎ》の括《くく》りに入れちまっていいのかねぇ？」

にやけ顔から一転して、〈兄貴〉は苦々しく口元を歪《ゆが》めた。かつてはグリーンベルトに植えられた六本のケヤキばかりが目立っていた淋《さみ》しい街は、〈東京〉でも有数の盛り場に様変わりしつつある。組の縄張《シマ》からは少し離れているが、新條も飯倉のナイトクラブ『88』や『カサノバ』には何度か足を運んでいた。麻布《あざぶ》龍土《りゅうど》町《ちょう》の旧陸軍麻布三連隊跡《ハーディー・バラックス》で暇《ひま》を持て余している酔いどれ《アーミー》たちから闇ドルを買い上げ、外貨持出制限に喘《あえ》ぐ商社の下っ端連中に売り捌くためだ。

「野獣会だかなンだか知らねぇが、このあたりも近頃じゃ、若ぇ与太者が多くてなァ。飯倉には『キャンティ』なンてぇ洒落《しゃれ》たイタリア料理屋もできたが、そンな連中《ガキ》ばかりでどうにも近寄れねぇ……」

十五年前は苦々しく思われる側だったことを忘れている〈兄貴〉の口癖は「『香妃園』の鶏そばと『ニコラス』のピザは最高だ」だが、新條は『シシリア』の四角く薄いピザの方が好きだった。しかし、厚い生地に濃厚なゴーダチーズのアメリカ流ピザを売り物としているイ、タ、リ、ア風レストランは、嘘吐きには安心できる店だ。なにせ、店主《オーナー》は詐欺師《フラウド》で宝石泥棒上がりの不良外国人《ザペッティ》だ。

「あァ、あン頃は楽しかったよなァ……」

〈兄貴〉が呟くたびに時計の針はぐるぐると巻き戻り、気がつけば——戦後の混乱期、二人で暴れ回った頃の想い出話に花が咲いていた。

新條が狙い撃つ！〈兄貴〉が殴り込む！ドスは持たない——丸太だ！

「おまえの腕なら……あと十年遅れて生まれてりゃ、オリンピック代表候補になっていたかも知れねえなァ。メルボルンの時の許斐《このみ》さンみてぇによォ」

「さァ……十年遅れていたら、銃を握っていたんでしょうかね……」

たらふくピザを頬張《ほおば》ってはビールで無理矢理《むりやり》流し込んでいた〈兄貴〉の手が止まった。

「……そうだな……そうだったなァ……」

二人の間に、しばしの沈黙が流れた。道楽と紙一重とはいえ、より実存的な渇望のため――照準に映る仄暗《ほのぐら》い点景が無限に輝く一瞬のために、数百回、数千回と銃爪《トリガー》を引いてきた十五年の記憶は常に外回り。時計の針の環状運転《ループ》に内回りはない。

「さて、先に帰ってくれねぇか。俺ァ、此処でもう一人、会わなければならないンでなァ」

「任侠団体連立構想《パトリオットイズム・ユニオン》……〈銀座《ぎんざ》の虎《とら》〉ですか」

「一朝有事《いっちょうゆうじ》に備えて、全国博徒の親睦と大同団結のもとに、反共の防波堤となる強固な組織を作る――方便としてはまァまァだ」

新條は表情を変えなかったが、この場に呼ばれた意味は理解していた。服役中に〈銀座の虎〉傘下《さんか》の対立組織との手打ちが行われ、かつて対立組織の幹部を撃った功労者を一転して組の中枢から離す必要が生じていたが、戻ってきた男を言い含めるにも相応の手順を踏む必要がある。表向きの理由は半月遅れの出所祝いだが、内実は妥協点《コンプロマイズ》の探り合いで、もう新條の居場所はない――既に決定事項だ。


「あとは差引勘定――実利《ビジネス》の問題さね」

新條は無言のまま、一礼して席を外した。首まで糞《くそ》に浸《つ》かっても不敵に笑う同世代の〈兄貴〉を嫌うことはなく、これからも嫌うことはない。揺るぎない信念に敬意を表しつつ、遠ざかる時が来た――それだけのことだ。

外は相変わらずの秋雨《あきさめ》模様で、十月に入ってからは特に肌寒くなっていた。傘《かさ》を開いて『ニコラス』を出た新條は、店の前で車から降りた〈銀座の虎〉とすれ違った。眉は太く、頭一つ高い堅牢《けんろう》な骨格の持ち主は全身から〈兄貴〉と同じ種類の生気を放っていたが、皮膚一枚が震えることはなかった。ソンブレロを被《かぶ》って〈渡り鳥〉もどきに扮した片岡千《かたおかち》恵《え》蔵《ぞう》の奇っ怪な映画で観た若い女優が、横で愛想笑いを浮かべていたからか――。

「猛牛《ファンソ》と呼ばれた男も、今は職業右翼の代貸《だいがし》か――」

新條の呟きは小さく、雨音に紛れて消えた。

003

昭和三十六年十月八日

——三鷹《みたか》〈武蔵野グリーンパーク野球場〉

十月八日——〈武蔵野グリーンパーク野球場〉では、国鉄スワローズ対阪神タイガースのダブルヘッダーが行われていたが、シーズン終盤の消化試合は閑散としていた。国鉄スワローズの本拠地であるこの球場は、水道橋《すいどうばし》の後楽園《こうらくえん》球場よりも広いが、立地の悪さとチームの弱さから客の入りは良くない。数年前からは国鉄三鷹駅からの武蔵野競技場線に加え、西武是政線《これまさせん》も武蔵境《むさしさかい》駅から延伸していたが、都心から遠いことには変わりがない。

「此処は——淋しいところね」

外野席の芝生に寝っ転がり、青空を眺めていた新條の視界を遮るように、黒いドレスの少女が呟いた。

今日は川崎球場《ホエールズ》の大巨神《ジャイアント》——馬場正平《エース》の投球《ピッチング》次第でジャイアンツの優勝が決まる。日曜日とはいえ、そんな日に〈グリーンパーク〉まで足を運ぶのは、熱狂的なスワローズファンか、秋の空をぼんやり眺めたい暇人だけであろう。

「金田《かねだ》が投げれば、もう少し入るんだろうが、そう上手くは行かないものだ——あんたは？」

「暇つぶしよ。野球なんて興味はないわ」

斜《しゃ》に構えて微笑《ほほえ》む気まぐれで危なっかしい仔猫は新條の傍《かたわ》らに寝っ転がると、両手で頬杖《ほおづえ》をついた。

地下カジノの時に比べるとドレスの裾《すそ》は長く、そろそろ季節外れの細い肩紐《かたひも》とはいえ、背中の露出も少ない。もっとも、赤い革のベルトを無造作にいくつも通した服飾《デザイン》は、華奢な肢体から更《さら》に自由を奪い、自らを拘束しているようにも見えた。

「あるはずのない風景を見ていただけ——ついでに、あなたを探していたの。暇つぶしにね」

「図体《ずうたい》だけがでかくて、頭は空っぽの用心棒《バウンサー》が、暇つぶしの役に立つのかい？」

「あら——あなたをその役回りにできるほど、〈彼岸島一家《ヒガンジマファミリー》〉は大きくないでしょう？」

　九月十七日に投げかけたはずの言葉を、少女はあっけなく否定した。

「どうかな。最近はそうでもないようだ」

　非合法薬物取引《ジュース・ビジネス》の比率が高くなったとはいえ、組の主業務《シノギ》は賭場の運営の他、芸能興行と手形割引——金貸しの手代だ。しかし、これらに於《お》いても、新條は脇に回っていた。たとえば、中堅どころの映画俳優が起こしたひき逃げ事件の後始末では、車を秘密裏に処分し、被害者や同乗していたホステスの口を封じ、嗅《か》ぎつけたトップ屋には「もっと派手で金になる醜聞《ゴシップ》を教えてやるから、暫《しばら》く黙ってろ」と強引に手札を交換したが、平時の仕事は若い幹部たちの役割で、結局、だいたい此処にいた——。

　名前を問うと、少女は「リル」とだけ答えた。

　新條も「新條」としか名乗らなかった。

「♪誰か、リルを知らないか——」

　くそ真面目な表情のまま呟いた歌は、かつて一世を風靡した津村謙《つむらけん》の〈天鵞絨《ビロード》の歌声〉とは正反対の濁声《だみごえ》であった。

「そんな歌、知らないわ」

「そうか……まァ、あんたが子供の頃の流行《はや》り歌だからな——」

「へェ。年寄りであることは主張するくせに、子供扱いはしないのね」

　拗《す》ねた表情から一転、リルは妙に感心したように笑う。小娘と子供は似て非なるもので、どちらも女にはほど遠いことだけが共通している。

「そういえば……さっきから、図体だけがでかくて、頭は空っぽそうな人があなたを見ているけど、同業の方かしら？」

　少し離れたバックスクリーンの陰で、試合中の選手たちと比べても大柄な若い男が時折、視線を向けては殺気を放っている。

「気をつけな。あれは、〈銀座の虎〉の舎弟——高校球児上がりの狂犬野郎《チャンフン》だ」

しかし、試合の展開の方が気になるのか、男はすぐにグラウンドへ視線を戻し、懐へ入れた右手の火傷痕がわずかに見え隠れした。

004

昭和三十六年十月十八日

——三鷹〈武蔵野グリーンパーク野球場〉

「相変わらず、淋しいところね」

「初のAクラス入りとはいえ、優勝以外はすべて等しく敗者——こんなものだ」

十月十八日——この日は国鉄スワローズのシーズン最終戦だったが、新條は目の前で準備されている試合には興味を抱いていない。


「今日も此処に来ていたのね」

「仕方ない。あまり目立つわけにはいかない事情があってね。かといって、遠く離れることもできない。此処くらいの距離がちょうど良い」

背後から現れたリルが、外野席の芝生に寝っ転がっている新條を見下ろすのは、これで二度目だ。

「監視役の狂犬野郎《チャンフン》なら、今日はいないわ。それに、問題が距離なら……あなたが此処にいる理由は？」

瞬きもせずに、リルはちろっと出した深紅の舌で上唇を舐める。

「そうだな……此処にいた理由があるとすれば、戦時中、中島の軍需工場だったからだろう。中島飛行機武蔵製作所——アメ公の爆撃で瓦礫の山になるまでは、五万人が働いていた」

立ち上がった新條は、八基の照明塔を備えた巨大な建築物の威容に背を向けるように歩き出す。

「おれもいたのさ。学徒勤労動員でね。だから、八月十日の閃光も彼方に見た」

「此処に来ていたのは、過去を懐かしむため？」

「独りならそれでも良かったんだが、あんたには退屈だろうな。もう、鉄火場《カジノモドキ》にも飽きたのか？」

「ええ。結局、すべて徒労に思えてしまって」

　リルは〈彼岸島一家〉の地下カジノを去った後、〈暁光商事〉……〈昭和通商〉の残党が仲介業者《ジャンケット》となり、秘密裏に赤坂のナイトクラブ〈コパカバーナ〉や紀尾井町の旧李王家邸《プリンスホテル》で開く賭場に現れたが、要人接待の八百長《マネーロンダリング》を退屈そうに眺め、すぐに姿を消したと、耳夫からの電話《タレコミ》で聞いた。

「ねぇ、おじさん——面白いことはないかしら？」

　甘えた声だが、ふてぶてしく笑うリルは、相変わらず——気まぐれで危なっかしい仔猫だ。

「……なら、ついて来い。保証はしないが、退屈しのぎにはなるだろう」

　振り向くこともなく呟いた新条は、足早に球場を去り、駐車場のスバル３６０へ乗り込む。

　慣れた手つきで鍵《キー》を差し込み、ゆっくりとエンジンが回り出すと、新条の意識上に再び、過去の記憶——遠くで瞬いた閃光を映し出す。空冷２ストロークの律動音《リズム》が車内に響くたびに新型爆弾炸裂の一瞬が反復《リフレイン》し、少しずつ明晰《クリア》になっていく。

　浮かび上がるのは、欠けた気分だ。

「あの光は白い闇——闇の中で見たのは虹——」

　助手席《サイドシート》へ滑り込んだリルは「ふぅん」と鼻で笑いつつも、静かに耳を傾けている。

「それから七日の間、おれは高熱を出して寝込んだ。〈敗戦の大詔《おおみことのり》〉——玉音放送も夢うつつに聴いたのだろうが、まるで覚えていない。そして、目が覚めたら、そのまま放り出された——」

　戦争が終わったという実感がないまま、新条の戦後は始まった。戦中と戦後の相違点が新条の本質を変えることはなかったが、〈道〉は歪んでいた。

005

昭和三十六年十月十八日

――府中〈多摩川河川敷〉

西武是政線は浄水場を経て、武蔵境駅で国鉄中央線と交差するが、是政橋へと向かう道路の方は未整備で、時に狭い農道を走る羽目にもなった。大柄な外車ではなく、軽自動車であることは好都合だったが、舗装されていない道はよく揺れた。

多摩川沿いの河川敷にたどり着いたのは午後三時を過ぎた頃で、無人の芒野原《ススキノハラ》が延々と広がっている。昭和三十年代のホームドラマが描いた日常はせいぜい世《せ》田《た》谷《がや》、駒沢《こまざわ》、三鷹までで、〈東京〉の住人にとって、この岸辺の向こうは非日常の風景だ。ましてや彼岸へと越えていくことはない。是政線が是政橋の手前で終点となるように――。

「銃は、持っていないの？」

リルに言われて、バックシートに隠したベレッタＭ１９３４とモーゼルＫａｒ９８ｋを引っ張り出す新條は、同時に楽しかった戦争の記憶を思い出していた。戦争初期の昂揚した空気が消え、空襲で〈東京〉に死が満ちた時も、新條には不思議と生きている実感があった。そして、新型爆弾投下と玉音放送に伴う空白を経て、待ち望んでいた本土決戦が始まった。人々は〈敗戦の大詔〉で反転し、戦争の記憶を忌避《きひ》したが、新條にはその一瞬がなく、新型爆弾投下はむしろ、生来の闘争心を増幅した。

「殺される前に殺してやる――おれの受信機だけは〈開戦の大詔〉を賜《たまわ》っていた」

呵々大笑《かかたいしょう》――新條が眉の上あたりを爪先で叩き、モーゼルＫａｒ９８ｋの銃爪《トリガー》を引くと、長いこと放置された小屋《バラック》の外壁に誰かが赤く描いた三重丸の中心を的確に抉《えぐ》った。

「ねぇ、わたし、殺し屋になれるかしら？」

交代して、ベレッタM１９３４を撃ち込んだリルの言葉に、新條は不機嫌そうな表情を作った。

「無理だな。その華奢な身体じゃ――射撃の反動は抑えきれない」

「いい線行ってると思うんだけどな」

「殺人の現場で狙い通りに撃つには、銃の重さに見合う腕力が要る」

教えた通り、絞るように引けば、戯《たわむ》れに撃つ程度はできたが、殺し屋の資質はなかった。弾痕はすべて少しずつ外れ、一発も命中していない。

「鍛えたとしても、体格のなさ、骨格の脆《もろ》さは如何《いかん》ともし難いだろうが……」

「あら。でも、22口径のレミントン・ダブルデリンジャーなら、わたしでもきっと、十分操れるわ」

「驚いたな。そんな知識、何処《どこ》で仕入れた？」

最近はＧＵＮブームとやらで、素人《トーシロ》にも銃の情報が氾濫《はんらん》している。正統派『エラリイ・クイーンズ・ミステリ・マガジン』の後塵《こうじん》を拝していた『ヒッチコック・マガジン』も、ＧＵＮ特集で息を吹き返した。

新條は「だが、やっぱり無理だ。あの銃の銃爪《トリガー》は、見かけほどには軽くない」と断じたが、ふと思い出したように「人銃一体――肉体の一部と化した魔銃ならば、話は別だろうが」と付け加えた。

「〈魔銃遣い〉の銃？　噂《うわさ》は聞いたことがあるけど」

「あれは、この世の理《ことわり》とは無関係な代物だからな。もっとも、現物を見たことはないが――」

それは、幽世《かくりよ》にタマシイを捧げた異能者――ギルドの殺し屋《ランカー》だけが操る、悪魔の銃。やつらはこの銃で殺しの腕を競い、時には互いの命を賭ける。

「異能者が跋扈《ばっこ》していた〈旧十五区封鎖〉の時代も、〈東京〉で暴れ回っていたのに？」

「縁がないのさ。おかしな話だろう？　この稼業を続けていれば、一度くらいは出会ってもおかしくはないはずだが――」

「出会っていても、気づいていないのかもね」

「だとすれば、おれは相当な鈍感――ろくでなしのピーマン野郎だ」

006

昭和三十六年十月十八日

――千代田区有楽町〈日活国際会館〉

薄暮が月夜となり、二人は帰路に就く。自分自身に「楽しい遠足は終わりだ」「遠足は家に帰るまでが遠足だ」と言い聞かせつつ、新條はサイドシートのリルに「殺し屋になりたいのか？」と訊いた。

「そうね。〈エースのジョー〉は毎回、おかしくてかっこいいわね」

「あんなハッタリ野郎が格好いいのか？」

日活アクション映画で宍戸錠《ししどじょう》が演じる殺し屋《エースのジョー》は、毎回、名前も姿も違っていたが、どの〈エースのジョー〉も、新條の眼には本職の誇りを貶《おとし》める道化《ディフォルメ》として映っていた。

「馬鹿馬鹿しくなるほどの妄念《もうねん》で作り上げた虚像でなければ、嘘《うそ》と本当は繋がらないわ」

バックミラーに映ったリルは、ひどく酷薄で蠱惑《こわく》的な笑みを浮かべていた。

「たとえば――裸にポンチョとガンベルトだけ、とかね。最高にかっこいいと思わない？」

「ずいぶんと突飛《とっぴ》なことを言う。それじゃ日活アクションどころか、新東宝のゲテモノ映画だ……」

笑うに笑えず、苦渋に満ちた顔で新條は答えた。

「それに、ハリウッド女優の豊かな肢体《グラマー》ならサマになるだろうが、あんたの身体じゃ痛々しいだけだ」

「そうでもないわ。この国に限ってはね」

「……どういうことだ？」

「深く考えすぎないことよ。己の銃すら勃《た》てられずに見失ったあなたたちが確かめようとしている輪郭《イメージ》なんて、もう、この国にはないのだから。少女の姿を纏ったわたしたちに刹那《せつな》の虚像《フェイク》を演じさせて、優しく戯れているしかないのよ」

窓の外を流れていく田園風景に視線を向けたまま、リルは独り言のように呟いた。その言葉は禅問答のように不可解で、深く考えようにも、新條はその意味を正しく捉えることができない。

「刹那でなければ、甘美な空間……娯楽としては機能しない、ってこと」

本来、娯楽として何の役にも立たない情報量《エントロピー》の物語が辛うじて存在を許されているのは、真に〈忌まわしきもの〉を描写していたとしても、誰一人としてその事実に触れることはなく、周縁の些末《ディテール》な意匠だけが大衆向け《エンターテインメント》の娯楽として機能しているからだ。ゆえに、この精緻で甘美な空間に於いて、裸の王様が裸であることを指摘する正直さは禁忌《タブー》で、指摘した者が〈忌まわしきもの〉とされる。誰もが真実から目を背《そむ》け、それゆえに存在が許されていることは、カジノで耳夫が許されていた程度には幸運だ。しかし、語り手は——いつまでその状態に耐えられる？

内在する不在感は呼吸に合わせて放たれたボディ・ブローのように少しずつ蓄積され、結果として、澱んだ退屈の中で酸欠状態《アスフェサイア》に陥っている。

都心へ戻る道の終わりに近づいても、新條の思考はぼんやりしていた。話の種も尽き、スバル360は煌《きら》めく夜の街をあてもなく走り続けた。リルは虚《うつ》ろな冷感症《コールド》のように微睡《まどろ》んでいたが、日比谷濠《ぼり》——日活国際会館の前で突然、呟いた。

「此処でいいわ」

「少しは暇つぶしになったかい？」

「そうね……それなりに素敵な日だったわ」

足早に降り、ビルの玄関で一瞬、振り返った表情には、やはりあどけなさが残っている。

（外人相手の少女娼婦というところか——）

新條はリルの素性《すじょう》を訊くことなく、想像した。最上階の日活国際ホテルで眠るのか？　一階のアメリカン・ファーマシーで化粧品を買うのか？　地下一階のマトバ真珠宝石店でネックレスをねだるのか？　自由の女神《モンロー》が偉大な英雄《ディマジオ》にそうしたように——。

「何を考えているんだ、おれは？　そんなこと、本人に訊けばいいだろうに——」

007

昭和三十六年——秋

——港区赤坂〈彼岸島一家／本部事務所〉

〈東亜同友〉のスローガンの下、彼岸島の〈兄貴〉はかつての対立組織と和解したが、入れ替わりに別の問題が生じていた。

オリンピック開催に伴う開発需要を見込み、混乱期のまま虫食いのように点在する土地を買い上げ、高値で転売する計画《シノギ》を考えた〈兄貴〉は、〈蠅の街〉から仕入れた改造粉末ジュース《エンチャント・ドラッグ》の収益《アガリ》を元手に、〈銀座の虎〉の背後《バック》にいる商売相手も確保していたが、此処へ来て、別の組織に介入されていた。

地主たちとの交渉に当たっていた古参の幹部が死んだ。四肢《しし》を根本から切断され、鼻や耳も削《そ》ぎ落とされ、真っ赤な芋虫《いもむし》のように転げ回って死んだ。異様な手口は新興宗教〈御多福会《おたふくかい》〉の殺人プロフェッショナルで、死んだ幹部は彼らの帝国——四谷左門町と隣り合わせの土地を手に入れようとしていた。

そして、猫の額のような虫食いの一人が熱烈な信者だった。〈現世利益《げんせりやく》〉のためなら殉死することすら厭わない狂信者の群れはヤクザよりもタチの悪い暴力組織だが、組の面子《メンツ》やらなにやらで一矢《いっし》は報いておく必要が生じ、何処かの合議で主流派ではない〈教学派〉の老幹部《おいぼれ》が報復対象と決まった。

「上層部《ウエ》にしてみりゃ、機を見て粛清《しゅくせい》する予定なンだからよォ、刺客を送ったところで腹で笑って顔で泣くだろうさね」

〈実践派〉が主導権を握った昨年以降、傍流となった〈教学派〉は次々と閑職へ追いやられている。確かに、血で血を洗う報復合戦を避けるには最適の絵図だが、そうと決まれば、弔《とむら》いの刺客に誰を立てるのか――。幹部連の会議では殺し屋ギルドに依頼するという案も出たが、直接依頼する経路《ルート》はない。

新条も〈兄貴〉も他の幹部も、高位異能者による暴力の数々を知っていたが、それは〈旧十五区封鎖〉――戦後の混乱期の話で、封鎖解除から十五年を経た今、表舞台にいる異能者は耳夫のような二流三流だけだ。殺し屋ギルドの〈魔銃遣い〉や殺人プロフェッショナルといった一流は、組が存在している闇よりもはるかに深い闇の住人と化した。〈旧十五区封鎖〉の一年間――混沌《こんとん》が暴れ狂う〈東京〉で幸運にも生き延びることができた〈異能なき子供たち〉は、深い闇の中が混沌であることも知っている。

よって、この案は早い段階で却下された。愚連隊上がりの小さな組は、部外者に代行《かたがわり》させることを嫌っていた。それが手を汚すことであっても。もっとも、新条だけはそういった心情――恐怖が消えつつあると気づいていた。ギルドの名を挙げたのは〈兄貴〉で、幹部連も揺らいでいたからだ。

難易度は高くないが、素人《トーシロ》に毛の生えた程度の若衆には難しく、万が一の失敗を避けるため、相応の手練《てだ》れを送り込む必要があった。会議は長丁場となったが、儀式のように粛々《しゅくしゅく》と執《と》り行われた。幹部連が一人、また一人と去る。女房、子供――家族持ちを外していけば、最後に残るのは新条だ。

「日時は任せてもらえますかね……」

新条は何を思ったか、殺人現場をリルに見せようとした。その欲望すら、ひどく陳腐だったことに思い至るのは、すべてが終わった後の後――遠くない未来の映画館《そらのうえ》だが、後の後を語ることはない。

「ところでよォ、〈銀座の虎〉の舎弟が一人、死ンじまったンだが、おまえ、何か心当たりはねぇか?」

狂犬野郎《チャンフン》は日活国際会館近くの路上で眉間《みけん》を撃ち抜かれ、死んでいた。

「いえ、別に……」

新條は〈兄貴〉の問いを軽く受け流し、日比谷へ向かった。

路上で待つしかない――〈グリーンパーク〉にはもう、誰もいないのだ。

008

昭和三十六年――秋

――港区〈芝浦倉庫街〉

遠くに〈蝿の街〉が見えるビルの屋上で、新條はモーゼルKar98kに光学照準器《ライフルスコープ》を装着し、煙草《たばこ》の煙をかざす。風向を計るためだ。

標的《マト》の出先は、狙撃には好都合だったが、予想外でもあった。〈教学派〉が〈御多福会〉の主導権争いに敗れたのは、机上《きじょう》の理論ばかりで金儲けの実技を欠いていたからだ。〈現世利益〉を追求する宗教団体で〈実践派〉が勝つのは当然の帰結だが、教団中枢から遠ざけられた老幹部《おいぼれ》は日曜の昼下がり、人通りも少ない芝浦の倉庫街を訪れていた。

「結局は、すべて同じ穴の狢《むじな》……ということか」

蒲田《かまた》の商店主である老幹部は〈蝿の街〉の売人から改造粉末ジュース《エンチャント・ドラッグ》を仕入れ、粉末ジュースと装って信者に流していた。小銭稼ぎか、〈実践派〉への復讐か――好々爺《こうこうや》然とした風貌《ふうぼう》のくせに、真っ昼間から大胆不敵であった。

「殺してあげてもいいわよ――あなたの代わりに」

リルは少し離れた場所でロリポップ・キャンディを口に含《ふく》み、途中で買い与えたオペラグラスを退屈そうに弄《もてあそ》んでいた。肩には黒のショールを掛けて、この数日でめっきり冷えた風を辛うじて防いでいたが、箱襞《ボックスプリーツ》スカートで隠せない膝《ひざ》から下は素のまま、踵の高いミュール《ヘップサンダル》を履いていた。

「持っているのよ。魔法の銃を――」

リルの唐突な言葉に、新條は煙草を落とした。

「あんたの正体は——〈魔銃遣い〉なのか？」

「そう。殺しの魔法——指の先からふぅ、って現れて、標的を撃ち抜くの」

「そいつァ、薬《ペイ》の幻覚だろう。さもなくば、狂人の妄想だ——」

新條が戸《と》惑《まど》ったのは、ほんの一瞬だったが、リルという存在に興味を抱いた新條自身の事情に思い当たった時、それがぐにゃりとしていて、輪郭を欠いていることに気づいた。肉体的にもう若くないからなのか、もっと根源的な欠落なのか——いずれにしても、いくつかの欠落が中年にさしかかったヤクザと不良少女を奇妙に繋いでいて、新條はその発見に安心していた。

だが、欠落は新條の側にしかない。リルはただ、ぐにゃりと輪郭を欠いた新條自身を映し出しているだけだ。今のところは——。

「そんなつまらねぇ妄想とは違う、本物の殺しだ」


再度「隠れていろ」と指示し、照準器を覗き込んだ新條の表情は——ほんの数秒で険しくなった。老幹部と売人の合流地点に一袋五円の小袋が散乱し、真っ赤な体液を垂れ流す二体の芋虫がわずかに蠢《うごめ》いていたからだ。瀕死《ひんし》か、死後硬直か——密かに舌打ちした新條は、芋虫が老幹部と大きな鼻マスクの売人であることだけを確認して去ろうとした。

だが——もう遅い。家政婦のような地味な風体《ふうてい》の中年女が懐に隠した何かを拭《ぬぐ》う様子が視界に入ると、数百メートルの有効射程を無効化する超人的瞬発力で三発の銃弾をかいくぐり、一瞬にして距離を詰めてきた。そして、向かいのビルの壁を蹴って高く跳躍《ジャンプ》し、四発目の銃弾も五十センチ以上の巨大な出刃包丁で薙《な》ぎ払い、屋上にいた新條の眼前に現れた！

それは、木製の柄と右手がぐにゃりと溶けて融合した——魔銃と同じ異界の得物《オーバー・ウェポン》であった！

「見ちまったのかい？　じゃァ、あんたにも、地獄に行ってもらわなくちゃねぇ——」

「見ちまったのかい？　じゃア、あンたにも、
地獄に行ってもらわなくちゃねぇ――」

中年女の声と表情にはまるで抑揚《よくよう》がなく、出刃を拭う癖だけが目立つ。〈御多福会〉の闇を担う〈婦人部〉四十八人衆――〈All the Kill is Bloody48《すべてのころしはちまみれに》〉の一人である女殺し屋は、新條が久しく忘れていた一流の異能者だったが、容姿に対しての強烈な生理的嫌悪感が先に立った。白いはずの割烹着《かっぽうぎ》には赤黒く固まった返り血が満遍《まんべん》なくこびり付いていたが、刃と白目のない瞳だけが鈍い光を放ち、その光が不快感と危機感を増幅する。一流の殺人者なら、無力なリルを先に殺すことはないが、女であることを優先すれば、リルの顔を最初に刻むだろう。想像した新條は怖れ、可能性を潰すために動く。もっとも、それは思考の結果ではない――衝動だ!

(装填動作《ボルトアクション》は間に合わない――!)

最後の一発を残していたモーゼルKar98kを放り投げ、中年女――〈婦人部〉の視界を遮った新條は横っ飛びで転がり、懐に潜り込ませていたベレッタM1934を素早く抜いた。そして、右手で握った出刃が反射的に小銃《モーゼル》を一刀両断した一瞬、380ACP弾が〈婦人部〉の左頬を抉った。

「コォのクソ野郎が――ッ! 女優の顔は命だってぇことも分かンないのかよォ!」

何が女優だこのゲロ臭ぇ牝豚《めすぶた》が――性的承認《セックス》に飢えた醜い牝豚は一転して激昂し、直径9㎜の穴を左手で押さえた表情は憤怒《ふんぬ》で歪んでいた。呻き声と罵詈雑言が怒号と化し、拳銃《ベレッタ》の排莢《ブローバック》/装填を瞬時に終え、壁か地面かも分からぬ遮蔽物を蹴る。身体を低くかがめて駆ける不安定な体勢からの二撃目はイチかバチか――斜め下の死角から放った弾道と〈婦人部〉の包丁捌きは噛み合わず、脇腹へ撃ち込むことに成功したが、肥満した腹肉に阻《はば》まれたのか、内臓を抉られた者の反射的動作はなかった。それでなくとも、驚異的な身体能力を持つ異能者がこの程度の傷で死に至るはずもなく、逆に〈婦人部〉の背後へ駆け出す瞬間の遅れ足が、地上数センチから這い上がる小刀《ナイフ》の軌道と重なった。

顔を庇《かば》う左手の動作中、〈婦人部〉は割烹着の裏に隠した肥後守《ひごのかみ》を投じていた。飛去来器《ブーメラン》のように死角から襲うこの隠し技は、庇う動作も技の一部——踏み出させるための嘘《ブラフ》だったが、所詮は小刀《ナイフ》……脛《すね》の傷は浅く……致命傷にもほど遠く……まだ戦える……はずが、五臓六腑《ごぞうろっぷ》同時に注射針《ニードル》を刺すような鋭痛が走り、瞳孔が硬直した。

（くっ……〈婦人部〉め！　肥後守に毒を……）

ぐにゃりと揺らぎながらふり向いてくる〈婦人部〉にやけっぱちの銃爪《トリガー》を引く一瞬、視界を遮るように黒服の少女が駆け出したような気がしたが——。

視野狭窄《ブラックアウト》——意識はぷつりと切れた。

009

昭和三十六年——秋

——港区〈芝浦倉庫街〉

意識を取り戻した新條は、リルの横顔があどけなく美しいままであることに安堵《あんど》した。

「この人、きっと——生前はつまらない人だったと思うの」

彼女は〈婦人部〉の屍《しかばね》を見ていた。わずかな違和感——額を抉った口径が違うような気はしたが、それ以上は考えなかった。急に疲労感に囚《とら》われ、意志を保つだけが精一杯だった。

「でも、死体になったこの人は、実存している。生者の退屈を満たしてくれる——」

仮面がかすかに揺らいだような気がした。翻弄《ほんろう》するために隠し、仕掛けられたまやかし——騙《だま》しの手ロは、屍と化した第三者を語る時にこそ綻《ほころ》びを見せるが、リルは意図的に綻びを見せた。取って付けた舶来の概念で――此処が潮時と言わんばかりに。

「それはきっと、個人的な錯覚――戯れだ」

「その言葉、そのままお返しするわ。最初の殺人が個人的な錯覚でしかなく、形而上に於いては失敗していたと薄々感づいているから、あなたは何度も請け負っていたのでしょう?」

戦争の記憶を忌避し、死の誘惑から逃れた人々は、〈現世利益〉だけを追い求めて畜生道へと堕ちた。たとえば、昭和二十年八月二十四日――闇屋の女は買い出し列車の殺人的混雑の中で他者を押しのけ、懐から財布を盗んでいた。駅で虎視眈々と待ち構えている食料警察への賄賂にするために。

銃後の母であったはずの女は、利己主義に徹することが新しい日本の美徳だと言わんばかりにゲロ臭ぇ雌豚と化し、子である少年の性質もまた、別の意味で新しい日本に最適化されていた。だからこそ、女を入高線の鉄橋上から蹴り落としたのだが、同時発生の大量死がひどくあいまいにした。それでも、殺した少年は殺されることなく順調に殺し続けたが、闇がどんな場所であったのかという記憶は薄れた。

辛うじて立ち上がった新條は、リルのひどく酷薄で蠱惑的な笑みに、かすかな苛立ちが混じっていたことに気づいた。

「でも、輪郭のない幽霊は、実存している人間――形而下《けいじか》の存在を殺すことはできないの。不完全な幽霊は生者と同じ場所に存在しているけど、顔のない虚偽《まがいもの》だから、輪郭と強度を欠いたあなたたち自身を殺すことはできても、〈現世利益〉だけを追い求める人間を撃ち抜くことはできないの」

「人間は生き、人間は堕ちる――あんたは、畜生道へ堕ちて死んだ者だけが本当の人間だ、と言うのか? 本当のおれは、八月十日の閃光――白い闇に呑まれていたと言うのか?」

「嘘と本当なんて、紙一重の裏表よ。裏と表が繋がって、負が正に反転する一瞬——刹那のために存在しているだけ。でも、馬鹿馬鹿しくなるほどの妄念で作り上げた虚像でなければ、嘘と本当は繋がらないわ——」

「刹那でなければ、甘美な空間……娯楽としては機能しない、か」

　リルに別れを告げた新條は左足を引きずり、ビルの屋上から去っていく。「早く立ち去ることだ」と付け加えて。放っておけば、彼女はいつまでも屍を眺めているような気がした。

「廃《すた》れた太陽族映画か、流行りのヌーヴェルヴァーグか——」

　一度も振り返ることなく、スバル360に鍵《キー》を差した。この状況なら、身代わりの若衆を用意することも可能だろうが、愛車はまっすぐ桜田《さくらだ》門《もん》への道を走った。引き受けた時からそう決めていた。

「まったくもって、予想通りの最悪で」

　そして、闇の中で見る虹——きらきらと光る幻のようなものを覗き込むため、新條は殺人現場に彼女を立ち会わせた。

「予想通りの陳腐な結末だ」

　それは、まったくの徒労だったが——。

「嘘と本当なんて、紙一重の裏表よ。裏と表が繋がって、
負が正に反転する一瞬——刹那のために存在しているだけ」

010

昭和三十八年——秋

——府中〈府中刑務所〉

任侠団体連立構想とやらは、途中までは順調に進んでいたが、所詮は烏合《うごう》の衆《しゅう》——徒労に終わるだろう。愚連隊上がりの小さな組も二転三転する流れの中に消えていくのだろうが、二年の月日を経た今、新條は気まぐれな仔猫と遠い昔のことばかり考えている。

闇の中で見る虹とは、いったい何なのだろうか？

だいたい、遠い昔の夏に見た閃光も、本当のことだったのか？　……と。

昼下がりの休憩中——強い陽射しの中庭で、新條は耳夫と再会した。

「再び刑務所《ナカ》に入ったとは聞いていましたが……」

新條の風貌は変わらなかったが、短く刈った髪だけは白髪が交じり、かつての精悍《せいかん》さは失われつつあった。もっとも、それほど驚くでもなく、耳夫は「〈将軍〉の死をきっかけに浄化運動が一斉に始まりまして、速攻で狩られちまいました」と言った。

「まァ、〈蠅の街〉の組織改編もありまして……わざととっつかまったんですがね」

虚勢だけではあるまい――〈蠅の街〉は余人《よじん》には与《あずか》り知らぬ独特のルールで成立していた。そして、外界と遮断されたこの閉鎖空間で、新聞には載らない裏社会の最新情報を知るには、新入りの口伝《くちづ》てしかない。

「そうだ、新條さんにも礼をしなきゃいけねぇな――あのろくでもねぇ性悪猫の末路さ――」

「リルがどうかしたのか？」

「そりゃ、偽名ですぜ。あの小娘の正体は殺し屋ギルドの魔銃遣い――それも、よりによって殺し屋ランキングNo.2の〈女郎蜘蛛ノ魔銃《ヒューリーズム》〉だ」

新條は一瞬驚いたが、取り乱すことはなかった。そして、互いに背を向け、巡回する看守の監視を巧妙に避けながら小声で会話を続けた。

リル――いや、No.2〈女郎蜘蛛ノ魔銃〉は、一年前の夏、殺し屋同士の戦いで死んだという。

「どうして分かったかって――そいつァ、〈蠅の街〉で死んだからですよ。もっとも、死体なんか残っちゃいません。No.6〈灼熱獄炎ノ魔銃《ペンデルフォイヤー》〉がすべて焼き尽くし、新條さんがあの小娘に買ったオペラグラスだけが焼け残っていた――」

「よく、おれが買ったオペラグラスだと分かったな」

「ガラクタの残存思念《メモリー》でさァ。〈朱雀〉の姐《あね》さんは骨董品から魔力付与《エンチャント》の宝貝《パオペイ》まで、あらゆる真贋を見抜く眼力の持ち主《ブローカー》ですからね……」

耳夫は、何処か怯えの混じった口調から、〈将軍〉の秘書兼愛人だった〈朱雀〉が、〈蝿の街〉の黒幕《フィクサー》であることを匂わせたが、新條には関係のないことだ。

実存もへったくれもなく、魔銃の名しか持たないまやかしの存在として死んだ魔銃遣いが、更にまやかしの存在である〈リル〉を仮構していたのは、〈まがいもの〉であることに耐え難い感情を抱いていたのか、それとも、気まぐれな仔猫の戯れに過ぎなかったのか——新條は一瞬、そんなことを思ったが、すぐに我に返り、思い出したように耳夫の横顔を見た。

「礼——と言ったが、おれはお前さんに恩を売った覚えはないぜ」

「いや、確かに博打の仇は討ってもらえなかったけどよ、新條さんには、弟……鼻夫の敵を討ってもらったからさ……」

陽気な声とは裏腹に——目に涙を浮かべていた耳夫は、新條の視線を避けるように去った。

新條はその背を見送ることもなく、秋の陽光を眩しげに見上げて、呟いた。

「♪誰か、リルを知らないか——」

彼女は仮面を被っていた。だが、おれにとっては——彼女が演じた仮面が真実だ。彼女の正体が誰であろうが、知ったことではない。新條はそう思い込むことで安堵しようとした。新條の心中に於いて、かつて這い出してきた闇と同質の存在と成り果てることなく彼女を失ったことで、また手を汚さずに済んだのだ、と。彼女の申し出——殺人代行を拒絶したことも、熱い鉛をぶち込んで標的の生命が流れ果てる時にしか、他者を殺したその瞬間にしか、男を演じていた自分と大人を演じていた自分の輪郭が合致しないという事情であり、だからこそ、彼女が甘美に演じた一瞬に、正しくは生涯最初の殺人が個人的な錯覚でしかなかったと言わんばかりに振る舞ったその一瞬に、不安な安定——奇妙な関係はあっけなく崩れ去った。そして、仄暗く深い闇がひどく湿っていたことを思い出し、激しく嘔吐《おうと》した。

「おれは——あの娘に何を見ようとしたのか。いや、彼女を通して、何を見ようとしたのか」

遠い昔の夏、魂魄《こんぱく》の半分は閃光と共に消えたが、彼女はその半分を——。

「それを知る術は、もう——ない。悟ることもない」

だが、考える時間だけはたっぷりとある——。

虹を見ようとする欲望は仄暗く深い闇へと崩れ落ちていく欲望と表裏一体だったが——もう、誰にも知られることはない。異能者たちが蠢く深い闇よりも深い闇の底《ダーク・ボトム》へ——おれはおれの妄念だけを覗き込み、記していけば良いのだ——！

「おれは――あの娘に何を見ようとしたのか。
いや、彼女を通して、何を見ようとしたのか」

「それを知る術は、もう――ない。悟ることもない」

『空想東京百景』の歩き方〈第一夜〉

Various scenery of imagined Tokyo

【世界観】

――蠅の街【上】

本来、この街は〈×××××〉という俗称で呼ばれているが、本書では〈蠅の街〉と記す。

平行世界〈東京〉の江東区南砂町あたりから湾岸方面を望むと、雑多で薄汚れた高層建築物の群れが見えるが、この巨大なスラム街が〈蠅の街〉である。

敗戦直後の混乱期、〈旧十五区封鎖〉の隙間を縫うように、満州引揚者用の簡易住宅が都内各地に作られ、旧城東区の湾岸周辺の埋立地にも粗悪なアパート群が建造されたが、地盤が不安定な湾岸の埋立地に高層アパートの団地を作ること自体が間違いで、昭和二十二年九月のキャスリーン台風と二十四年八月のキティ台風であっけなく崩壊した。廃墟を覆うように急激に増殖したバラックには、都内各地の新爆スラム整理で排除された流民に加え、進駐軍や警察に追われた犯罪者、共産主義者が大量に流れ込んだため、治安は極端に悪化、昭和二十年代後半には〈東京〉一の暗黒街〈蠅の街〉と化した。

昭和三十年代前半、規格外の異能犯罪者が跋扈する暗黒街と成り果てていた〈蠅の街〉に〈国際ギャング団〉のアジトがあるという噂を嗅ぎつけた〈都〉は、何度か街へ介入したが、実際はオリンピック開催に伴う「区画整理」の一環であった。狩り込みを行った〈都〉の官吏も、その正体は警視庁〈0課〉の特務班員であり、非合法破壊活動のプロフェッショナルであった。敗戦後の混乱期、頻発する異能者犯罪への対応に苦慮していた警視庁は、敗戦で戦争協力責任に問われた特高刑事や、奇怪な殺人術を体得した新爆異能者を次々とスカウトし、非公式の特殊戦闘部隊として編成していた。

一方、隣接する第十四号埋立地を生活ゴミで埋め立てる事業は昭和三十一年から開始されたが、それまでも不法なゴミ投棄は行われていた。当時の資料には「中心部には巨大な底なしの穴が広がり、周囲にはこの世のものとは思えない奇怪な形状の廃材が散乱していた」と記されている。

廃材で構築された路地は複雑怪奇に入り組み、絶えず瘴気を放つ上にゼロメートル地帯であるため、雨期はよく水浸しになる。夏は大量の蠅が飛来し、まさに〈蠅の街〉となる。

秘密結社化した自治会を牽制すべく、警視庁〈0課〉を派遣した以外は、〈都〉は長いこと〈蠅の街〉を放置していたが、東京オリンピックの開催決定に伴い、取り壊しを含めた浄化運動を行っている。実際、高度経済成長の追い風はこの街にも及び、住民数は減少傾向にあるが、昭和三十七年の時点でも数千人が暮らしていると推測される。【続く】

——旧十五区封鎖

昭和二十一年に行われた武装封鎖による出入制限は旧東京市十五区を対象としていたが、この十五区とは、明治二十一年に公布された市制・町村制で東京市が誕生した際の十五区を指している。具体的には、深川区、本所区、浅草区、日本橋区、下谷区、神田区、京橋区、本郷区、小石川区、麴町区、芝区、牛込区、赤坂区、四谷区、麻布区の十五区で、これらは江戸時代の行政区域である「朱引き」の内側に属していたが、関東大震災後の急激な人口増加に対応するため、東京市は昭和七年に三十五区へ拡大し、淀橋区や渋谷区が生まれた。十八年には東京市と東京府を廃止し、新しく東京都が設置された。

昭和二十一年元旦より行われた〈十五区封鎖〉は、旧満州から持ち込まれた呪詛浄化装置の効能が正式に認められ、残留呪詛による異能者化もなくなった十二月末まで続いたが、高濃度汚染区域への対応は、白い壁で高く取り囲まれた封鎖地区、鉄条網と検問による管理地区、完全に放置された無法地帯——と、まちまちであった。都電の交通網も寸断されていたが、環状線電車——国鉄山手線の運行自体は大きく制限されず、ターミナル駅の周辺は外界との緩衝地帯として扱われることが多かった。そのため、新橋、渋谷、新宿、池袋、上野などの駅には巨大な闇市が形成された。

封鎖解除後の昭和二十二年、〈東京〉三十五区は現在の二十三特別区へと再編される。これは戦災による人口の減少で、区ごとの人口差が著しくなったことから、平均化を図ったもので、爆心地に近く、残留呪詛の被害も大きかった麴町区と神田区は千代田区に、深川区は封鎖区域外の城東区と統合され、江東区となった。四谷区と牛込区は封鎖区域外の代表的な盛り場となった新宿を抱える淀橋区に統合され、新宿区となったが、逆に郊外の板橋区は分割され、新たに練馬区が誕生した。

——外貨持出制限

昭和三十年代、一ドル＝三百六十円の固定為替レートを敷いていた日本では海外渡航が自由化されておらず、昭和三十五年十一月には、大蔵省からの訓告を受けた大洋ホエールズが日本一記念のハワイ遠征を急遽中止するなど、外貨の持ち出しも厳しく制限されていた。商業目的の渡航に於いても、業種や役職ごとに制限額が設定されていたため、多くの商社マンは固定為替レートよりも高額なヤミ外貨を隠し持って渡航し、不良米兵との仲介を行う闇ドルブローカーも暗躍していた。なお、NHKのテレビドラマ『事件記者』第八話「影なき男」（前編／昭和三十三年七月九日放送）では、〈渡り鳥〉シリーズで人気者になる直前の宍戸錠が闇ドルブローカー役で出演しており、一般的にも知られるヤミ業種だった。

当時、洋酒の寿屋（後のサントリー）が「トリスを飲んでハワイへ行こう」という懸賞のキャッチフレーズで有名になったが、肝心の賞品は「将来的に」一般市民の海外渡航が自由化された場合に使用できる四十万円分の積立預金証書であった。また、KRテレビ（後のTBS）の『兼高かおる世界飛び歩き（世界の旅）』が人気番組になるなど、昭和三十九年四月に自由化されるまで、海外旅行は高嶺の花であった。もっとも、外貨持出制限は自由化以後もしばらく継続されていた。

——許斐氏利

戦前は右翼活動家として大陸へ渡り、帝国陸軍〈桜会〉系の特務機関を率いて、阿片を使った地下経済活動に従事していた。

戦後は実業家へ転じ、昭和二十六年、銀座松坂屋裏に日本初の特殊浴場〈東京温泉〉を開業した。特殊株主／興行師としても有名で、昭和二十七年、映画製作の復活を目論んでいた日活社長・堀久作が、経営難に陥っていた新東宝の株を買い占め、東宝と対立した際には両者の仲介役となった。結果、吸収合併を断念した日活は各社のスターやスタッフを引き抜き、昭和二十九年に映画製作を再開したが、更に弱体化した新東宝は、やはり特殊株主／興行師である大蔵貢に経営権を握られ、「エログロ」路線を暴走していく。

クレー射撃を得意としており、昭和三十一年のメルボルンオリンピックでは日本代表として出場。昭和三十三年、東京で開催された第三回アジア競技大会では優勝している。

——任侠団体連立構想【上】

任侠団体連立構想（パトリオットイズム・ユニオン）が瓦解したのは、参加した各任侠団体の足並みが揃わなかったことも原因だが、昭和三十八年末、加盟七団体の署名による「自民党は即時派閥抗争を中止せよ」なる警告文が自民党の全議員へ送付された。警告文は自民党治安対策特別委員会の議題に取り上げられ、河野派を除く全議員が「組織の元締である児玉誉士夫が、盟友の河野一郎を支援すべく行った脅迫で、同時に暴力団の政治介入である」と激怒し、検察と警察に徹底的な頂上作戦を命じた。

加えて、昭和三十九年三月二十三日、児玉誉士夫が世田谷区に構えていた私邸へ爆薬を積んだ最新式のセスナ172スカイホークが突入した〈神風特攻〉事件も原因のひとつに挙げられる。犯人は子役出身で、日活で小林旭と同期のニューフェイスとして、いくつかの太陽族映画に出演していた「畑中」という男だったが、近年は零落し、ひばりが丘団地で主婦売春組織の元締になっていた。

畑中は左翼ではなく、特定の政治団体に所属しているわけでもなかった。むしろ右翼であるが故に「職業右翼」を憎んでおり、調布飛行場から午前八時五十分に離陸する直前には映画撮影と称して、「七生報国」と書かれた日の丸の鉢巻きと戦時中の特攻服を着用し、記念撮影していた。児玉邸への特攻直前、最期の無線通信では「天皇陛下万歳！」と叫び、まさに現代の神風特攻隊を演じていた。

犯行に及んだもうひとつの理由として、児玉が東映と組んで、師と仰いでいた大西瀧治郎海軍中将（戦時中の特攻作戦の創始者）の苦悩と敗戦直前の日本を描くオールスター戦争映画を計画していたことが挙げられる。映画業界から離れていたとはいえ、映画を愛していた畑中はこれを「映画を汚す行為」だと憤っていた。この企画は監督・大島渚、脚本・笠原和夫のコンビでクランクイン直前まで行ったが、その右翼的傾向を警戒した〈ウイリアム・C・フラナガン機関〉の政治的介入で頓挫している。その後、児玉は自らの役を小林旭に演じさせようとしていたことをトップ屋にすっぱ抜かれ、小林旭とは似ても似つかないことを指摘されたが、だいたい日活専属の小林が東映作品に出演するはずがないので、実際には第二東映が頓挫した直後の梅宮辰夫が児玉役にキャスティングされていた。大島は代わりに『天草四郎時貞』を撮ったが、興行的に大惨敗し、以後、東映で撮ることはなかった。なお、頓挫したはずの企画は、かなり後になって監督・山下耕作、脚本・笠原和夫のコンビで『あゝ決戦航空隊』となり、児玉の役も小林旭が演じた。【続く】

——武蔵野グリーンパーク野球場【上】

大日本帝国の航空産業を三菱重工業と共に支えていた中島飛行機は、昭和十三年、東京都武蔵野町西窪の広大な土地に陸軍専用工場「武蔵野製作所」を開設し、主に発動機／エンジンの生産を行う重要軍需拠点となった。昭和十六年には、西側に海軍専用の「多摩製作所」も開設し、病院などの付属施設も整備された。昭和十八年十一月、軍需省の設置に伴い、対立関係にあった両軍の工場を統合し、「武蔵製作所」へと再編された。

戦況の悪化に伴い、日本全国から徴用された工員に学徒勤労動員を加えた約五万人が昼夜交代制で働く過酷な労働環境となったが、昭和十九年十一月二十四日、八十八機のB29による集中爆撃が行われ、三十八発の二百五十キロ爆弾と十四発の油脂焼夷弾が工場内で炸裂。七十八名の死者と八十余名の重軽傷者を出した。以降、終戦まで執拗な空爆が行われ、工場は灰燼に帰した。敗戦後、中島飛行機はGHQの財閥解体指示により、航空機の生産を禁止され、分割された。

新型爆弾による甚大な被害と急激な治安悪化に伴い、〈都〉は昭和二十一年度の戦災復興計画から都心の旧十五区地域を除外、一時的に封鎖することを決めた。戦時中に地方へ疎開した都民の再転入も厳しく制限されていたが、郊外に於いては比較的、転入制限が緩かったことから「せめて都心に近い場所に」と、郊外に住宅を求める者が増加していく。

特に〈東京〉の西側——武蔵野エリアは交通機関が少なく、

鉄道路線整備が急務となった。進駐軍が武蔵野エリアで次々と基地建設を行っていた関係もあり、〈都〉は国鉄を含む鉄道各社に路線延伸の要請を出したが、大半の鉄道会社は戦災路線の復旧が精一杯であった。昭和二十二年に封鎖は解除されたが、住宅数の不足などを理由に、都心部への転入制限は継続された。しかし、武蔵野エリアの環境開発も停滞していた。

昭和二十五年、日本プロ野球は二リーグに分裂、チーム数も急増し、試合スケジュールの過密さが問題となった。〈東京〉都内で収容観客数などの条件を満たした上で試合を開催できる野球場は少なく、首都圏のプロ野球興行は後楽園球場に集中していた。そのため、廃墟のまま長いこと放置されていた武蔵製作所東工場跡地に、武蔵野エリアの環境開発という名目で野球場が建設されることになった。

昭和二十六年四月十四日に開場した〈武蔵野グリーンパーク野球場〉は、中堅百二十八メートル、両翼九十一・五メートル、収容人員五万一千人という、日本最大の球場で、爆撃と瓦礫の整理によって生じた土地の高低を利用した独特の構造であった。運営は旧中島飛行機の従業員らが設立した建設会社の手で行われた。なお、〈武蔵野グリーンパーク〉は愛称で、球場の正式名称は〈東京スタディアム〉であった。

開場と同時に、国鉄の協力により、〈グリーンパーク〉への乗客輸送を目的とした国鉄中央本線支線・武蔵野競技場線（三鷹～武蔵野競技場前）も開通した。戦時中に敷かれた武蔵製作所への引込線廃線跡／路盤を再利用した単線で、試合開催日のみの運行だったが、東京駅からの直通電車も走っていた。しかし、保水力の乏しい関東ローム層のグラウンドでは芝の生育困難で、試合中に砂塵が舞うことから、国鉄スワローズのエース・金田正一に「グリーンパークじゃない、ほこりパークだ」と批判され、〈石蕗事件〉などの問題も続出した。また、都心から離れた〈グリーンパーク〉は観客動員に於いても著しく不利なため、シーズン中盤まで使用していた国鉄スワローズも後楽園球場での試合開催を優先し、〈グリーンパーク〉でプロ野球の試合が開催されることはなくなった。この頃、都心は急速に復興し、人口流入制限も既に解除されていた。

昭和二十七年、東京六大学野球も接収が解除された明治神宮野球場での開催を優先し、〈グリーンパーク〉は草野球で使われるだけとなった。既に武蔵野競技場線は休止し、運営会社も経営意欲を失っていた。プロ野球ではフランチャイズ制が導入されていたが、観客動員と興行権の観点から、より後楽園球場へと集中していく。翌二十八年には、読売ジャイアンツ、東急フライヤーズ、大映スターズ、毎日オリオンズ、国鉄スワローズの五球団が後楽園球場を本拠地として希望し、日によってはトリプルヘッダーで試合消化するほど過密日程は常態化していたが、都心から遠く、観客動員が期待できない〈グリーンパーク〉を使う球団はなかった。球場は急速に荒廃し、昭和二十八年、運営会社「株式会社東京グリーンパーク」は解散した。【続く】

――馬場正平【上】

昭和三十五年、読売ジャイアンツから大洋ホエールズへ移籍した馬場正平は、背の高さを活かすため、それまでのスリークオーター気味のフォームを完全なオーバースローに変え、ツーシームの重い速球と大きなカーブに加え、内野ゴロになるくせ球／カットボールを習得した。

シーズンに入ると、開幕直前に負傷したエース・秋山登の穴を埋めるため、三原監督は馬場を先発投手として起用した。ゴロピッチャーでありながら、フィールディングが鈍いという弱点はあったが、いったん勢いに乗ると圧倒的な投球を見せ、秋山に次ぐ十九勝を挙げた。シーズン途中、遊撃手に好守の鈴木武を近鉄バファローから獲得したことも大きかった。

この時代、読売ジャイアンツの忘年会は音羽にある鳩山一郎の広大な邸宅で行われていた。泥酔した選手たちが便所を汚すことを嫌った孫の邦夫は中日ドラゴンズのファンになっていたが、唯一、巨人時代の馬場だけがキャッチボールの相手をしてくれたことから、父親に頼み込み、大洋へ移籍した馬場の後援会を組織した。

昭和三十五年十月、大毎オリオンズとの日本シリーズ直前、馬場は『週刊タンテイ』で中日監督を退任した杉下茂と対談した。この時、伝家の宝刀・フォークボールを伝授されたが、杉下には「一試合に五球だけ。中軸打者にだけ使うように」と厳命される。三振奪取能力が向上した馬場は日本シリーズで大活躍し、翌年は三十勝を挙げたが、中日の新人・権藤博が三十五勝を挙げたため、最多勝は取れず、馬場と秋山以外の投手陣が総崩れとなったチームも最下位へ転落した。

制球と打球管理能力に長けたゴロピッチャーであるため、被本塁打は極めて少なく、この二年間、長嶋と王以外で馬場からホームランを打ったのは、国鉄の捕手・根来広光だけだった。根来は二軍戦とはいえ、巨人時代の馬場から唯一、ホームランを打ったことがある「馬場キラー」だった。【続く】

――彼岸島一家

本来、賭場を開くには、客のアゲサゲの修行を積み、業界の信用を得た上で「カッチリとテラ銭が上がってくる」ように金筋を確保しなければならないが、戦後の愚連隊上がりの新興団体である〈彼岸島一家〉に、そのような博徒の常識はない。

――手札交換

中堅どころの映画俳優が起こしたひき逃げ事件を嗅ぎつけたトップ屋／フリーランスの週刊誌記者に対して、「(組とは無関係で）もっと派手で金になる醜聞／ゴシップを教えてやるから、暫く黙ってろ」と新條が提示した取引／バーターを指す。企業相手の「総会屋」稼業なども含めて、この手のトラブル処理はヤクザや職業右翼の代表的な収益源だが、相手のトップ屋も心得たもので、いくら派手でも「ススキ」と「菊」と「桜」が揃うことは避ける。別の大きな組織の縄張に抵触する可能性があるからで、実際、大スクープ／カブ（19）を狙ったつもりが、ススキ（8）＋菊（9）＋桜（3）＝ブタ（20）になって潰されたトップ屋も多い。

——天鵞絨《ビロード》の歌声

張りのある高音と端整な顔立ちで昭和二十年代後半に活躍した歌手・津村謙のニックネーム。長い雌伏の時を経て、昭和二十六年に『上海帰りのリル』が大ヒット。職人気質の大スターだったが、昭和三十六年十一月二十八日、東京都杉並区の自宅車庫に停めた乗用車の運転席で昏睡状態に陥っているところを家族に発見された。排気ガスによる一酸化炭素中毒で、病院に搬送されたが、意識は回復しなかった。享年三十七。

——日活アクション映画

アメリカ製の西部劇を真似た〈渡り鳥〉シリーズは、荒唐無稽で無国籍で牧歌的な「まがいもの」だったが、本家の西部劇は、更に残忍で暴力的なイタリア製西部劇／マカロニ・ウエスタンとなり、やがて「西部劇」という枠組み／フォーマットすら失われていくことを、昭和三十六年の新條は知らない。この時点では、クリント・イーストウッドも「牧歌的なテレビ西部劇のカウボーイ」でしかなかったからだ。

——新興宗教〈御多福会〉【上】

新型爆弾投下後の東京都民は悲惨な記憶を払拭するために新しい信仰を求め、それに応えるように新興宗教団体が乱立したが、その中でも〈御多福会〉は、組織的で過激な布教攻勢によって急速に教勢を伸ばしている。

戦前は〈円環教会〉なる小さな宗教団体だったが、戦時中の治安維持法による国家権力弾圧への憎悪から、戦後は「政教一致による国家支配」を目指し、大々的な布教活動を開始。貧しさ、病気、家庭不和などの解決といった〈現世利益〉を約束することで、中小企業経営者や労働者家庭——特に婦人層へ強くアピールした。都市部を中心に教勢を飛躍的に伸ばした結果、驚異的な財力を持つ巨大宗教団体と化したが、〈東京〉在住の信者の多くは、新型爆弾で壊滅した後に住み着いた田舎者である。彼らは田舎の閉鎖的共同体から逃れるために上京したが、その共同体を代行する存在として〈御多福会〉に帰依し、田舎者の顔のままでのうのうと生きている。故に、〈虚構〉とは別の意味で〈東京〉を脅かす癌細胞のようなものであり、〈東京〉を文化的に防衛するために〈宗教特高〉が生まれた。

昭和三十一年には労働争議の混乱に乗じて、聖パウロ修道会系列のラジオ局〈財団法人日本文化放送協会〉の買収に成功。四谷左門町を中心とした新宿区の広大な土地も確保し、独自の電波塔を備えた宗教都市を築きつつある。昭和三十三年には第二代教主が急死したことから、跡目争いが発生。教団の経済的実権を握っている〈実践派〉と、〈円環教会〉時代からの〈教学派〉が、熾烈な抗争を繰り広げたが、最終的に〈実践派〉が勝利した。

昭和三十九年の時点で五百万世帯の信者数を誇り、国政では政権のキャスティングボートを握りつつある。その一方で、〈婦人部〉四十八人衆など、信者となった新爆異能者たちを〈殺人プロフェッショナル〉として組織化し、水面下で敵対組織との抗争を繰り広げていることから、日本最大の暴力組織とも言われている。なお、作中で新條と戦った〈婦人部〉の巨大な出刃包丁は〈惨月〉の銘を持ち、〈魔銃遣い〉の魔銃と同じく、己が魂魄を異界へ捧げ、手に入れたと言われる。本人は異能者だが、夫は不能者である。【続く】

――殺し屋ギルド

殺人序列者／ランカーと呼ばれる〈魔銃遣い〉で構成された「殺し屋たちの組合」で、彼らは〈組織〉と呼んでいる。戦時中、神仙〈孤影〉の指揮下で、新京や上海を中心に活動していた帝国陸軍〈桜会〉系の特務機関〈大連五星隊〉が前身と噂されている。個人事業主である彼らには腕前に応じた殺人序列／ランキングが与えられ、下位序列者が上位序列者を倒した場合はその順位に入り、空白となった順位より下はそれぞれ繰り上がる。序列は変動するたびに連絡係を介し、番付表として告示されるが、殺し屋同士が互いの顔を知る機会は極めて少ない。本名ではなく魔銃の名前で発表されるのも、殺し屋同士の不必要な戦いによる戦力低下を避けるためである。

このような矛盾を抱えたシステムを採用していたのは、殺し屋たちの職業意識を高め、管理を容易にするためだが、現実には下位序列者がいきなり第一位を倒すことは不可能で、一人ずつ倒していくことも極めて困難だ。それでも、殺し屋たちにとって、序列の上下は死活問題である。順位に応じて依頼内容や発注額が変動するからだ。なお、二十年近い歴史の中で、順位の変動は幾度となく繰り返されたが、番付表に十位以下が記載されることはなかった。

殺し屋たちの休暇

File:02 *Professional killers' vacation*

滅亡したことすら忘れかけた
悪魔の街では、
男は優しい嘘のために
他者を排除する力を求め、
女は優しい嘘のために
自身を滅却しても構わないと思い込む――。

空想東京百景

Various scenery of imagined Tokyo

なくじまぜう

001

昭和二十年八月十日

——麹町区〈日比谷公園〉

昭和二十年八月十日、朝——。

わずかに残存していた天翔兵団の迎撃戦闘機「飛燕《ひえん》」「鍾馗《しょうき》」「屠龍《とりゅう》」が飛び立つことはなく、厚木から飛び立った海軍航空隊の「月光《げっこう》」「雷電《らいでん》」も間に合わず、B29の爆撃手は日比谷公園に照準を合わせた。

そして、機体番号44-27302〈トップ・シークレット〉が投下——炸裂したのは〈かぼちゃ頭のピーター《ピーター・パンプキンヘッド》〉……三発目の新型爆弾であった。

建物を全て焼き払って、今更なにを吹き飛ばすのかと思えば、この爆弾はそれ以上の災禍を撒き散らした。

午前八時十五分、白い閃光は日比谷公園から半径数キロ以内の生命あるもののすべてを塩の柱に変え、次いで、局地的地震が都内各所を襲った。

昭和二十年八月十五日、敗戦――。

しかし、白い荒野と化した〈東京〉で辛うじて生き残った者たちは次々と倒れ、死んでいった。それは、爆心地から比較的遠い世田谷《せたがや》区や板橋《いたばし》区でも大量に発生していた。

〈東京〉は奇怪な呪詛《じゅそ》に蝕《むしば》まれていた。

やがて、呪詛がもたらす生き腐りと呼ばれる奇病により、昭和二十年末までの四ヵ月で旧東京市十五区――都心部の人口は新型爆弾投下前の19％に減少していた。投下前からの都民で生き残ることができたのは４％、残りの15％は行き場のない流民《るみん》――特に復員兵くずれを中心とした与太者《よたもの》の群れが、この地獄の釜をひっくり返した死都に流れ込んでいた。

冬を迎える頃には、残留呪詛による広域二次被爆は沈静化していたが、爆心地に近い地域のいくつかでは相変わらず高濃度の呪詛が検出され、二次被爆者も発生していた。加えて、少数ではあるが、呪詛に抗う生存本能が生物の潜在能力を覚醒させたのか、凶暴凶悪な異能に目覚める者も現れた。

彼らの驚異的な戦闘力は急激な治安の悪化を招き、進駐軍管理下の新政府はそれを理由に、昭和二十一年度の復興計画から呪詛――高濃度の残留毒素に汚染されていた麹町《こうじまち》区を中心とする旧東京市域十五区を除外し、一年間の武装封鎖を行う緊急決議を採択した。近郊区域とは白い壁と鉄条網で仕切られ、一度中に入った者が出ることは困難となった。そして、この国のすべての罪は白い壁の中に封じ込められた。死都と蔑《さげす》まれつつも、閉鎖十五区には旧軍の秘匿《ひとく》物資が多く眠っており、この無法地帯に群がる与太者たちは競うように略奪と抗争を繰り返していた。

天罰の光で滅亡したはずの悪魔の街には、更なる悪徳と犯罪がまかり通っていた。壁の中の抗争は熾烈を極め、殺人も日常茶飯事であった。だが、浮浪者となった戦災孤児たちは更に悲惨であった。男は捕獲され、生きながら連合国軍新型爆弾傷害調査委員会——NBCCの人体実験材料《マルタ》となるか、組織暴力の使い走りとなるかの二択であったし、女の場合はどんな年端もいかない娘でも強姦され、売春を強制された。そして、どちらも最後には生き腐り——その死体もNBCCに払い下げられた。

数年後にオリンピックを控えた今では、かつて煉獄都市であったことすら忘れ去られつつあるが、煉獄で焼かれたタマシイが忘れることはない。

滅びの〈道《タオ》〉を辿り、朽ち果てるまで——。

正式名称は「呪詛爆弾（curse bomb）」だが、単に「新型爆弾（new bomb）」と呼ばれることが多いこの大量殺戮兵器は、直接的な破壊力はないが、閃光を浴びた生物を塩化ナトリウム結晶に変異させる特性を持つ。

旧約聖書の創世記――ソドムとゴモラの滅亡から「神罰爆弾（punisher）」とも呼ばれたこの爆弾は、大量虐殺で調達した負の精神エネルギーを凝縮し、原子レベルに分解――膨大な量の呪詛として解放することで都市を完全に殲滅《せんめつ》する大量殺戮兵器にして、魔術的科学《オーバーテクノロジー》の呪術兵器であった。

かつて、ナチス・ドイツの古代遺産協会《アーネンエルベ》に所属していた魔法科学者、ポール・ベルンシュタイン博士の理論を用いて作り上げられたその奇怪な原理とは？

《凝縮された妄念やら魂魄やらを原子レベルへと分解した後、神通力《じんつうりき》に変換し、残留思念を膨大な量の呪詛として解放することで、都市の住人だけを完全に殲滅するのさ♡》

…………そして、ベルリン陥落後に回収された実験品にアメリカ軍が黄色い猿だけを抹殺する呪法《コード》を組み込んで完成したのが、〈かぼちゃ頭のピーター《ピーター・パンプキンヘッド》〉である。

「夏の東京は雪が降ったわけでもねぇのにすべてが真っ白で、閃光は生きとし生けるもの全てを塩の柱に変えて、大地に撒き散らされた塩が白く輝いていた。建物はそのまま残っていたが、それまでの空襲で家はあらかた焼けていたから、あたりは一面の銀世界だ」

残虐の極《きわみ》・新型爆弾、道路には死屍《しし》累々《るいるい》なり――。

夏の東京は
雪が降ったわけでもねえのに
すべてが真っ白で、
閃光は生きとし生けるもの
全てを塩の柱に変えて、
大地に撒き散らされた塩が
白く輝いていた。
建物はそのまま残っていたが、
それまでの空襲で
家はあらかた焼けていたから、
あたりは一面の銀世界だ。

002

昭和三十七年四月二十日

――渋谷区円山町〈さかさくらげ〉

「ほう……この亡霊のような銃が見えるとはな」

　背中から女を抱く手が握っていた黒い銃は、女の眼前で凶々《まがまが》しい輝きを放っていたが、その姿はどこか揺らいでおり、うす暗い灯りの下では蜃気楼《しんきろう》のようにも思えた。

「それは、見えないもの――なのですか？」

「そうさ。こいつァ、常人には見えるはずのねぇものさ。特に、あんたのようなお堅い女には、な」

　三十路《みそじ》手前の行かず後家ではあったが、今夜の女は、男好きのする好い肉体《からだ》をしていた。

「……お堅い？

ふふっ……あなた、冗談が上手いんですね」

　毛布にくるまりながら、女は口元だけで笑った。

　秘密を隠すように。

「早撃ち無宿と言えば聞こえはいいが、所詮、拳銃片手のフーテン商売……」

　代わりに、男が秘密を告げる。本人ではなく、鏡に映っている姿の方へ語りかける。

「こいつは……魔銃さ。外見はモーゼルＭ７１２だがね」

　それは、親愛なる者を〈虚構〉へ葬った代償。

　親愛なる者のタマシイを〈虚構〉へ捧げ、男は魔銃を手に入れた。欠けた気分を埋めようとして、ひとでなしに成り果てた。

「気をつけな。余計なもんは見ねぇことだ」

　そして、〈虚構の原風景〉に囚われた。

「たとえ――懐かしくて、あるはずだった別の自分であってもな。それが生き残る秘訣さ」

　現実では届かない楽園を〈虚構の原風景〉とすり替えて叶える者は、いつの時代にもいるが、優しい嘘を積み重ねた楽園は砂上の楼閣であり、脆い。

天罰の光で滅亡したことすら忘れかけている悪魔の街では、男は優しい嘘のために夾雑物《ノイズ》——他者を排除するための力を求め、女は優しい嘘のために自分自身を滅却してしまっても構わないと思い込む。

「つまり——あんたは、死の影に囚われているってことさ」

男は女と直接向かい合うことなく語り終えると、グラスにウイスキー《トリス》を注いだ。

「そうかも知れません。わたしも煉獄の街で焼かれた身ですから。幸い、改造の前に逃れましたけど、この身を苦界《くがい》に堕としていたことに変わりはありませんから」

女は鏡に映るもう一人の自分を一瞥《いちべつ》すると、グラスに赤玉ポートワインを注いだ。

「あんた、〈蠅の街〉にいたのか……」

〈東京〉最大の新爆スラム〈蠅の街〉。

〈旧十五区封鎖〉の時代、江東区南砂町の埋立地に造られた粗悪な高層アパート群は、その粗悪さが災いし、武装封鎖下の煉獄都市を冷凍保存したような煉獄の街と化した。

「だが、あんたは煉獄を抜け出し、こうして生きている……」

瞳の中の鬼火が消え、憎悪を宿していた三白眼《さんぱくがん》は、不意に優しい眼差しで女を見つめる。

「環状線をぐるぐると回るのは——」

片手にワイングラスを持ち、ランプに照らされた女の表情が陰影を帯びる。

「都市という時計の上で
歳を取っていくだけの長針——」

「……確かに、都市生活者なんざ、ネオン灯が作り出した影でしかねえからな」

一瞬——彼女の姿が二重に揺らいだことを、男は見逃さなかったが、問うことはなかった。

その男は、暗く濁《にご》った三白眼だが、深々と光る眼差しは鋭く、堅気でないことは容易に想像できた。

その男は、斜に被ったソフト帽と三ツ揃い《スーツ》で装っているが、灰色の狼を思わせる無造作な髪と顎髭《あごひげ》と相まって、貸本劇画の殺し屋か、日活アクション映画に於けるエースのジョーのような風体であった。

もっとも、宍戸錠のトレードマークである膨れた頬肉はなく、風体の割に印象は薄いが、映画スターではない男の職業を考えれば、それは悪くない。

なお――「灰色の狼」云々という記述は、狼が残忍な凶獣であるという俗説に拠《よ》るものだが、これは人間側《おれたち》の印象操作に過ぎない。地上でもっとも残忍なる凶獣を選ぶとすれば、それは、数百万人の同族を一発の爆弾で殺す万物の霊長とやらだ。

（改めて思うが、まったくご苦労なことだぜ）

（わざわざ手間暇かけて、一人ずつ殺していくんだからな）

仄暗い夜の闇から這い出してきたような男の瞳が濁っているのは、一撃必殺の銃撃を行う瞬間、全身の神経を極限まで研《と》ぎ澄ましたことの代償だ。

標的に命中し、焼き尽くした瞬間から全身が無上の全能感に満たされ、昂揚した状態が続く。覚醒剤《シャブ》の快楽は一般的な性交《セックス》で分泌されるドーパミン量の十倍だが、殺人の一瞬は四十倍にまで達する。

故に「一瞬にして数十万人の大量虐殺を達成できたら、オレは脳のドーパミン経路を壊してしまうだろう……」と、密かに怖れていたが、身を焦がすような破壊衝動の残滓《ざんし》を抱えたまま、安らかな眠りを貪ることはできない。

冴えたまま平和な街を彷徨《さまよ》っても、不快なだけだから、殺しの後は――女を抱くことにしていた。

昭和三十二年製のラビットスーパーフロー１０１に乗り、表通りに張られた非常線を路地からすり抜けた男は、ネオン灯きらめく繁華街の音楽喫茶、ダンスホール、酒場へと潜り込んでいく。

とはいえ、銀座《ぎんざ》や赤坂租界《あかさかそかい》に近寄るつもりはない。

新宿《しんじゅく》や渋谷《しぶや》といった二流の盛り場を殺し屋は好み、

表通りよりも裏道を好んだ。

渋谷円山町《まるやまちょう》近くのくすんだ酒場に転がり込んだ男は、アルコールが適度に回ったふりをして、甘ったれた演技で女の母性本能を刺激しつつ、流しのバイオリンとギターが奏《かな》でるメロディに合わせて、朗らかに流行歌《はやりうた》を口ずさんでは今夜の女を狩った。

今夜の女は、三十路手前の行かず後家で。

今夜の女は、品川の小さな商社に勤めるＢＧ《ビジネスガール》。

今夜の女は、抱いた女の名前は……。

所詮は行きずりの関係、覚えておく理由もない。

《Belway――昭和三十七年九月》
四月二十日に寝た女は、環状線で囚われた。
女は〈虚構〉で緑の夢を幻視した。
《Pendeltones――昭和三十七年十二月》
緑に葬られた女の代償は、〈最凶最悪ノ魔銃《ペンデルトーンズ》〉。
だが、男がその因果を知ることはない。
《One night stand――所詮、一夜限りの関係だからな》

間違ってはいないが、別の事情さ。
因果を知る前に、この与太話が終わるからさ。
《Pendelfoiyar――昭和三十七年八月》
物語の果てにあるのは、愚者たちの顛末――。
そして、〈灼熱獄炎ノ魔銃《ペンデルファイヤー》〉の顛末――。

昭和三十五年十月十四日、
殺し屋は〈蠅の街〉を訪れた。
昭和三十七年七月二十四日、
殺し屋は〈蠅の街〉で目覚めた。
昭和三十七年八月十六日、
殺し屋は〈蠅の街〉で殺された。
昭和三十七年八月十七日、
殺し屋は〈蠅の街〉を去った。
昭和三十七年八月十六日に殺された
殺し屋を語る前に、
昭和三十七年四月二十日の殺し屋を語るのも、
〈空想東京百景〉が都市生活者の群像劇であり、

四月二十日に寝た女は、環状線で囚われた。
だが、男がその因果を知ることはない。

――暗号表だからさ。

003

昭和三十七年七月七日
――港区〈都営青山北町アパート〉

冷酷――殺人代行者。

凶暴――殺人依頼請負人。

残虐――殺人プロフェッショナル。

裏社会の住人たちの大半と表社会の住人のごく一部は、男が所属する〈組織〉を殺戮者集団《キラーズ》と怖れていたが、その〈組織〉は、良かれ悪しかれ〈仁義〉の名の下に集うヤクザや愚《ぐ》連隊《れんたい》とは異なり、奇妙な近代的システムによって構築されていた。

　個人事業主の組合《ギルド》と契約した殺し屋には、腕前《サバキ》に応じた番付《ランク》が与えられ、諸事情で変動するたびに、連絡係を介して新しい番付表《ランキング》が発表される。

　ランキング制で管理されている殺し屋たちが互いの顔を知る機会は極めて少ない。魔銃の名前で発表されるのも、殺し屋同士の不必要な戦いを避けるためだが、下位序列者《ランカー》が上位序列者《ランカー》を倒した場合はその順位に入り、以下はそれぞれ繰り上がる。

　このような矛《む》盾《じゅん》を抱えたシステムが採用されているのは、殺し屋たちの職業意識を高めるためだが、現実には最下位がいきなり一位を倒すことは不可能で、一人ずつ倒していくことも極めて困難だ。

　それでも、殺し屋たちにとって、ランキングの上下は死活問題である。順位に応じて依頼内容や発注額が変動するからだ。

〈組織〉に所属する殺し屋――その男は、昭和三十七年七月の時点で〈No.6〉と呼ばれていた。当人はそう呼ばれることにいい加減うんざりしているが、殺人序列第六位の状態は二年続いていた。

難易度と報酬金額から考えて、本来は上位序列者《ランカー》に発注されるはずの仕事が〈No.6〉に回ってきたのは偶然に過ぎない。間違い電話というミスを犯した電話口の連絡係は「下位序列者《ランカー》の手に負える代物ではない」と言ったが、〈No.6〉は強引に請《う》け負《お》った。

「オレのサバキは上位序列者級《ランカー》だぜ？」

連絡係にとっては痛恨のミスだが、〈No.6〉にとっては幸運であり、渋る連絡係を「誰であろうが成功すれば問題はねぇだろう？」と説き伏せた。

「貴様の言う通りなら、貴様はとっくに上位序列者《ランカー》の座を奪っているはずだろう？」

「それは……機会《チャンス》に恵まれなかっただけさ」

殺し屋〈No.6〉はこの仕事を利用して、上位序列者《ランカー》の座を狙っていた。殺しに成功した——という噂が流れれば、本来、発注されていたはずの上位序列者《ランカー》も黙っていないだろう。

（相対する機会さえあれば、こっちのものだ——）

〈No.6〉はそう考えていた。

（一位《トップ》じゃなければ、意味がねぇんだ。存在しねぇことと同じだ……）

昭和三十七年七月——番付表《ランキング》は以下の通りだ。

一位　夢幻螺旋ノ魔銃〈ナインテイルズ・フリークアウト〉
二位　女郎蜘蛛ノ魔銃〈ヒューリーズム〉
三位　二重思考ノ魔銃〈アルフォート〉
四位　道化芝居ノ魔銃〈千代《ちよ》駒《こま》〉
五位　電気紳士ノ魔銃〈チズハム〉
六位　灼熱獄炎ノ魔銃〈ペンデルフォイヤー〉
七位　反転鏡像ノ魔銃〈クイントリック〉
八位　包丁料理ノ魔銃〈芙《ふ》楽《らく》〉

〈夢幻螺旋ノ魔銃〉の主〈No.1〉は一件で数千万円を稼ぐと言われているが、〈灼熱獄炎ノ魔銃〉の主である〈No.6〉の報酬は最高で二、三百万——百万に満たないことも多い。

とはいえ、上位序列者《ランカー》と比べて実力が劣るわけではない。アクロバティックな銃の腕前《サバキ》には定評があり、抜く手も見えぬ早撃ち《クイックドロウ》に加えて、曲撃ち、反射撃ちも自由自在に操ることが可能だ。

理由はむしろ――腕が良すぎることだ。

殺し屋の第一条件は、確実に仕留めることだ。よって、〈No.6〉のような自信家《スタンドプレイヤー》の殺し屋は敬遠される。依頼が少なければ、報酬も少ない。

個人的な理由から、都内の仕事にこだわっていることも災いした。稀《まれ》に〈東京〉を離れても、舶来品を入手するための横浜や横須賀に限られていた。

依頼に応じて日本中を駆け回る殺し屋の多くは安定性の高い外車に乗るが、〈No.6〉の愛車は大衆車のスバル360やマツダ・R360クーペですらなく、スクーターだった。

スクーターとはいえ、北原三枝《きたはらみえ》の広告で知られていた昭和三十二年製ラビットスーパーフロー101は流線型デザインの新鋭機で、最大排気量250cc、重量155キロの巨体を誇るオートバイ級の機体だ。名機と謳われた戦闘機〈隼《はやぶさ》〉で知られる中島飛行機の伝統を受け継いだエンジンはチューンナップを施《ほどこ》せば、最高速度100キロを超える。

小回りの利くスクーターは複雑に家屋が密集した〈東京〉の下町を駆けるには最適の乗り物で、事実、表通りに張られた非常線も路地からすり抜ける。事実、逃走経路の選択肢は飛躍的に増えたが、遠出には向かず、結果としては仕事の幅を狭めている。

殺し屋〈No.6〉は合理主義者だったが、銃の腕前《サバキ》と行動範囲への執着《こだわり》はすべてに災いしていた。

そして、これから語る〈No.6〉の災難は、久々に舞い込んできたこの仕事に端を発していた。

004

昭和三十七年七月十七日

――江東区白河〈同潤会清砂通アパート〉

午前一時――表通りの灯は消え、裏街は人影もなく静まりかえっている。

戦前に造られた近代的《モダン》アパートメント群は鉄骨コンクリートの堅牢《けんろう》な造りだったが、外壁には空襲の痕跡が未だに残ったままだ。青山《あおやま》や代官山《だいかんやま》の同潤《どうじゅん》会《かい》アパートよりは若干低いが、都の中心部からやや離れたこの界隈では、四階建てと三階建てのアパート群よりも高い建築物は存在しない。

今回の標的《ターゲット》――凄腕の殺し屋とその情婦《イロ》は、同潤会清砂通アパート〈十七號館〉に潜んでいた。

とある理由から、十七年前の三月十日から住む者はなく、〈国際ギャング団〉のアジトとも噂される〈十七號館〉が取り壊されることもなく、満月の夜にだけ存在し続けているのは、建物全体に不可視の力が働いているからだ。

誰が仕掛けたのか知らないが、大半はさんざん迷った挙げ句、自動的に屋外へ排除される。もっと運の悪い者は、呑まれたまま戻ってこない。

しかし、二人はいつの間にか奇怪なアパートに許され、二階の一室に住み着いた。以来、殺し屋の姿を見た者はいないが、殺しは断続的に続いており、そのたびに生存が証明されているらしい。

〈組織〉に属さない一匹狼《フリーランス》の殺し屋が、どのように仕事を請け負っているのかは謎で、手口の詳細にも興味はないが、蛇《じゃ》の道は蛇《へび》だ。〈No.6〉が知らない経路《ルート》は、いくらでも存在する。

《まずは、情婦《イロ》を殺すことだ》

《そうすれば、殺し屋も姿を現すだろう――》

最終的に――仇討ちに現れた殺し屋を返り討ちにするというのが、依頼人と〈組織〉が書いた筋書きだが、情婦の方も姿を現すことは稀だ。

《唯一、満月の夜——丑三《うしみ》つ時の一瞬に》
《出窓をわずかに開け、外を覗くはずだ》

「その一瞬に、〈灼熱獄炎ノ魔銃《ペンデルフォイヤー》〉の９㎜パラベラム弾を撃ち込む、か……」

　唯一の殺人方法は依頼人の独断に過ぎず、〈組織〉側で再調査を行う余地もあるが、依頼人は極めて限定された状況の下で暗殺を執り行うことを望んでいた。確かに〈組織〉の存在意義は、偏執的《フェティッシュ》な殺人依頼《オーダー》を高額で請け負うことにある——。

　梅雨《つゆ》明けのまだ生暖かい風の具合を確かめながら周辺を見回した〈№６〉は、懐《ふところ》から取り出した拳銃に外付けのショルダーストックを装着する。

　標的の女が住むアパートの二階までは、約三百メートル。〈十七號館〉と対になるアパートメントの屋上から、二階の出窓に軽く狙いをつけたが、すぐに外して煙草《バット》を燻《くゆ》らせた。それは、余計な緊張をほぐすためであったが、煙の流れで風の方向と速さを測る意図もある。

　本中三針十七石《セイコーマーベル》の短針は、まもなく午前二時を指すが、死神に選ばれた殺し屋《トップエリート》——〈魔銃遣い〉に夜間視認装置《ノクトビジョン》は必要ない。最終的に信頼できるのは己の眼——〈魔人の眼〉だ。

　グリコ一粒分の距離に、遮蔽物はゆっくりと揺らぐしだれ柳だけ——。

　本来なら狙撃銃《スナイパーライフル》だが、かつて満州馬賊が愛用した大型拳銃《バケモノ》——モーゼルＭ７１２《シュネルフォイヤー》を改造した〈灼熱獄炎ノ魔銃《ペンデルフォイヤー》〉はショルダーストックを使えば、拳銃のくせに五百メートルの有効射程を確保できる。加えて、本来のマウザー弾ではなく、Ｍ７１２の前身であるＭ１９１６の９㎜パラベラム弾を同等の初速で撃つことも可能だ。そして、魔力付与《エンチャント》した弾頭が肉を抉れば、次の瞬間、相手の肉体を焼き尽くす。

　強化された〈毛児槍《モーゼル》〉の能力だけではない。強引に請け負ったこの仕事は、確かに上位序列者《ランカー》向けの仕事であったが、〈No.6〉の腕なら、限定された条件下でも複数の殺人方法を考えることができた。

丑三つ時——午前二時ならば、あらかじめ付近に潜み、至近距離から撃ち込むことも可能だろう。狙撃なんて面倒くさい手段を使わなくても、ダイナマイトを放り込めば、あっけなく終わるだろうが、標的側の手札は伏せられているし、〈組織〉に依頼したということは、依頼人の側にも相応の美学と事情がある。〈No.6〉は複数の殺人方法を考えた上で、〈魔銃遣い〉の矜持《プライド》に於いて最善であり、依頼人の事情に於いても最善となる方法を選択した。

最高ではなく、最善となる方法を。

(それにしても……)

(大枚はたいて〈組織〉に依頼したということは)

(情婦はさておき、男はかなりの手練《てだ》れだろうな)

早くも次の殺しを考えた一瞬——窓が動いた。

「——ほう？」

カーテンを開けたのが黒い下着姿の女だったので、〈No.6〉は軽く口笛を吹いた。映画女優のように整った顔と日本人離れしたしなやかな肢体が月の光に照らされ、銀髪の美女が青白く浮かび上がる。

足が不自由なのか、立ち上がった女の背後に車椅子のようなものが見えたが、対象物《オブジェクト》以外の要素に注意を払うよりも速く、職業意識が反応した。

「動くんじゃねぇぜ！　弾が外れるからな！」

だが——威勢の良い呟きとは裏腹に、〈No.6〉の指が銃爪《トリガー》を引くことはなかった。

女の眼光が〈No.6〉の網膜を射抜いたからだ。

右の瞳は紅色《レッド》に光り、左の瞳は金色《ゴールド》——美しくも凶々《まがまが》しい左右非対称《オッドアイ》を見た瞬間、一瞬にして、全身の神経が得体の知れない夾雑物《ノイズ》に侵された。いや、厳密に言えば、知覚の不完全一致——左右の眼が微妙に異なる映像《ヴィジョン》を捉え、およそ三百メートルの距離を一気に詰める立体視を生じさせていた。その映像は意識と潜在意識の境界領域に刺激を与えたが、同時に〈No.6〉の脳髄が日常的に行う映像認識処理動作では処理できない未知の情報表現《イメージ》でもあった。

何にしても——閃光による暗示は、〈No.6〉の体感時間を大きく狂わせ、肉体と精神を拘束した。

筋肉は微動だにせず、呟きすら錯覚でしかない。

「……忘却とは、忘れ去ることなり。

忘れ得ずして忘却を誓《ちこ》う、心の悲しさよ……」

不快感と倦怠感《けんたいかん》が夜霧のように曖昧に遮る照準の彼方から、美女の声がゆっくりと抑揚なく響いた。

だが、それは鼓膜を震わせて届いた音ではない。

（距離は約三百メートル……）

ゆっくりと揺らいでいたはずのしだれ柳も今や風に揺れることはなく、微動だにしない。

（ならば、呟きが聞こえるはずもない）

（喉から発した声が届くはずもない！）

（骨伝導——微動で直接、脳に響くはずもない！）

そして、美女は問う。

「完全なる遊戯——狂った時間の中にタマシイを閉じ込めれば、遊戯は永遠に続く？」

しかし、美女は嘆《なげ》く。

「否——完全なる遊戯も経年劣化による綻《ほころ》びは免《まぬが》れ得ず、白い荒野から遠く離れたタマシイは、〈道《タオ》〉を見失う」

だけど、美女は笑う。

「白い荒野に佇《たたず》んでいる〈私〉は、仔犬の深奥に潜み、覗き込んでいた。

貴方が〈私〉を覗き込むように」

恐怖に囚われた〈No.6〉は声なき声で叫ぶ。

「わけの分からねぇことを言ってるんじゃねぇ！

人間の瞳は光らねぇ！

光るとすれば——そいつは悪魔の眷属《けんぞく》だ！」

だが、モノクロームの世界に声が響くことはなく、美女の両眼だけが煌々《こうこう》と光を増していく。

「いや——悪魔にタマシイを売った奴だけだぜ！」

崩れかけた虚勢——陶磁器のように艶やかで青白い肌の美女を〈恐怖人形〉と評した時——。

右の瞳は紅色に光り、左の瞳は金色——
美しくも凶々しい左右非対称を見た瞬間、
一瞬にして、全身の神経が得体の知れない夾雑物に侵された。

網膜の光彩は、澄んだ輝きのまま暗い青となる。

「凶は満月——赤い月が満ちる時は、最凶最悪の逢《おう》魔《ま》が時。〈虚構〉に捧げられた魂魄は〈過去〉〈現在〉〈未来〉に分裂し、定められた線路を外れた〈未来〉は、円環の廃墟……捻《ねじ》れた運命へと迷い込む」

網膜の光彩は、艶と雅の輝きが不快な唐紅《からくれない》となる。

「夢と幻が絡み合い、彼岸から忍び寄る〈虚構の原風景〉は忘却したはずの煉獄。嗚呼《ああ》、忘れ得ずして忘却を誓《ちこ》う、心の悲しさよ……捻れた運命の果てに〈道《タオ》〉を見失ったタマシイは赤い月の夢に囚われ、完全なる遊戯は終わる」

網膜の光彩は、冴えた輝きが毒々しい橙黄となる。

「〈道《タオ》〉を見失いつつあるのは、この時間の貴方も同じ。赤い月の夢に囚われ、呑み込まれ、銀狐だけが物語の終焉に取り残される。現身《うつせみ》はとうの昔に滅び、白面金毛《はくめんきんもう》にもなり損ね、可愛い仔犬は彼岸へ、獰猛《どうもう》な蜘蛛《くも》は熔け果て、形骸と化した銀狐だけが取り残される」

網膜の光彩は、まるで輝きを失った暗黒となる。

「貴方が視《み》ているのは、最後の狂った時間。私には未来視ではなく過去視で、私の時代はもうすぐ終わる」

網膜の光彩は輪転機のように意味を成し続け、記号化による情報圧縮で高速化された思考《データ》は覗き込んだ〈No.6〉の網膜へ転写——強制的に視神経の深奥へ流し込《インストール》まれた。印刷された紙から活字だけが浮き上がり、無数の小さな蟲《むし》に変化したような錯覚。飛蝗《ひこう》の如き情報群体が脳髄を陵辱し、急激に増幅された不快な緊張が内圧限界へ達しても——。

それは、ほんの一瞬の出来事で。

季節はずれの蝶がわずかに揺らぐ間の出来事で。

結果は——誤射。

硬直状態から解放された指先が自動的に銃爪《トリガー》を引いても〈No.6〉はプロの殺し屋だ。無意識の反射動作でも、照準は完璧に標的を捉えたが——。

一発目の銃弾は標的の美貌を焼き払うことなく、

眼前で燃え尽きた。二発目の銃弾は不可視の壁に遮られ、眼前で燃え尽きた。三発目の銃弾は不可視の壁に遮られ、眼前で燃え尽きた。四発目の銃弾は不可視の壁に遮られ、眼前で燃え尽きた。五発目の銃弾はひどく怯えた弾道で、標的と無関係な鉄柵をわずかに溶かした。

　六発目の銃弾を撃つことはできなかった。

（眼力で……偏向力場《シールド》を形成したというのか！）

　一発で殺すことができなかった時点で殺人資格の剥奪に値する失策でありながら五発目まで撃ったのはモーゼルM712が全自動連射拳銃《オートマティック》だったからだが、恐怖と自己嫌悪に支配された殺し屋に銃爪《トリガー》を引き続けることはできない。引き続けたところで問題を克服できない。

　不可視の壁に優しく包み込まれた灼熱の魔弾は、ゆっくりと燃え尽きていく。

　ジジジ……ジジジ……。

　線香花火が燃え尽きるように溶け落ちていく。


　殺し屋は呆然とそれを見つめていた。

　殺し屋は殺人にまつわる全ての選択肢を失った。

　殺しに失敗した〈No.6〉はその場を逃げ出した。

005

昭和三十七年七月十七日

――中央区銀座〈ルパン〉

　深夜の街をラビットスーパーフロー101で駆け抜けていることに気づいたのは、五発の銃弾を無駄にした悪夢のような瞬間から、悪い酒を呑んだように記憶が途切れていた。

　唯一、四月二十日――前の仕事の後に抱いた〈蓮《はす》見香名子《みかなこ》〉という女の身体、一夜限りの関係を思い出していたことだけは覚えていた。

（過去の幻視《フラッシュバック》か……確かに、忘れたことはねぇが、名前まで覚えているのは珍しいぜ……？）

殺しの後は女を抱くことにしていた。

焼き尽くした瞬間の全能感と、身を焦がすような破壊衝動の残滓――死の側に傾いた天秤を調整するためだ。生と死の境界線上で他者を葬り続けるためには、大きく揺らいでいる天秤のバランスを保たなければならない。

だが、殺しに失敗した今――〈No.6〉は思う。

この場合、殺し屋はどうすれば良いのだ？

《そういう時は、酒で紛《まぎ》らわすのも良かろうさ》

不意に――澄んだ囁き声《ウィスパーボイス》の幻聴が響《ひび》く。

本中三針十七石《セイコーマーベル》の短針は、悪夢のような瞬間で止まったままだ。長針も止まったまま、秒針だけが空回りしている――。

気がつくと、深夜の〈東京〉をさんざん彷徨った愛車の燃料タンクは、かなり心許《こころもと》なくなっていた。

そして、銀座四丁目電停の近く、十七年前の空襲の痕跡が外壁に残る古いビルの一角、スタンドバーの看板が目に留まる。閉店時間はとうに過ぎたはずだが、「CLOSED」の札は出ておらず、扉も開く。

「誰もいねぇのか？」

「今は――貸し切りみたいなものだ」

バーテンダーも席を外している店内には、二人の客しかおらず、〈No.6〉の問いに答えたのは、酒場には不似合いな幼さが残るベレー帽の少年だった。

澄んだ囁き声《ウィスパーボイス》で棘を放つ少年は、カウンターテーブルに頬杖をついて、静かにグラスを傾けている。

「そういう時は、酒で紛らわすのも良かろうさ」

「あんた、読心術でも使うのか？」

「そんな異能はないが、職業柄、気分の善し悪しくらいは見抜けるさ」

「……職業柄？」

「ああ、しがない私立探偵でね。今日も暇つぶしに、友人から恋愛相談を受けていたんだが……」

二人の間に割り込んでみると、少年探偵の連れとおぼしき青年はカウンターテーブルに突っ伏して眠りこけていた。青年は若白髪の混じったロマンスグレーに品の良い西洋系混血《ハーフ》の風貌で、傍らには小さなダイスが五つ転がっている。

ただし、ダイスの目は、六、伍、四、参、弐……。

むしろ、器用と言えるのか――？

「まるで――死人みてぇだな」

「確かに、昏々《こんこん》と眠っている」

ネクタイも締めず、素足にローファーを履くセンスは奇妙だったが、平時ならば、貴公子然とした雰囲気を漂わせているのかも知れない。同性である〈No.6〉にすら、そう思わせるほどの愁《うれ》いを纏っていたが、ジェラール・フィリップにも似たこの色男は完全に酔い潰れていた。しかも、その寝顔は夢の中で惚れた女の尻でも追いかけているのか、にやけたまま硬直し、ひどい間抜け面である。

「だから、仕方なく飲んでいるのさ。彼が戻るまでは此処にいないとな」

「……付き合いのよろしいことで」

「今は――時空間のねじれも生じているからな」

含み笑いの表情で、少年探偵は唐突に言う。

「……はァ？」

「満月の夜にはよくあることさ。〈すりかえ現象〉とでも言うのかな……一度こうなると、正常な空間に回復するのを待つか、時空のねじれを繋いでいる特異点を見つけて破壊するしかない」

《Substance Substitution――〈すりかえ現象〉

World Alteration――〈世界改変〉の前段階。

あれは、時間の流れに歪《ゆが》みが生じ、複数の時間が同じ都市の上に混在している状態なんですよ。

この〈東京〉が存在している時空間には複数の平行世界が混在していまして、中には機械化植物に覆《おお》われた異界まで含まれていますが、それは〈虚構の原風景〉などと自称しています。

しかし、その大半は選択肢を示すだけですから、得体の知れない妄念によって迷い込まない限りは、

「そういう時は、酒で紛らわすのも良かろうさ」

「あんた、読心術でも使うのか？」

一時的な現象に留まると思いますよ。馬鹿馬鹿しくなるほどの妄念で作り上げた虚像と戯れ、そんなものを正義と信じて、自己正当化するためにすべての縁《えにし》を捨て去るような度し難いお馬鹿さんでなければ、嘘と本当は繋がらないでしょうねー》

少年探偵の助手であるところの〈博士〉なら、こんな調子で——酔った勢いで補足するのだろうが、此処に彼女はいない。

「特異点……だと？」

ろくでもない魔女の瞳を思い出した〈No.6〉は、怪訝《けげん》な表情を浮かべていた。

「それはしばしば、〈鉛の卵〉として現れる」

「……杞憂《きゆう》か……」

内心はひどく焦っていたが、少年探偵に動揺した様子を見せないために精一杯の虚勢を張っていた。だが、少年探偵の方は、他人の事情など知ったことか、と言わんばかりの風情で煙草を燻らせている。

（まだ若いくせに、堂々たる不良少年っぷりだぜ）

妙に感心した〈No.6〉は、同年代の友人と相対するように話し始める。

「すまねぇが、そいつを一本もらえるか？　煙草《バット》を切らしちまってな」

「ああ、別に構わないが、本当に〈けぶりぐさ〉で良いのかな？」

細身の両切りを受け取った〈No.6〉は、唇《くちびる》の端に軽く挟んで少し葉を寄せ、吸口を作る。手早くマッチを擦り、先端に火が点《つ》いたことを確かめると、今度は鷹揚《おうよう》な身振りで背を伸ばし、瞼《まぶた》を閉じる。

含んだ煙をゆっくりと味わいつつ、煙草の軽さを唇から指へと移していく。少しずつ、少しずつ……煙の粒子を吐き出していく。

「ほう……この煙に咳き込まないとはな」

「洋モクか？　確かに奇妙な味だが、嫌いじゃない」

「…………。いや、それは良かった」

ほんの一瞬、困惑した表情を見せた少年探偵は、一転してくすくすと笑っている。

「後で惑わされないことを祈るよ。ろくでなしの可愛くてお節介な天使にね」

「遅効性？　非合法《イリーガル》なのか？」

少年探偵が口元に添えた細く白い指の仕草は妙に柔らかく、〈No.6〉の印象に残ったが、特に深く考えることもなく、愛想笑いで応えた。

「いや、合法も非合法もないさ。ろくに知られてもいないからね」

甘い芳香を漂わせる〈けぶりぐさ〉は遠い昔に失われた〈一点紅《いってんこう》〉の亜種で、十七年前に地上から消えた国では〈蓮音《はすね》〉と呼ばれていた。かなりの上品と評価も高い稀少品《レア》だが、安価な三級品の〈金鵄《きんし》〉――ゴールデンバットに慣れきっている〈No.6〉には、その価値を見抜くことができない。だいたい、煙草と〈けぶりぐさ〉の違いすらも分かっていないのだから、見抜けるはずもない。

「地獄入景亡者戯《じごくばっけいもうじゃのたわむれ》か、南無入幡大菩薩か……惑わされるなら、ろくでなしの可愛くてお節介な天使でなく、入人の美女の方が嬉しいかな？」

「そいつァ、確かに嬉しいが……やっぱり、ろくでもねぇ与太話だ。頭破作七分《ずはさしちぶん》どころか入分裂きなんだからな。振り回されるのは勘弁だぜ」

ましてや、アルコールが行き渡った脳髄による思考は真意を推し量ることすら面倒で、ただ、その場しのぎの言い回し《テクニック》で会話を繋いでいる。

「ところで……君の今日の日付はいつなんだい？」

「今日？　七月十七日じゃないのか？」

だから、脊髄反射《せきずいはんしゃ》で軽く答えてしまうのだが――。

「こっちは、昭和三十九年の九月から来たのだが、此処《かれ》の時間は現在――昭和三十八年だ」

「わけが分からねぇな。今は昭和三十七年だぜ？」

少年探偵は眠りの国の色男を指差して呟いたが、〈No.6〉の停滞は言語中枢にも及んでいる。

「〈東京〉に生きる者は、誰もが少なからず狂った時間に蝕まれているのさ――。

身體的創傷可治癒《からだのきずならなおせるけれど》、内心的創傷沒法彌補《こころのいたではいやせはしない》、ってね」

「ますますわけが分からねぇぜ」

〈No.6〉は何度も首を捻《ひね》ったが、真面目に考えようとする気はなく、グラス片手に呆れた薄笑いを浮かべていた。

「だが、こうして煙を燻らせれば、見失った〈道《タオ》〉が見えることもある。逆に見失うこともあるが、どちらに転ぶか分からないから、人生は面白い――」

優雅に〈けぶりぐさ〉を燻らせ、仙人のように人生を語る少年探偵から、残り少ない机上の角瓶《ブレンデッド・ウイスキー》、傾けたグラス、腕の時計へと視線を外していく。

本中三針十七石《セイコーマーベル》の短針は、悪夢のような瞬間で止まったままだ。長針も止まったまま、秒針だけが空回りしている――。

（確かに、あんたの言う通りだ）

環状線をぐるぐると回るのは――都市という時計の上で歳を取っていくだけの長針――。

数ヵ月前、しけ込んださかさくらげのベッドで、そんなことを呟く女がいた。

（だが、オレの場合は長針すら止まったままだ――）

そして、ぐるぐると回る円環の中で〈道《タオ》〉を見失っていることに思い至るが、それとこれとは別だ。

言い返さなければ、気が済まない。

「仙人じゃあるめぇし、その若さで達観してんじゃねぇよ」

「そうだな――そうだろうな」

ベレー帽のかぶりを直した少年探偵は、植木《うえき》等《ひとし》のような乾いた笑顔《ポーカーフェイス》で呟くと、突然、思い出したようにピース缶を差し出した。

「これを、君に渡しておくよ」

「いいのか？」

「気に入っているようだし、君が持っている方が役に立つような気がしたのさ」

意外な申し出に〈No.6〉は驚いた。もっとも、受け取った缶は軽く、振った感触から測れば、ほんの数本しか入っていない。だが、それで文句を言う筋合いもない。

「じゃ——有り難くいただくぜ」

酒で紛らわすことにも飽きた〈No.6〉はグラスに残ったウイスキー《ストレート》を飲み干し、少年探偵と相変わらず眠り続けている青年に別れを告げる。

気がつけば、ダイスの目は、壱、壱、壱、壱、壱、壱……だが、少年探偵の正体が男装の少女探偵だったことには、最後まで気づかなかった——。

006

昭和三十七年七月十七日

——港区〈都営青山北町アパート〉

「……まったく、どうやって戻ってきたんだろうな」

気がつけば、ラビットスーパーフロー101は青山通りをまっすぐに走っていた。さんざん走り回って残り少ないはずの燃料タンクも、いつの間にか元に戻っていた。

やがて、見慣れた高架水槽塔のある団地の裏路地へ辿り着き、適当な偽名で借りた都営アパートの前に佇んでいる。

「酒か、あの奇妙な煙草か……ひでぇ頭痛だ」

懐から鍵を取り出し、最新式のディスクシリンダー錠に差し込む一連の動作までは、ほとんど無意識のうちに行っていた。しかし、仕事に失敗したことの動揺がまだ残っていたのか、微妙に細心さを欠いており、生活感の乏《とぼ》しい西洋スタイルのモダン・リビングから小林《こばやし》旭《あきら》の親不孝声が流れていることに気づかなかった。

悪趣味な般若《はんにゃ》の面を着けた赤毛の女——いや、赤毛の少女が殺し屋の帰りを待っていたことにも気づかなかった。

「……まったく、趣味の悪い歌ね？」

「なんだったら、おミズ——水原弘《みずはらひろし》や西田佐知子《にしださちこ》のレコードもあるぜ？」

頭痛はあるが、酔いは醒めていた。来訪者の素性を想像する程度の思考力も取り戻したが、その想像が正しければ、数時間後にはオート三輪を手配し、次のアパートへ引っ越す羽目になるだろう。

「……ふふっ、殺し屋には教養と品性が必要よ。次の煉獄を生き延びることができたら『Bags' Groove』をプレゼントするわ——」

「マイルス・デイビスか。たかが般若の面を着けたくれぇで前衛芸術家《アーティスト》か哲学者《フィロソフィア》にでもなったつもりのガキに言われたくはねぇな。実存主義を気取るなら、そんなデタラメな意匠のポンチョじゃなくて、タートルネックの黒いセーターでも着るんだな？」

南米原産のはずのポンチョの布地は黒く、フランス人形を思わせる刺繍《ししゅう》やリボンやレースやフリルが後付けで無造作かつ無数にこしらえてあるが、身に着けているのはその一枚だけで、あとはガンベルトだけの全裸——下穿《パンツ》きすら穿いていない。白と黒の装飾に彩られたポンチョから、ちらりちらりと見え隠れしている太腿の付け根も気にする様子がない。

どうやら——少女には露出狂《フラッシャー》の気があるらしい。

「ジャズと『嘔吐《おうと》』と黒いセーターってぇのは、そういう手合いの三点セットなんだろう？」

「ふぅん……あなた、サルトルを読むの？」

「おあいにくさまだ。オレの愛読誌は『ヒッチコック・マガジン』だ……もっとも、翻訳ミステリと古典と空想科学小説《サイエンス・フィクション》は好きじゃねぇがな」

「だったら、なにを読んでいるの？」

「ＧＵＮ特集だけさ」

拳銃で般若の顎を突き上げ、仮面に隠れた素顔を現した少女は、華奢な肢体から推測した通り、子供っぽく可愛いものであったが、どうひいき目に見ても成人女性の風体ではない。年齢は好意的に見積もっても十五、六——長い朱髪を横で束ね、二本の尾のように垂らしている。

それでも、少女の眼光は鋭く、確実に〈No.6〉を射抜いている。眉尻の上がった、いかにも気位の高そうな眼差しで、下から睥睨している。付け加えるなら、身長は〈No.6〉の方が頭二つほど高い。

「しゃあねぇだろ？　オレは生まれながらの殺し屋――〈魔銃遣い〉なんだからな」

「……だったら、この銃は知ってる？」

　ポンチョの裾から現れた両手が握っているのは、護身用のレミントン・ダブルデリンジャー《オーバーアンドアンダー・デリンジャー》だ。

「ほう……ストリッパー上がりの女殺し屋がよく使う拳銃《ハジキ》だな」

「誰がストリッパーなのかしら？」

「そんな格好しているから、てっきり前職はストリッパーかと思ったぜ？」

「冗談はほどほどにしておいた方がいいわ」

　気分を害したのか、少女はひどく酷薄な笑みを浮かべた。露出狂とはいえ、年端もいかぬ少女をストリッパーとして雇う舞台などありはしないのだが。

「こんなものでも、あなたの頭を撃ち抜くぐらい、わけはないのよ？」と言い終えぬうちに、41口径《ショート》ではない銃弾が〈No.6〉の頰をかすめる。

「ちっ……てめぇは誰だ？」

「日常という仮面を外した今、わたしに名前はないわ。拳銃《ハジキ》の名は〈ヒューリーズム〉だけど」

　ヒューリーズム――〈女郎蜘蛛ノ魔銃〉。

　昭和三十七年七月の時点で、殺人序列《ランキング》第二位の殺し屋だ。

「定石通り、魔銃の名が〈No.2〉の通り名か――。それにしても、般若の面《ツラ》が日常でござい、と強弁する小娘《ガキ》の人生はどれだけくそったれなんだろうな？」

「あら、敗戦直後の有名な俠客《きょうかく》……〈蓬萊樹一郎〉の名を騙っている方が、殺し屋としては非常識だと思うけど？　あなたのような野良犬が、〈彼〉の名前を名乗るなんてね」

「……ほう、ずいぶんと言ってくれるじゃねぇか」

「名前はないの？　それとも――下位序列者《ランカー》にありがちな虚勢《ハッタリ》かしら？」

「だったら、試してみるかい？」

懐の〈灼熱獄炎ノ魔銃〉を確かめると、〈No.6〉は戦闘態勢を整えた。狭い室内で撃ち合うなど、正気の沙汰ではないが、五メートル先の標的に正しく撃ち込むことも困難な小型拳銃と五分の条件で戦うなら、むしろ、此処でなければ不公平《アンフェア》だ。

「オレのサバキは上位序列者《ランカー》級だぜ！」

具現化した二挺拳銃をガンベルトに収めた〈No.2〉が、ちろっと出した深紅の舌で上唇を舐《な》めたことを〈No.6〉は気にも留めなかったが、それは標的の価値を計り終えた合図――早撃ち勝負《クイックドロウ》は一瞬だ。

ポンチョを舞い上げ拳銃を繰り出す〈No.2〉。

懐から〈灼熱獄炎ノ魔銃〉を繰り出す〈No.6〉。

その速さはほとんど互角であったが――。

左の改造拳銃《カスタム》――デリンジャーから射出されたのは銃弾ではなかった！

針のように細く、鋭く、均一に仕上げられた黒と黄に光る金属の節足――俊敏かつ的確に駆動する〈女郎蜘蛛の足《スパイダーレッグ》〉が次々と襲いかかる灼熱の魔弾を突き刺し、〈No.2〉の肉体を抉ることなく燃え尽きるよりも速く、右のデリンジャーが撃ち込んだ〈女郎蜘蛛の魔弾〉が〈No.6〉の右手甲を抉っていた。

「ぐぎぃいいっ！　ぎぃいいあああああああっっ！」

22口径《ロング》とはいえ、先端に空けられた穴から多角形に裂け、大きく変形した弾頭が細胞組織を掻き回すダムダム弾《ホローポイント》は強烈な激痛をもたらす。ましてや、魔力付与《エンチャント》された魔弾は、鉛毒以外にも様々な毒性を有している――。

更に低い体勢から滑るように襲いかかる〈No.2〉が、激痛で握力を失った掌から落ちた〈灼熱獄炎ノ魔銃〉が地面へ触れるよりも前に構えたままの死角をすり抜けていく。優れた殺し屋であっても、撃った後の体勢を立て直すことは射精《イジャキュレーション》の後で後戯を行うのと同じで、男には不得手な行動だ。もっとも、それを悟るよりも前に、〈No.2〉は小柄な体躯とまるで釣り合わない強烈な出力荷重比《パワーウェイトレシオ》を発揮し、〈No.6〉の背後から肩や腕を捻り上げる。

ギュルウウッ……ベキッ、ペキィィ！

容赦なく頭蓋骨に響くのは――骨を伝って届いたのは、関節や尺骨がぐるりと歪んで砕ける音だ。

「あの殺しはわたしが請け負うはずの仕事だったの」

「……そうだろうな」

「それを、六位の分際で泥棒猫みたいにかすめ取り……しかも、失敗するなんてね。〈組織〉の掟《ルール》がなければ、きっと、容赦なく殺しているわ」

〈No.2〉は抑えた口調で話したが、声の調子には怒りの感情が迸っている。

「粛清《しゅくせい》ではなく、制裁か――なんにしても、失敗の代償は苦痛で払え、ってことか」

軽口の傍ら、〈No.6〉は必死に身体を動かし、拘束から逃れようとしたが、〈No.2〉はその都度、可動部位を的確に破壊していく。

常人ならば、その苦痛だけで気絶していたろうが、殺人プロフェッショナルの矜持と〈魔人〉の肉体が、この程度の拷問《トーチェ》で音を上げることはない――。


「そういうことね。身の程知らずのお馬鹿さん？」

「い、言いわけはしねぇが……あれはろくでもねぇ奴だったぜ？」

「それが、上位序列者《ランカー》の領域……あなたのような下位序列者《ランカー》には想像もつかない世界なの」

「そうだろうな。標的の殺し屋どころか、殺し屋の情婦《イロ》風情ですら、とんでもねぇ異能の持ち主なんだからな……」

あらぬ方向へ関節がねじ曲がっていく苦痛。

今となっては思い出し笑いにするしかない奇景。

どちらも噛み殺しつつ、更に呟く。

「上位序列者《ランカー》か……高位異能者《トップエリート》の技ってぇのは、まったく人智を超えていやがる……」

虚勢――微笑み混じりの妙に感心したような態度で脂汗を流している。

「……異能……技……？」

不審を抱いた〈No.2〉が、訝《いぶか》しげな表情で問う。

「ああ、数百メートル離れた狙撃者《スナイパー》の眼を覗き込んで、神経を麻痺させるんだからな。暗示の一種なんだろうが、てめぇの情婦《イロ》にそんな奇怪な芸を仕込んでおくたァ、ありゃかなりの手練れだぜ」

「……ふぅん」

ほんの一瞬、〈No.2〉の表情が曇る。

一拍置いて、〈No.6〉の耳元で囁く。

「その女……銀髪の左右非対称《オッドアイ》だった？」

「……ああ？　てめぇは、あのろくでもねぇ女を知っているのか？」

興味を示したことを悟られたのか、〈No.6〉の問い返しは若干の嘲《あざけ》りが混じっていた。〈No.2〉はわずかに唇を噛み、星の巡り合わせを呪う。

確かに、この殺しはわたし――〈No.2〉が請け負うべき仕事だった――と。

相対する機会さえあれば、こっちのものだ――と考えているのは、〈No.6〉だけではない。

「……面識はないわ。正しい名前も知らない……ただ、風の噂で聞いただけ」

それは、〈No.6〉が期待した返答ではなく、故にその意味を深く考えることもない。魔弾の毒に思考意欲を奪われた状態では、状況を仕組んだ第三者を想像することもない。

「あなたの敗因は二つ。一つは外見で無意識のうちにわたしを侮《あなど》っていたこと。

もう一つは、あなたの現実と認識が釣り合っていないこと。その誤差はおそらく十七年分――昭和二十年の少年が知識だけで殺し屋を演じることはできても、その思考は本質的に十二歳の少年のままで、殺し屋としての骨格を支える魂魄の強度が致命的に欠けているの――」

関節を極《き》めることに飽きた〈No.2〉は背中を蹴り倒し、ブーツの踵を頭蓋骨に押しつけて微笑む。

「てめぇは……なにを言っているんだ？　オレは生まれながらの殺し屋だぜ？」

「後天性異能者《あとづけミュータント》の経歴詐称《ほらふき》は聞き飽きたわ。殺し屋は、経験によって研ぎ澄まされた反射神経の商売《ビジネス》よ。

現実と認識――経験と反射神経の乖離《かいり》による十七年分の誤差は、早撃《クイックドロウ》ちに於いては〇・五秒の誤差となり……永遠の後悔となるの」

ゆっくりと腰を下ろし、背中に跨がった〈No.2〉が、肢体をしなやかに伸ばし、野良猫のように頬を舐め上げながら、耳元で囁く。ひどく甘ったるい囁き声《ウィスパーボイス》が、強烈な嘲りのように思えた。十七年前――殺し屋が無力な少年や〈名前のない獣〉に過ぎなかった時代の屈辱に満ちた記憶が脳髄からぞろぞろと這い出しては、奥歯ですり潰す羽目になる。ついでに、残った余裕もすり潰していく。

なけなしの余裕を失い、焼けつくような焦燥感に囚われていくことを自覚していても、この状況で〈No.6〉に許されているのは、悪態をつくことだけだ。

「くそったれが……あの頃と同じだと言うのか！　灼熱獄炎の〈魔銃遣い〉である、このオレが！」

「確かにあなたのサバキは上位序列者《ランカー》級かも知れない。敗因を克服できれば、勝機もあるわ。でも、あなたが〈組織〉に忠実な殺し屋である限り、後者の敗因を克服することは不可能――」

「不可能……だと？　そいつァ、どういうことだ！」

「馬鹿馬鹿しくなるほどの妄念で作り上げた虚像《フェイク》でなければ、嘘と本当は繋がらないわ。でも、〈組織〉の掟にタマシイを囚われている程度の強度――そんな灼熱獄炎の虚像《ペンデルフォイヤー》で、わたしを組み敷くことはできない。ましてや、〈No.1〉は――」

〈No.2〉の物言いは、単なるハッタリではない。

灼熱獄炎の魔弾はすべて空間上で叩き落とされ、殺し屋の強靭な肉体も、利き腕を完全に破壊され、魔弾の毒に神経を冒され――床に突っ伏して接吻しているだけのでくのぼうと化している。

同じように異界から殺人資格を得た〈魔銃遣い〉でも、上位序列者《ランカー》の領域は深度が違うのだ。

「まるで……木馬と化した船越英二《ふなこしえいじ》だぜ……」

ふと、船越英二演じる平凡なサラリーマンが無知で愚かな若い女に傅《かしず》き、隷属する不愉快な映画《ちじんのあい》を思い出す。原作は瘋癲老人《たにざきじゅんいちろう》の有名な小説だが、フットフェティシズムの大家もこんな痩せぎすの少女ではまるで充《み》たせないだろう。女体に対する執着の大半は、脂肪が生み出す曲線に起因するからだが、そんな男性側の事情とは関係なく、踏みつけ、見下している少女は落ち着いた口調で語りかける。

「あなた、『贋金《にせがね》つくり』という小説は知ってる？」

それは、昭和二十六年に死んだ同性愛者《アンドレ・ジイド》の小説家が書いた小説だった。

「その男――ジイドは、芸術には悪魔との握手が必要であると言ったわ。言うなれば、文学は贋金、殺人は魔銃――無意識の瞬間に口を開ける奈落の底へ自ら堕ちていく者でなければ、魔銃を手にするには値しない、とね」

「言ったはずだぜ？　オレは翻訳ミステリと古典と空想科学小説《サイエンス・フィクション》は好きじゃねぇんだ」

精一杯の軽口を叩いた〈No.6〉だが、挑発に乗るような小娘ではないことも十分に理解していた。

「……気に入ったわ。面白そうだから、あなたには執行猶予を与えてあげる……競り落とした処刑執行権はすぐに行使しなくても良いから、一筋の希望を与えた上で、少しずつ嬲《なぶ》り殺しにしていくこともできるのよ――」

挑発に乗るどころか、喜悦の笑みで応えた〈No.2〉は、次の手順に取りかかる。咎人《とがひと》は少女の玩具と化し――戯れに首筋や耳を這い回っていたはずの細い指が、粉砕されて軟体動物と化した利き腕を掴み、強引に捻り上げていく。

「な……なにをしやがる……!?」

「わたしの女郎蜘蛛は――強烈なの♡」

捻り上げた右手甲に右の魔銃を押し当て、銃爪《トリガー》を引くと、煙と共に焼けた肉の臭気が漂い出す。

「ぎぎっ……がぁぁあああぁぁぁっ！」

魔弾の神経毒に抗いつつ、〈No.6〉は必死に暴れ狂ったが、小さくて軽いはずの少女は背骨どころか内臓まで潰すような負荷と化しており、まったく逃れることができない。

「ぎぎぎ……ぁぁ……ぎぃいいいぃ……っ！」

数秒の後、皮膚と癒着した銃口が剥がれると、撃ち抜かれる代わりに烙印と化していた――。

「さて――これで、あなたの魔銃を封印したわ」

「ぎぃいいぃ……っ、ふざけんじゃねぇぞ……」

犬歯を軋《きし》ませた〈No.6〉の眼は憎悪に狂い、意識の集中で〈灼熱獄炎ノ魔銃〉と自身を繋ぐ魔力の鎖《チェーン》を具現化し、手元へ取り戻そうとしたが、右手首に絡みつく半透明の黒い鎖は途中で消失し、本来繋がっているはずの銃底には届かなかった。

「ふぅん――魔銃とあなたの絆はその程度？」

左の銃口から伸びる蜘蛛の足を銃爪《トリガー》に通し、眼前に転がった〈灼熱獄炎ノ魔銃〉を拾い上げた〈No.2〉が、喉の奥から嘲りの言葉を低く放ち、威圧する。

蜘蛛の足を軸にして、魔銃がくるくると回る。

一回転ごとに、殺し屋の矜持《きょうじ》が剥ぎ取られる。

集中していた意識が拡散し――鎖も消える。

「ぎ、ぎぎぃ……ぐ、がぁぁ、あぁぁぎぃいっ！」

代わりに、右手甲の烙印を中心に女郎蜘蛛の影が明確に浮かび上がり、灼けるような激痛と圧迫感に襲われる――。

007

昭和三十七年七月十七日

――港区〈都営青山北町アパート〉

「あ、あ……熱い、熱い熱い熱い熱いいぃぃぃ……ぐぅあああぁぁぁっ！」

背広とシャツの下で黒い烙印――巨大な女郎蜘蛛が右手甲から右腕へ、右肩へ、右胸へ、八本の節足を猛烈な勢いで動かしている。悶え苦しみ、左手で引きちぎろうとした襟の間から露出した胸にまで駆け上がった蜘蛛《ポイズン》は、やがて心臓を捉え、節足を絡み

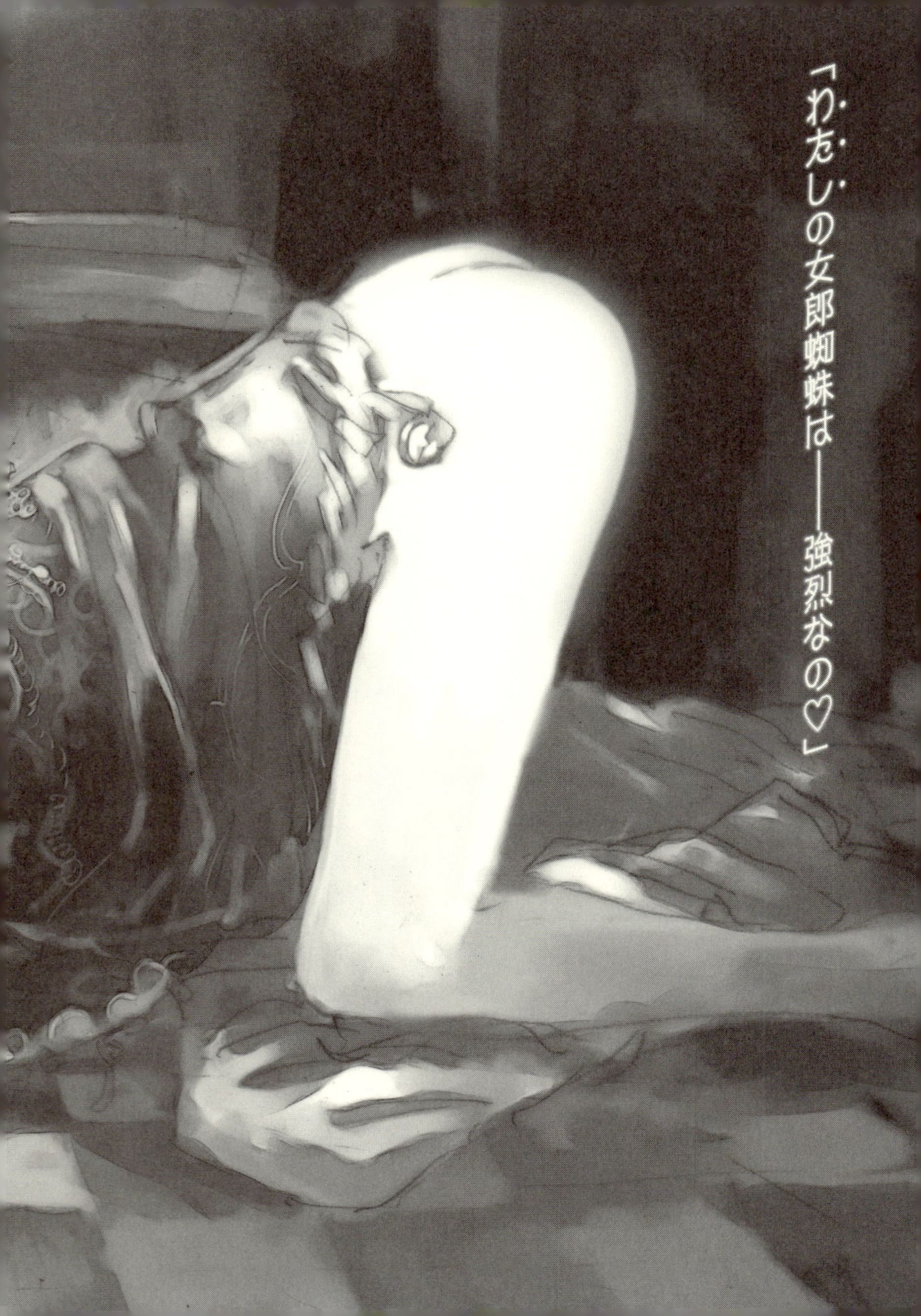
「わたしの女郎蜘蛛は——強烈なの♡」

つかせていく。

紅潮していたはずの顔は一転してチアノーゼの紫に変わり、ドス黒く変色した皮膚の下——肉体の深奥では、二発目の魔弾に込められた凶々しき呪詛《カース》が暴れ狂っていた。心臓を支配した巨大な女郎蜘蛛の毒は動脈を伝い、末梢から中枢に至るまでありとあらゆる神経線を蝕み、支配していく。

昭和三十七年七月の時点で、〈組織〉の殺人番付表には八人の名が記されているが、彼らが所有する魔銃はそれぞれ魔力付与《エンチャント》された異能の奇銃だ。

たとえば、〈No.6〉の魔銃〈ペンデルフォイヤー〉が放つ9㎜パラベラム弾は灼熱獄炎の魔法で精製されている。この魔弾は標的の肉を抉ると同時に自動発火——完膚無きまでに焼き尽くすが、〈No.2〉の魔銃〈ヒューリーズム〉が放つダムダム弾の場合、一発目は抉り、神経毒で麻痺させるが、実体のない魔力だけの二発目は抉ることなく雲散霧消し、呪詛そのものを刻み込む仕掛けとなっていた。

二発目が刻んだ黒い烙印は生きた幻影——女郎蜘蛛の像を結び、あたかも寄生虫《パラサイト》の如く振る舞う。心臓へと這い上がれば、全身へ毒素を撒き散らす。その毒性、一発目の比ではない——。

「が、ぎ、ぎぃぃぃ……ぁあ……っ！」

しかし、この状況に於いて〈No.6〉が煩悶しているのは、全身の神経を絶え間なく破壊する毒素だけではない。

「や、灼けるように熱くて……肉体《からだ》が熔けちまいそうだ……っ！」

丹田のあたりにひときわ熱く鋭敏な感覚があった。血液が沸騰したような感覚は四十倍どころではなく、混乱した脳のドーパミン経路も破綻しかけている。屹立《エレクチオン》以外の四肢は感覚を失い、指一つ動かすこともままならない。五感の大半も拘束され、数行前の台詞《セリフ》も正しく発音できたかどうかは定かでなく、屹立だけが切り離され這い回る芋虫のような——不快な自己認識の中にあった。

「そろそろ……かしらね？」

転げ回ることもできずに震える様子を眺めていた〈No.2〉は、天井を見つめて硬直した頃合いを見て、左の魔銃から這い出す金属製の鋭利な先端《スパイダー・レッグ》を皮膚一枚分だけ眉間《ブロウチャクラ》へ突き刺し、にこやかに抉る。

「どう？」

四肢の麻痺《フリーズ》は解けなかったが、脳のドーパミン経路が遮断されたのか、〈No.6〉の意識は正常と狂気の境目から引き戻された。

「……く、く……ぱ……？」

だが、輪郭がはっきりせず、構造的にも一貫しないものを鼻先に突きつけられていることにも気づいた。そのぐにゃりとしたものは〈No.6〉の視界を塞ぎ、呼吸すら難しくしていたが、残念ながら、ぬるりと滑るものの正体を正しく把握できるほど、五感の拘束は解かれていない。

「うぐ……こいつは地獄だぜ……」

「そう、それは良かったわ♡」

相変わらず、正しく発音できたかどうかは定かでないが、とろんと半眼に開かれた瞳で覗き込んでいる〈No.2〉は勝手に納得し、再びぐにゃりとしたものを前後左右に蠢《うごめ》かせていく。

わずかな視界――焦点の合わない眼に映る〈No.2〉の口元は喜悦の相を示していたが、瞳の奥は鋭い光を放ち、見下していることも確認した。

それを見上げている構図と湿った体臭も――。

（くそったれ！　こいつァ、とんだあばずれだ！）

鼻や口が柔らかく湿った肉襞に覆われている――。

（このメスガキ……っ！）

はちきれんばかりに屹立《エレクチオン》している小さな先端を、舌が勝手にねぶっている――。

（よりにもよって、オレの鼻っ先でろくでもねぇことをしていやがる！）

顔面騎乗――だが、陵辱の主体は少女の側だ！

自らが置かれている状況を把握しても、〈No.6〉は叫ぶことすらできず、全身を這い回る蜘蛛の毒で

〈No.2〉の意のままに奉仕を強制させられている。

「そう……もっと、硬く……震わせて……」

強制的にしゃぶらされるという屈辱に（いっそ、このまま噛みちぎってやろうか――）とも思ったが、一瞬の激痛で怯むような〈No.2〉ではない。瞬時に撃ち抜かれるのがオチだ。それでなくとも、鋭利な先端が額《チャクラ》に食い込み、絶えず魔力を注ぎ込みながら心臓の蜘蛛――毒素を自在に制御している。

いや、これは毒素ではない――。

全身の血管から神経の隅々まで這い回り、蠢いている超極小の群体《ブラッドセル》――蜘蛛の群れだ！

「……滑り込ませて……もっと奥へ……」

蜘蛛の足を突きつけたまま、更なる奉仕を求める〈No.2〉の欲望を〈No.6〉の意志は拒絶する。

「その震える舌じゃ……届かないでしょう？」

だから、神経毒で肩、肘、手首、指――すべての関節を忠実な下僕に変え、互いの皮膚が密着した部分へ割り込ませる。

中枢神経を支配した女郎蜘蛛の毒は肉体を繰る吊り糸となり、額に突きつけられた蜘蛛の足は操り棒――完全な操り人形と化した〈No.6〉の指は、指先の感覚麻痺だけを解かれ、粘膜の縁から現れた柘榴《ざくろ》の花の如き鮮やかな真紅へと潜り込んでいく。

そして、第一関節まで沈めた先に凝固した肉の抵抗を感じ、少女が艶《つや》やかな吐息を漏らす瞬間、正反対の白く細い指が開いたまま痺れた唇を撫でる。

「わざわざ、感想を言わせようってのか？」

言語麻痺を解除された〈No.6〉が、開口一番、呆れ果てた口調で呟く。

「それとも、男を押し倒すあばずれが生娘で驚いた、とでも言わせてぇのか？」

「ふぅん……嬉しくない？」

「まったく、神経を疑うぜ。捧げられて嬉しい初物なんざ、初鰹《はつがつお》だけでね。あとは後味の悪い面倒を背負《しょ》い込むだけだ」

気障《きざ》な台詞を鼻で笑いつつも、嘲笑とも苛立ちともつかない表情で〈No.2〉が切り返す。

「残念ながら、その見立ては間違っているわ」

「……ほう？」

「〈東京〉に生きる者は、誰もが少なからず狂った時間に蝕まれていて……わたしの場合は、時間の変異が身体にまで及んでいるの」

何処かで聞いたような台詞だったが、〈No.2〉は淡々とした口調で続ける。表情の綻びを隠すように。

「少しばかり壊しても、すぐに過去へと遡行する。すべて焼き尽くすまでは、何度でもね——」

ようやく興醒めしたのか、腰を上げた〈No.2〉は、動かない肉の塊にすがりつき——やがて、眼前で頬杖をつく。怜悧な微笑を取り繕いながら。

「それだけのことよ。刹那でなければ、甘美な空間……娯楽としては機能しない、ってこと」

「なるほど……殺し屋はろくでなし稼業、とは言ったものだが、見事な性格破産者っぷりだ」

〈No.6〉の切り返しに悪戯《いたずら》っぽく笑った〈No.2〉は、右の銃口で唇を玩《もてあそ》び、口腔へとねじ込んでいくが、銃身は歯で止められ、挿入は中途半端に終わる。

だが、〈No.2〉はその様子をひどく面白がった。

「そうね、次の満月までに解呪《キャンセル》できたら……再び番付表《ランキング》へ復帰するチャンスを与えてあげるわ」

「解呪の方法は？」

「ひとつは、この状態からありとあらゆる浅知恵を駆使して殺人序列者《ランカー》を倒すこと。誰でも構わないし、〈組織〉の復帰承認も容易でしょうね」

「もうひとつは？」

「呪詛を自力で無効化すること。復帰承認はさておき、わたしが競《せ》り落とした処刑執行権を放棄し——対等に殺し合ってあげるわ」

気まぐれと饒舌の〈No.2〉、気障と饒舌の〈No.6〉、二人の会話は天秤のようなものだ。右の天秤がご機嫌ならば、左の天秤は苛立っている。

「笑わせるな。辿り着く結論はどちらも同じ……卵が先か、鶏が先か、その程度の違いしかねぇ」

この時点ではまだ、突き刺さった蜘蛛の足で体内の毒素が抑えられ、判断能力を平時の七割程度には保っていたが、提示された条件を問い返し、その真意を問うことはなかった。平時の〈No.6〉なら、昭和三十七年七月の番付表には入位までしか記載されていないことを問い返したはずだが――。

「最終的に……てめぇを倒すことには変わらねぇだろうが……！」

「だったら、その時はあなたにも『Bags' Groove』を聴かせてあげるわ……」

殺し屋とは、魂魄《タマシイ》をテラ銭とする博打《ばくち》打ちの一種だ。殺人の快楽に酔いしれるために、一瞬にすべてを賭ける。

だが、その代償として――堤防の裂け目が決壊するように、緊張と重圧に曝されていた精神の内奥から仄暗い欲望が顕現《けんげん》するのだ――。

008

昭和三十七年七月二十四日

――江東区南砂町〈殺し屋の墓場〉

とうの昔に廃墟と化した高層アパートメントの群れに囲まれた一角は昼間でも薄暗く、瓦礫や廃物に埋もれていた。

真空管を抜かれた白黒テレビの受像機。

弦が切れて、ネックの折れたギター。

ガラスが砕け、針の曲がった注射器。

黒ずんだ木を縛って作った粗末な十字架。

そんなものが無造作に散乱している。

そのすべてが傾き、倒れ、折れている。

赤茶けて砕けた人骨のようなものがある。

雨ざらしで腐りかけたソフト帽がある。

完全に錆びて使い物にならない拳銃がある。

青山北町の都営アパートから江東区南砂町の〈蠅の街〉、更にその片隅の〈殺し屋の墓場〉まで、どのようにして運ばれたのかは知らないが、確かに此処は〈殺し屋の墓場〉だ。

〈組織〉によって処刑された殺し屋の亡骸《なきがら》は、無縁仏として葬られることもなく無残に打ち棄てられる。此処は打ち棄てられた廃物《ジャンク》のために存在する場所であり、それ以外の用途はない。

敗戦に伴い、旧軍が開発途中で破壊した実験兵器の残骸を大量に投棄したと言われているこの場所は、磁力兵器の残骸が地磁気を狂わせ、人体にも多大な害を与えるとの旨で、今も閉鎖区域とされている。

だが、それに関してはいささか眉唾《まゆつば》ものだ。何故なら、この一角を取り囲む廃墟――高層アパート群が建てられたのは、戦後、数年経ってからのことだからだ。地磁気が狂っていることは事実としても、建てる時点でそれを知らなかったとでも言うのか？

もっとも、〈蠅の街〉には何度も足を踏み入れている。武器を仕入れることもあれば、仕事を請け負うこともあったが、この閉鎖区域まで足を踏み入れたのは一度だけだ。

街の実力者である〈将軍〉の依頼で呼び出され、伴淳三郎《ばんじゅんざぶろう》似の黒猫野郎《じいさん》――もとい、警視庁〈０課〉の〈偉大な殺人魔術師《オーバーキル・アーティスト》〉と戦う羽目になった、昭和三十五年十月十四日以来のことだ。

（くそったれ……あれから何日経ったんだ？）

狂った磁場か、蜘蛛の毒か――ろくでなしの死体置場、通称〈殺し屋の墓場〉に放り込まれた〈No.６〉は灼けるような熱に浮かされ、半壊したアパートの一室に廃材《ガラクタ》を継ぎ足して作った入畳ほどの部屋を這いずり回っていた。崩れかけた内壁は覆い隠すように大量の白い液体《ペンキ》がぶちまけられ、逆に苛立ちを増幅させた。

（……熱い……灼けるように……）

苛立ちは巡り来る季節の記憶と相まって、粘つくような汗を垂れ流している。

（メスガキ《あばずれ》め……てめぇも灼熱の魔弾を喰らった奴の苦痛を味わえとでも言いてぇのかよ……）

それでなくとも――。

季節は再び、ろくでもない夏へ向かっていた。

新型爆弾で〈東京〉が壊滅した夏から。

すべてが塩の柱と化した白い荒野から。

数えれば、十八回目の夏だ。

症状以上に苛立っていたのは、無造作に白く塗りたくった部屋が白い荒野に似ていたからだが、全身から汗まみれの獣臭はすれど、半開きの渇いた喉から腐臭を吐き出すことはなかった。

十七年前にさんざん見た〈生き腐り〉の症状ではないことに〈No.6〉は安堵し、やがて、わずかな体力と気力を回復に回して、埃まみれのベッドにひたすら伏せることにした。

治癒力が足りなければ死ぬだけ――

それが運命だ、と。

高熱で失った体力と気力が回復へと向かい始めたのは、下弦の夜――狙撃失敗から七日後だった。

同時に、〈No.6〉は、自分を看病している幼い少女の存在に気づいた。汲んできた水で雑巾のような手拭いを冷やし、献身的に汗を拭っていた彼女は呻き声が止んだことを喜んだが、意識はまだはっきりとせず、反応を返すことができない。

「ごはん、食べますよね！　探してきますねっ！」

薄汚れた粗末な服を着て、皮革の表面が剥げた古く小さな背嚢《ランドセル》を背負った少女が言い残して部屋を去ると、さっきまで生死の境を彷徨っていたはずの肉体が生きている証を取り戻すべく動き出した。

消えた〈灼熱獄炎ノ魔銃《ペンデルフォイヤー》〉を顕現することは容易《たやす》かったが、殺し屋の証を握った〈No.6〉は愕然とした。銃爪《トリガー》を引くはずの指先は痺れて動かず、そのくせ、肘から下の毛細血管が膨れ上がる不快な感触を覚えたからだ。それは思考を負の方向へと導き、やがて、妄念に囚われていく。

(処刑は免れたが、銃爪《トリガー》を引けねぇことが知れ渡れば、あらゆる無法者が名を上げようとオレの命を狙うだろう……)

黒い烙印の魔力で〈灼熱獄炎ノ魔銃〉を撃つことを禁じられた殺し屋の不安を、急激な回復で再び活性化した女郎蜘蛛の毒が増幅していく。いつ襲ってくるかも知れない刺客の幻覚に怯えた神経は急速に衰弱し、正常な判断力を失っていく。

不安を紛らわすため、〈No.6〉はスーツの懐に入れていたはずのピース缶を探したが、身体を満足に動かすことはできず、ベッドから転げ落ちた。そして、背嚢《ランドセル》に黴《か》びたパンやら腐りかけた果物やら詰め込んで白い部屋に戻ってきた少女の姿がぐにゃりと歪み、それからの記憶が飛んだ。

009 (REM／Recollection)

昭和三十七年七月十七日

――港区〈都営青山北町アパート〉

殺し屋とは、魂魄《タマシイ》をテラ銭とする博打打ちの一種だ。殺人の快楽に酔いしれるために、一瞬にすべてを賭ける。

だが、その代償として――堤防の裂け目が決壊するように、緊張と重圧に曝されていた精神の内奥から仄暗い欲望が顕現するのだ――。

「昭和二十九年十二月二十四日――マイルスのソロ演奏の後、パートの途中でモンクが演奏を止める。しばらくの間、リズムセクションだけの静寂が続く。怒りのマイルスが高らかにトランペットを鳴らす。その瞬間、爆弾が炸裂したかのように、挑発に呼応するかのように、モンクもまた、強烈なピアノを弾き始める……あのアルバムに収録された『The Man I Love』は、そうして録音されたの」

インプロヴィゼーション――即興に作られたもの。

ジャズの世界では即興演奏のことを指す。

アドリブと同義語だが、一人ずつ順番にメインを張るアドリブソロとは異なり、全員で同時に技巧的速度を維持しつつ、各自の思想に基づいてアドリブを行う集団即興演奏《コレクティヴ・インプロヴィゼーション》は極めて高い難度を要求する。

「へっ、長ったらしい講釈なんざ聞きたくねぇぜ」

「上等よ。そのくらいは強がってくれないとね。セロニアス・モンクはあなたで、マイルス・デイビスはわたしなのだから……」

屹立《エレクチオン》をぐにゃりとしたもので捉え、一瞬、顔を引きつらせて再開したセッションは、上下左右だけではなく不規則に全方向へと展開していく。

華奢なくせに激しく震える肢体と、うねるように蠢く律動が連動しつつも独立し、擦り上げては締めつけていく。

全身の神経線を縛られた操り人形の中で唯一、屹立だけが一匹の獣《ケダモノ》であるかのように跳ね上がっては動いていく。

そうして、叩き出すビートに全身で滑り込ませていく――。

ズン、ズン、ズン、

ジャジャズンジャ、
ズンジャジャズンジャ——。

それは、まるでフリー・ジャズのように無軌道な行為だったが、屹立以外の価値を見出されることがない操り人形《でくのぼう》の側にしてみれば、無上の全能感や昂揚とは無縁のろくでもねぇことでしかなく、無数の蜘蛛が這い回るグルーヴ、時に弾ける電気火花——耳をつんざく摩擦音《スティックスリップ》は、限りなく不協和音に近く、頭の中で鳴り響く奇怪で激しい音響《ハーシュノイズ》の反復に疲れ果てていく。

だが、ほんの一瞬——。

ほんの一瞬だけ、意識を歪める音圧だけではない多彩で豊饒な音色と無重力感を拾い出したような気がしたが、それは終演《おわり》の合図でしかなく——。

すべてを絞りきった少女の肢体は痙攣し、セッション最大の絶頂《エクスタシー》に満たされていくが、最後の一滴を撃ち込んだ側が手に入れたものはセッション最大の激痛と黒い烙印の屈辱だけで、ビートの中に生まれた一瞬の永劫もすぐに掌からすり抜けていく。

それは、一握の砂の如く——。

009 (non-REM／Delusion)

昭和三十七年七月二十四日
――江東区南砂町〈殺し屋の墓場〉

「あぁぁ、ぁ……い、痛い！　痛いよぉぉおっ！」

「黙れ！　泣くんじゃねぇ！」

押し倒され奪われ地に堕ちた男のプライドを取り戻そうとする本能的動作なのか烙印の呪いなのか嗜虐の興奮なのか、握った銃は際限なく熱く硬く、銃口から熱気を放っている。

「うぅぅ、んっ、いや……やぁあぁぁぁ……ぁっ！」

「怯えて泣きわめくだけの無能な殺し屋！　その程度の腕で、オレを殺しに来るとはなァ！」

悪鬼の如き《ろくでもない》形相《つらがまえ》で、無能な殺し屋の首輪に繋がった鎖に喰らいついた男が、仔犬のような少女の頭に銃口を突きつける。

激しい咳で黒い痰を吐き出すと同時にありったけの力を込めて銃爪《トリガー》を引く男の指先は固まったまま微動だにせず、代わりに手首が曲がるはずのない角度でぐにゃりと曲がる。

「くっ！　オレは……オレは最高の殺し屋……〈No.1〉になるはずの男だったんだ……っ！」

狂気、狂熱、狂乱——殺人資格を失った男は、「殺すことができないのならば、せめてその頭を殴りつけてやる」とばかりに首輪の鎖を力任せに振り回し、銃口から熱気を放つだけの銃を振り回す。

「……ひゃぐっ！」

傷だらけの無能な殺し屋は壁に叩きつけられ、蹴りを叩き込まれ、気を失う。背嚢《ランドセル》の留め金が外れ、萎《しな》びかけたリンゴと古新聞を貼り合わせた紙袋が転がり落ちるのと同時に荒れ狂う男の懐から残り少ない中身のピース缶も転がり落ちる。

狂気、狂熱、狂乱——銃口の熱気が、銃把《グリップ》を握る掌へ。

狂気、狂熱、狂乱——憎悪と妄念の濁流、呪詛に抗い。

狂気、狂熱、狂乱——女郎蜘蛛の心臓が、毒で応える。

狂気、狂熱、狂乱——血管は膨れ上がり、右腕が歪む。

狂気、狂熱、狂乱——迸るのは、断末魔のような銃声。

最後の一発が撃ち抜くのは無能な殺し屋か？

それとも、生き損なった男の暗いタマシイか？

狂気、狂熱、狂乱——煉獄の灼熱が、奇妙な夢に誘う。

……気がつけば、この部屋は四方八方を這い回り蠢く機械化植物の群れ《げんかく》に覆われている。

ひどく湿った仄暗い場所で口から灼熱の息を垂れ流す黒い獣が後背位から貫いているのは仔犬だ。最初は尻尾を立てて必死に抵抗していたが、幼い雌犬が巨大な獣に抗えるはずもなく、尻以外は完全に組み敷かれ、小さな生殖器に突き刺さっている屹立《エレクチオン》の根元がコブのように固く膨れ上がっている。まるで幼児の拳をねじ込んでいるかのように――。

ぎゅりりぃぃぃ……じゅぽっ、ぎゅるぅぅ……。

奇怪な様相を呈した凶悪なコブは限界まで広がった幼い肉襞が引き裂ける直前のところで収まり、いつ止まるとも知れぬ大量の射精《イジャキュレーション》が続いている。犬の屹立は射精を始めると途中で抜けることのないようにその根元を肥大させ、膨張させる仕組み《メカニズム》で、打ち込んだ楔のように固定した状態での交合《ファック》は延々と射精を続け、萎えることのない赤黒く硬い屹立が仔犬の胎内《なか》を激しく往復しつつ、更に歪んだ形状《グロテスク》へと変化していく。

獣同士の交合など、さして珍しくもないが、黒い獣は野犬か狼か――三つの首を持つ魔獣だった。もっとも、三つの首のうち二つは既に切り落とされているが。

じゅぷ、じゅぷ……じゅぽぉ……っ。

噴水のような勢いで大量の液体を流し込まれた仔犬の腹はパンパンに膨れ上がり、内臓を圧迫していたが、結合部をコブで完璧に固定され、激しく動いても流れ出すことのない白濁はますます濃く、熱くなっていく。

熱くなっていたのは仔犬の胎内だけではない。

気がつけば部屋中が真っ赤に燃え盛っている。

閉鎖空間は灼熱地獄——煉獄と化していた。

熱分解された機械化植物が引火性のガスとなり、充満した空間に火花が走る。獣と仔犬だけが無傷であった灼熱爆発《フラッシュオーバー》から現れた向こう側の異界は、不可視の外圧——漆黒の球体の内壁でしかなく、あとは灼熱の痰で撃ち抜いたピース缶が燻《くすぶ》っていたが、球体の密室は直径9㎜の穴から漏れ出した煙で一寸先すら見えなくなった。既に空間内部の道理は狂い果て、ピース缶から漏れた煙は膨大な量であったが、煙かと思えば金属製の黒く巨大な掌と化し、黒い獣と仔犬を鷲づかみにした。

「ギ、ギギィ……グ、ガァァ、アァァギィィッ！」

憎悪に燃え狂う獣の瞼は限界まで見開かれ、激しく動く眼球が「敵」の姿を必死に探したが、煙の中から現れたのは黒く大きな翼を持つ邪悪な鋼の堕天使であった。もし、獣の脳髄が人間であった頃の記憶を残していれば、この魔人が〈幻の本土決戦兵器〉——漆黒の機体と頭部の特異な形状から〈鴉《からす》〉の俗称を持つ巨大ロボットであることに気づき、「ちっ……ろくでなしの可愛くてお節介な天使じゃねぇのかよ？」と舌打ちするのだろうが、当の本人は奇妙な夢に微睡《まどろ》みつつ悪鬼の如き形相で暴れ狂っているから、黒い獣はあっけなく握り潰され、仔犬はいつの間にか消えていた。

「言ったろう？　後で惑わされないことを祈る、と」

鋼《はがね》のくちばしから何処かで聞いたような囁き声《ウィスパーボイス》が流れても、瀕死の黒い獣はその記憶を掘り起こすことができない。それでなくとも、甘い芳香に酔ったタマシイでは輪郭を確かめるのが精一杯で、掌から落ちた己の骸《むくろ》から一筋の光が現れたことにも気づかない。閉じた三白眼が光の〈道〉――線路を歩く自分と仔犬と見覚えのある雌狐の姿を追うこともない。

「だが、こうして煙を燻らせれば、見失った〈道《タオ》〉が見えることもある。逆に見失うこともあるが、どちらに転ぶか分からないから、人生は面白い――」

飄々とした物言いに、当の本人は呆れて呻く。

《燻らせるどころか、とっくに大火災だぜ！》

《Carbon monoxide poisoning――》

《一酸化炭素中毒……むしろ自家中毒で窒息死だ！》

《Auto intoxication――》

意識はぐにゃりと歪み、無限の虚空と繋がっていくが、空間の主《あるじ》であった男の脳髄からも遠のいていく。幻聴、幻覚、誰の声——そんなことはどうでもいい。本当にどうでもいい。

あらゆる欲望と灼熱が、すべての行き場を失う。

硬度を失った魔銃は、奇妙な煙と共に霧散した。

疲れ果てた殺し屋が前のめりに倒れ、意識を失う。

あとは、むせ返るような暑さの中で長い眠りを貪るだけだ。

「……ぐぅ……ぐぅ……ぐわぁぁぁ……」

すべては、ろくでなしの可愛くてお節介な天使が仕掛けた夢とすり替えられて——。

「言ったろう？　後で惑わされないことを祈る、と」

010

昭和三十七年七月二十五日

——江東区南砂町〈殺し屋の墓場〉

「……わぅー」

　意識を取り戻した〈No.6〉が最初に見たのは、少女——〈No.2〉よりもずっと幼い少女の顔だった。

「んぅっ、ぐすっ……ふえぇ……」

　男物のシャツを無理矢理ワンピースへ仕立て直した粗末な服を着て、赤いエナメルが剝げた背嚢《ランドセル》を背負う少女が鼻水を啜《すす》り泣いている。

「………………」

　廃墟の小さな窓から覗いた曇天の朝は、梅雨明けの空とは思えないほど暗く沈んでいる。暑く湿った空気も重く、容赦なくまとわりつくが、気まずいのは、それからの記憶が飛んでいるからだ。

「おい……おまえに聞きたいんだが……」

「ふ、ふぁい……」

　次の瞬間——〈No.6〉の表情は硬直し、訝しげな呻き声が漏れた。それは、顔を上げた少女の焦げた茶色の髪から見え隠れしていたものが、まるで仔犬の耳だったからだが、人間の耳はなかった。

(当たり前だ。耳が四つある方がよっぽど奇怪だ)

　赤線廃止から既に四年——特殊な人体改造を施された娼婦たちの多くは〈蝿の街〉を去っているし、それにしても幼すぎる。先天性《うまれつき》異能者の可能性もあるが、たぶん、人為的な加工品《デザイン・ヒューマン》だ。獣のような耳と尻尾を除けば、ごく普通の幼い少女だったからだ。

(いや、違うな……)

　少女の首輪の鎖と、〈No.6〉の手首に巻き付いた不可視の鎖が同じリズムで小刻みに震えていた。

(これは〈まがいもの〉同士の共鳴……)

　人造人間《ホムンクルス》。魔術的科学《オーバーテクノロジー》の産物。〈世界最終戦争〉に憧れた、頭のイカレた科学者たちが、〈虚構〉という名の異界から拾い上げた技術だ。

「記憶が飛んでいた間のオレは、人間だったか？」

人間にして人間でないものに、人間を問う。

ナンセンスな問いだと思ったが、泣いていたはずの少女は真一文字に唇を閉じて、頷いた。

「そうか……安心したぜ」

（安心しろ。ろくでなし稼業のオレだが、受けた恩を反故《ほご》にするほど、ひとでなしじゃねぇ。ガキ相手なら、尚更だ）

安堵した〈№６〉は、内心、己にも言い聞かせた。

少女もまた、我に返ったのか、涙と鼻水を変色して埃まみれの古い毛布にこすりつけて拭った。

「きったねぇな……これだからガキは……」

「……ふぎゅ」

それでも、恥じらいの表情を浮かべたから、最低限、外見に相応した知能はあるようだ。ならば、暇つぶしの話し相手くらいにはなるだろう。

「……それにしても、ろくでもねぇ夢を見た」


「………ゆ、ゆめ、ですか？」

茶色の尻尾を揺らしながら、少女が問う。

誰が仕立てたのか、少女の服は奇妙なものだ。

背面を首と腰の上で縛り、背中が大きく開いた構造は子供には不似合いだが、異形《いぎょう》の尻尾を伸ばすことを考えれば、これが妥当なのだろう。

「嬲《なぶ》られた者が更に弱い者を嬲る夢――オレの身体がぐにゃりと歪んで、黒くおぞましい野犬になったような夢だ。それも、仔犬の臓腑を喰い荒らすドス黒く汚れた獣だ」

い、ろくでもねぇ夢を説明したくはないが、ざわつく感情を吐露《とろ》しなければ、落ち着くこともできない。

ふと、傍らのピース缶を探したが、昨晩の顕現失敗の際に撃ち抜いたのか、半分ほど焦げていた。中の〈けぶりぐさ〉もほとんど燃えていたので、仕方なく、わずかに残った燃えさしの残り香を吸う。

「来い……〈灼熱獄炎〉……！」

若干、落ち着いた〈№６〉は、意識を集中し、再び〈灼熱獄炎ノ魔銃〉を顕現する。手首の鎖《チェーン》が可視化され、次に、鎖の先にある銃把、銃身が可視化される。手を伸ばして銃把《グリップ》を握れば、鎖は再び不可視となる。普段は顕現したまま懐に入れているから、この手順《プロセス》を踏むのは、集中を解いて銃を手放した時だけだ。

顕現の手順は、途中まで——第二段階である魔銃の可視化までは上手く行った。

「ぐ、が……っ！」

だが、銃把《グリップ》を握り、銃爪《トリガー》に触れた瞬間、胸の女郎蜘蛛がざわざわと蠢き、右腕に激痛が走る。毛細血管が急激に膨れ上がり、紫斑が広がっていく。

「くぅ……っ！　あああぅ、ぎぎぃ……っ！」

これでは試射も不可能だ。とっさに銃を手放した掌にも軽度の呪詛火傷を負っている。

「だ、だいじょーぶですか？」

「ああ、この程度の傷なら、すぐに治る……はずだ」

戦後の〈東京〉に生きる無頼無法の徒《ろくでなしども》の中でも〈魔人〉と呼ばれる高位異能者《トップエリート》は、人並み外れた身体能力を有している。強烈な魔力や呪詛を伴った呪傷でなければ、常人の数倍の早さで治る。

（身體的創傷可治癒《からだのきずならなおせるけれど》、内心的創傷沒法彌補《こころのいたではいやせはしない》）

裏を返すと、自己治癒能力《オートリペア》は意識の強度に大きく左右されるため、人為的に加工操作された呪詛《コード》に抗うには相応の妄念——強烈な憎悪が必要となる。

（こいつァ、予想以上に重傷だな……）

（蜘蛛女の烙印《キス》は、確かに強烈だったぜ……）

少女は背嚢《ランドセル》から飛び出して転がっていた紙袋を拾い、少し黴びたあんパンを上目遣いで差し出してきた。

「オレはいい。甘いものは好きじゃねぇんだ」

それは本音ではなかった。確かに腹は減っていたが、〈No.6〉はこのような場合、常に子供の方が腹を空かせていることを知っていた。

普通の大人は忘れてしまうが、十七年前に子供だった男は今もはっきりと覚えていて、それは正しかった。ぽろぽろと涙を流す少女はもしゃもしゃと涎《よだれ》混じりで食べているからだ。だから、痛む右手を伸ばした〈No.6〉は黴びた緑色の部分を取る。

「む、むにゅー……にゃにするですかぁぁぁ……」

　そして、思わず頰をつまみ上げていた。

　くるくると癖のついた髪、ぱっちりと大きな眼、あるかないかの低い鼻に小さな唇。そして、ぷにぷにとした頰の丸い顔……駄菓子屋に並んだ『きいちのぬりえ』のような顔立ちの少女はおしゃまで可愛いと思うが、小林旭主演の『黒い傷あとのブルース』や赤木《あかぎ》圭一郎《けいいちろう》主演の『拳銃無頼帖』シリーズで観た可憐な美少女にはほど遠い。

（それとも——あと五年も経てば、この仔犬も吉永《よしなが》小百合《さゆり》に変わるのか？）

「うー、あうー、にゃめてくださぁい……」

「ふむ……痛かったか？」

「ち、ちがうですっ。痛いのはだいじょーぶですっ。そ、そういうよーとで作られたから……っ」

「なんの話だ。ああ……そっちの話かよ」

　この〈東京〉で人造人間《ホムンクルス》を作ることに崇高な目的はない。大量に出回ってはいないが、非合法《イリーガル》の地下流通品としてはありふれていて、わざわざ幼女型で作るのも愛玩用だからだ。金持ちの変態紳士《ヒヒジジイ》が孫娘の代わりに玩ぶ回春用だからだ。

「すまねぇが、オレは独り者なんでな。てめぇの娘を玩ぶような用途ならお門違いだぜ」

「ちがいますっ！」

　下世話で苦々しい呟きは、真っ赤な顔で否定されたが、話の流れは微妙に噛み合っていない。

「わたし、なんばー、しっくすさんを殺しに来ましたっ。これでも、なんばーないんなんですっ！」

　少女は奇妙なことを言うが、〈No.6〉は属している〈組織〉の素性を知らなかった。戦時中、満州で暴れ回った関東軍系特務機関《ブーステッドマンズ》の生き残りが作ったという噂はなんとなく聞いていたが、真相は確かめようがなく、そこまでの興味もない。

だが、幼女を殺し屋にするほどの人手不足という話はさすがに聞いたことがない。

「信じて……くれないんですか……？」

「いや……むしろ、信じたくねぇというか……」

唇を尖らせて首を捻る〈No.6〉に苛立った少女は、右手を差し出し、小さな唇をゆっくりと動かす。

「……ぺ、ぺんでるすたーず……っ！」

囁きを終えた少女が全身をこわばらせ、わずかに呻くと指先が骨格からぐにゃりと歪み、捻れた。皮膚や骨が金属片と化し、植物が生長していくような動作で、映画のフィルムを早回しにした程度の速さで機械部品を形成していく。

「……くみゅぅ……んくぅっっ……」

無言の〈No.6〉は、少女の右手が機械と混淆《こんこう》し、拳銃が顕現している状態には驚いていた。

しかし、肝心の銃身《GUN》は〈女郎蜘蛛ノ魔銃《ヒューリーズム》〉よりも小さく、類似する拳銃の種類すら思いつかないほどチャチな代物だったので、すぐに拍子抜けし、身構えることもなく陳腐さに顔をしかめ……。

パキュン。

「いて」

額に指で弾かれた程度の刺激が走った。

「……本当に魔銃なのか、それ？」

どう見ても、駄菓子屋で売っている銀玉鉄砲だ。

「い、痛くない……んですか？」

「痛いことは痛いが……これで人を殺すことができたら、それこそ一大事だ。つーか、殺すんだったら看病なんかしてねぇで、さっさと殺しとけ」

「あうう……だ、だって、なんばーしっくすさん、とても苦しそうだったから……」

軽く睨みを利かせただけで、上目遣いで俯《うつむ》いた半泣きの少女は集中力を失い、〈魔銃〉もあっという間に解体されていく。〈No.6〉は（こいつァ、悪い冗談だな……）と思ったが、少女は足下の背嚢《ランドセル》をあわてて漁り、一通の封筒を差し出す。

「あ、あの、これ……殺し屋さんのしょーめーしょですっ！」

封筒には、三枚の手紙が入っていた。

「御機嫌如何《いかが》——？
哀れな殺し屋に〈組織〉からのプレゼントよ。
愛《め》でたければ——。
この犬に名を聞いて、呼ぶがいいわ。
犯したければ——。
この犬を殴りつけて、犯すがいいわ。
殺したければ——。
この犬の首を絞めて、殺すがいいわ。
この犬は〈複製試作《ペンデルスターズ》ノ魔銃〉。
この犬は〈No.9〉。
実験人形《ホムンクルス》にして、ランキング九位の殺し屋。
でも——この犬は〈組織〉の廃棄処分品。
理由は書かなくても分かるでしょう？
殺し屋にして、殺し屋にあらず。
殺人序列者《ランカー》にして、殺人序列者《ランカー》にあらず。
銃を撃てない無能な殺し屋には——。
お似合いでしょう？」

一枚目の手紙には、犬耳と尻尾をうなだれている眼前の少女が、戯れか本気か——人工魔銃の失敗作であることが記されていた。

（なるほど……〈組織〉が旧軍の特務機関上がりという噂もまんざら嘘じゃねぇようだな）

その人工魔銃は、〈No.6〉の表情を怯えた上目遣いで見つめ、反応を窺っている。

（……確かに、これは失敗作だろうよ）

よく見ると、手紙は二枚——更新された番付表の写しも含めれば、三枚だ。

「あなたの身柄は〈将軍〉に預けてあるわ。
あなたは〈殺し屋の墓場〉で、己が失敗を悔やみ、
蜘蛛の糸を探し続けるの。
女郎蜘蛛の烙印は、次の満月まであなたの命を保

証するわ。

女郎蜘蛛の烙印は、わたしが〈組織〉から処刑執行権を預かっていることの証明でもあるのよ。

もっとも、魔銃は使えないわけだから、その限りに於いては、わたしの知ったことではないわね。

だから、女郎蜘蛛の封印を解けなければ――。

絹糸よりも細い蜘蛛の糸をよじ登って煉獄から脱出できなければ――。

わたし、満月の下であなたを殺すわ」


二枚目の手紙までは沈黙を続けていた〈No.6〉だが、三枚目の〈改訂版〉番付表を開くと同時に表情を曇らせ、「くそったれが!」と吐き捨てた。

(将来有望の新人《ルーキー》ならばまだしも、役立たずのガキを殺してランキングに復帰しろと言うのか!)

(だいたい、こんなガキが〈No.9〉――最下位とはいえ、殺人序列者《ランカー》に登録されたことが悪い冗談だ)

(おまえなんざ、殺しやしねぇよ)

辛うじて怒りを抑えた〈No.6〉は、自信のない表情のまま、無理に胸を張っている少女の顔を一瞥し、手紙をまとめて握り潰した。

「あのなァ……これは殺し屋の証明書じゃねぇ。どちらかっつうと、奴隷《どれい》証明書だ。オレに奉仕してご機嫌を伺いやがれ……ってな」

「え、ええっ……わたし、なんばーしっくすさんの奴隷さんなんですか!?」

自らを指差した少女は素《す》っ頓狂《とんきょう》な声で驚いたが、その反応は何処かズレていた。

「手紙の内容はそういうことになるんだろうが……首輪も付いているしな。だが、それに従う筋合いはねぇ。オレが望んだことじゃねぇからだ」

「でも、殺し屋さんでもなく、奴隷さんでもないとしたら、わたし、どんなおしごとをすれば……」

「知るかよ。だいたい、オレはおまえの名前も知らねぇんだぞ?」

心底呆れた〈No.6〉が名前を聞くと、少女は延々と悩み続け、首輪に刻まれた文字を指差した。

「〈翠〉……すい、か」

「ちがうの。わたし、スイカじゃない……」

「だったら、誰なんだよ。ふざけたこと言ってると、棒っきれでそのスイカ頭をかち割っちまうぞ？」

　呆れても、ゲンコツで頭をグリグリと抉られている少女はうーうー呻くばかりで埒《らち》があかない。

「もしかして……読めねぇのか？」

　こくりと頷いた。

　顔は真っ赤になったが、返答はあっけない。

　考えてみれば、当たり前だ。人造人間《ホムンクルス》が学校に通っているなんて話は聞いたことがない。

　所詮は愛玩用人造人間《セックススレイブ》でしかないものを、わざわざ親代わりで育てる魔術師《おひとよし》がいるとも思えない。魔術的な方法で人語を理解可能にはできるようだが、会話はちぐはぐで、読み書きができるまでの水準にも達していない。

「えーと、あのな……おまえの名前は、スイカじゃなくて、スイ。分かったか？」

　作った魔術師が付けたのだろうが、少女は一度もその名で呼ばれたことがなかった。何故なら、その名には魔術的な因果が含まれており、〈No.6〉はその因果に気づいていない——。

　愛玩用人造人間である以上は、買い主《マスター》を飼い主であると強制的《インプリンティング》に認識させる必要がある。首輪にわざわざ刻まれていた文字はそのための呪文《コード》だ。因果は知らないが、その仕組みは知っている。

「くぅ……ん♪」

　だから、首輪の文字を少女の名前として呼べば、有意識か無意識かはさておき、犬耳をパタパタと揺らしながら無邪気に懐《なつ》いてくる。

「ベタベタと懐くんじゃねぇよ。おまえとオレは、親でも子でもねぇんだからな？」

　突き飛ばすこともできたが、ゲンコツで頭を抉るだけに止《とど》めたのは、間近で見た少女の腕や背中が小さな傷や打撲だらけで、原因が少なからず己にある

「くぅ……ん♪」
「ベタベタと懐くんじゃねぇよ。
おまえとオレは、親でも子でもねぇんだからな?」

ことを自覚していたからだ――。

「安心しろ。ろくでなし稼業のオレだが、受けた恩を反故にするほど、ひとでなしじゃねぇ。ガキ相手なら、尚更だ」

己に言い聞かせるのならば、証人がいた方がより強い効力を発揮するはずだ。

〈No.2〉――〈女郎蜘蛛ノ魔銃《ヒューリーズム》〉へ復讐するためには、これから一ヵ月で憎悪に基づく妄念を覗き込み、〈灼熱獄炎ノ魔銃《ペンデルフォイヤー》〉を取り戻さなくてはならない。

だが、その一方で――。

己の仄暗く深い闇の底《ダーク・ボトム》に潜んでいる、仔犬の臓腑を喰い荒らす黒く汚れた獣を律さなくてはならない。

殺し屋の矜持を取り戻すための復讐対象《ターゲット》は、唯一、殺し屋から矜持を奪った殺し屋だけだ。

「え、えーと……なんばーしっくすさんの名前は？」

「オレは――殺し屋ランキング六位〈蓬莱樹《ほうらいき》一郎《いちろう》〉だ。まあ、これも偽名だけどな」

少女――〈翠〉は黙って首を傾げ、物欲しげに本当の名前を聞きたがっている。

「残念だな。本当の名前は、とうの昔に捨てた。今はろくでなしの蜘蛛女に呪われたごろつき犬さ」

「本当の名前、忘れちゃった……の？」

「思い出すってのは、忘れるからだろ？　オレは忘れたこともねぇ。だから思い出すこともねぇのさ」

六位　――咎人ノ為、暫定空位トス――

九位　複製試作ノ魔銃〈ペンデルスターズ〉

「以下、宣告――。

六位　灼熱獄炎ノ魔銃〈ペンデルフォイヤー〉。

咎人――任務失敗ノ為、暫定空位トス。

其ノ罪、処刑執行権ヲ、封印入札競売ニ処ス。

二位　女郎蜘蛛ノ魔銃〈ヒューリーズム〉。

落札者――〈組織〉ノ代行者。

咎人ノ身柄、刑ノ執行、一切ノ運用ヲ任ズ」

以上——昭和三十七年七月〈改訂版〉番付表の通達で、落札者の気まぐれと饒舌《ヒューリーズム》で剝奪された殺し屋と最下位の仔犬の奇妙な生活、あるいは、奇妙な無国籍街の奇妙な日々が始まったのだが——。

絡まった因果の糸が解け——。

物語の果てにあるのは、愚者たちの顚末——。

そして、〈灼熱獄炎ノ魔銃〉の顚末——。

（第二話『殺し屋たちの休暇』完

——to be continued）

『空想東京百景』の歩き方
Various scenery of imagined Tokyo
〈第二夜〉

【登場人物】

【殺し屋ギルド】

〈No.6〉蓬萊樹一郎【上】

昭和三十五年から三十七年八月まで〈組織〉に所属していた殺人序列者で、三白眼の〈魔銃遣い／ガンスリンガー〉。殺人序列第六位が長かったことから〈No.6〉と呼ばれていた。魔銃はモーゼルM712型の〈灼熱獄炎ノ魔銃〉で、灼熱獄炎の魔弾は着弾と同時に自動発火し、すべてを焼き尽くす。水平薙ぎ撃ちを応用した〈焼畑農業／バーニングファーム〉という技も得意としている。殺人序列者は魔銃の名前で登録されるので、番付表では〈灼熱魔弾ノ魔銃〉で記されているが、本人は「蓬萊樹一郎」を名乗っている。しかし、これも偽名に過ぎず、「本物」の蓬萊樹一郎は〈旧十五区封鎖〉期に汐留の新爆スラムに住んでいた異能者の侠客である。「本物」は封鎖解除後に〈東京〉を離れ、〈温泉上人〉の名で日本中の温泉を巡っているが、「偽物」は様々な要因で〈東京〉を遠く離れることができないので、二人が顔を合わせたことはない。【続く】

〈No.2〉莉流【上】

昭和三十七年八月まで〈組織〉に所属していた殺人序列者で、第二位が長かったことから〈No.2〉と呼ばれていた。魔銃は左右二丁の22口径レミントン・ダブルデリンジャー型で、番付表には〈女郎蜘蛛ノ魔銃／ヒューリーズム〉の名で記されていた。
容姿は長い赤毛を二つ結い／ツインテールにした少女で、全裸に黒いポンチョとガンベルトだけを装備した異様な装いであったと言われている。

魔銃の射程はどちらも短いが、仕事の成功率は極めて高い。右の魔銃から放つ魔弾は高濃度の呪詛毒が含まれ、撃ち込んだ相手の肉体を神経毒で支配し、ゆっくりと嬲り殺す。左の魔銃からは魔弾の代わりに〈女郎蜘蛛の足／スパイダーレッグ〉の高速射出と収納を繰り返す。銃口から飛び出した金属の節足は

自在に高速駆動し、有効範囲に入った一瞬で銃弾も相手の心臓も的確に刺し抜く「攻防一体」の武器である。【続く】

――人造人間〈翠〉【上】

戦前、ポール・ベルンシュタイン博士によってナチス・ドイツの〈古代遺産協会／アーネンエルベ〉に持ち込まれた奇怪な魔術的科学で開発された人造人間／ホムンクルスは、昭和三十五年頃から愛玩用として少数が地下市場で流通していたが、〈殺し屋の墓場〉で軟禁中の蓬莱へ送り込まれた人造人間〈翠〉は、魔銃具現化能力を付与された「試作品少女」で、昭和三十七年七月の番付表にも殺人序列第九位――〈No.9〉として記載されていた。

犬耳に犬の尻尾を持つ歳相応の幼女でありながら、〈No.6〉蓬莱樹一郎を狙う役割を与えられていたが、肝心の魔銃〈複製試作ノ魔銃〉は「おもちゃの銀玉鉄砲」であった。【続く】

【矢ノ浦探偵事務所】

――矢ノ浦小鳩【上】

『空想東京百景』シリーズの主人公にして、物語の狂言廻し。新橋駅の近くにある古い焼けビルの二階にある〈矢ノ浦探偵事務所〉の二代目所長を務め、「矢ノ浦小鳩」を名乗っている少年……もとい、可憐な少女探偵。短い黒髪にハンチング・ベレーを被り、未成熟でスレンダーな肢体とはいえ、大半の人々は澄んだ囁き声／ウィスパーボイスで女性と気づくのだが、どういうわけか、「ごく一部の若い男性」はなかなか気づかない。

身体能力は常人並みだが、〈幻の本土決戦兵器〉と呼ばれる漆黒の巨大ロボット〈鴉〉、「この世ならざるもの」を見透かす〈異界眼鏡〉、「何処かの誰かの羽根」を埋め込んだ〈硝子のナイフ〉など、太古の神仙たちの〈宝貝〉技術を応用した探偵道具を駆使し、平行世界〈東京〉に顕現する〈怪異〉を次々と解決している。愛車はベスパ125の改造品〈流星号〉で、昭和三十年代後半の時点で既に時代遅れの車種だが、〈博士〉が魔術的改造を施しており、機体性能を無視した異様な速度が出る。

本人は昭和二十年八月、満州国新京生まれと自称しているが、本当の年齢は不明。かれこれ十年以上は「可憐な少女探偵」である。また、〈すりかえ現象〉で生じた仮構空間など、異界との境界線上では「髪の長い天使のような姿」で見えることもある。

彼女が〈東京〉に現れたのは、〈旧十五区封鎖〉解除後の昭和二十二年で、新爆投下による「後天性異能者」ではない。一方で、戦時中、大陸で捕獲された神仙〈蓮音〉を〈甲・乙・丙〉に三分割した魂魄物質の〈丙〉型を所有しており、その神通力で〈宝貝〉を駆動させている。【続く】

〈博士〉

小鳩の助手にして旧友、そして、魔術的科学の第一人者。周囲から〈博士〉と呼ばれているが、本当に「博士」なのかどうかは不明。本名は「矢ノ浦千鶴」で、〈矢ノ浦探偵事務所〉初代所長・矢ノ浦太郎字の孫娘だが、小鳩は太郎字との養子縁組で「矢ノ浦小鳩」となっているので、血縁関係はない。

眼鏡と白衣が似合う妙齢の女性だが、性格はのんびりしていて、特に寝起きがだらしない。中学時代の一年後輩には大相撲の横綱〈大鳳凰〉がおり、何故か慕われているが、彼女はプロ野球を好み、特に大洋ホエールズのファンである。もっとも、通算成績によって数値化された選手の人生を眺めて愉しむだけなので、試合自体にはあまり興味がなく、野球場まで足を延ばすこともない。この時代の野球場が、女性が気軽に行けるような場所ではないことを差し引いても。小柄で童顔のため、一人で外出すると未成年に間違われ、補導されることも原因だが、前述の〈大鳳凰〉は昭和十五年生まれである。

昭和二十年八月十日の新爆投下時は神田駿河台の自宅におり、閃光の直撃こそ免れたが、呪詛の影響を強く受けている。そのため、魔術的科学の知識と閃きも異能の一種と推測される。

氷室卓也

〈七つの顔の名探偵〉と呼ばれている私立探偵。銀髪混じりの貴公子然とした風貌でドイツ人との混血／ハーフを自称するが、出自不明で年齢不詳。洋物の細長い伊達眼鏡にネクタイを締めない開襟シャツ、素足にローファーを履くなど、奇妙な服装センスの持ち主である。銀座西八丁目のナイトクラブ〈スターダスト〉地下に自宅兼個人事務所を構えているが、〈組合〉内での扱いは、隼太と同じ「独立遊撃型私立探偵」で、住所不定の隼太がたまに図々しく転がり込んでいる。

通り名の由来は、「他人の思考や技を演じる」変幻自在の化身能力だが、精神的影響も受けるため失敗が多く、家主はナイトクラブの人事課保安部長――「女の警察」への転向を勧めている。昭和二十七年四月まで存在した、闇病院〈イレブン〉の異能実験体／マルタの生き残りだが、それ以前の記憶はない。闇病院の崩壊から、私立探偵となるまでの空白期は、賭博師や殺し屋に憧れる不良少年として暮らしており、魔力付与したダイスによる殺人術も会得しているが、殺人効果は「一天地六」の目だけで、ダイスの目を自在に操ることもできなかったので、どちらも断念した。

昭和三十八年、怪盗〈流星〉を追う過程で、〈蓮音〉と名乗る美少女と出会ったが、本体の氷室は〈すりかえ現象〉で仮構された銀座五丁目のバー〈ルパン〉で一年以上眠り続け、昭和三十九年の矢ノ浦小鳩により、元の時間軸——昭和三十八年の世界へ強制送還され、「一夜の夢」となった。詳しくは1巻／File:12『七つの顔と喰えない魂』を参照のこと。

漆黒の鉄人騎士〈鴉〉

〈矢ノ浦探偵事務所〉が所有している巨大ロボット。「通常時」の身長は五メートル前後で、黒いカラスのような頭部形状と背中に装着した大きな翼から〈鴉〉と呼ばれている。飛び道具はくちばしから電波霍乱剤／ミストチャフや催涙ガスを散布するだけで、典型的な格闘戦用機体である。

戦時中、関東軍が満州で秘密裏に開発していた新兵器だが、未完成のまま本土に持ち込まれ、敗戦のどさくさで失われた。それから十年以上を経て、新橋駅の地下深くに封印されていた機体を小鳩が発見し、〈博士〉の手で完成した。

〈乙〉型電子頭脳には自律行動式／プログラムと魂魄物質が封入され、自らの意志で動いている。高い機動性と戦闘能力を誇り、〈国際ギャング団〉の犯罪ロボットの天敵だが、魂魄物質の神通力を使った駆動系に未解析部分が多く、稼働率の低さが弱点である。行動可能範囲も〈東京〉都下に限定されているが、特に最大出力での行動は「閃光の被害範囲」——旧十五区〈即死境界線／ボーダーライン〉内に限られる。このため、呪詛浄化装置からの波動発振が〈鴉〉の動力源と推測される。

飛行能力もあるが、〈波動ロケット〉の推力不足で空戦性能が極端に低く、昭和三十八年に〈都〉から資金供与を受け、改修された。結果、行動可能範囲が拡大し、高々度からの急降下爆撃／ナックルボムも使用可能となった。この技の会得には、大山倍達の著書『What is KARATE?』を参考に、戦闘用自律行動式が改良されたことも大きい。改修後の最大出力行動は〈完全出幻〉、または〈V2〉形態と呼ばれ、小鳩の念波召喚で瞬時に顕現する〈神速瞬歩／ジョウント〉と、時空間歪曲——都市を一時的に無人の「まがいもの」へ変異する〈すりかえ現象〉の発動により、戦闘に伴う建築物の被害を最小限に抑えている。

在日米軍も横田基地に数台の陸戦用ロボットを配備しているが、完全な実用化には至っておらず、〈鴉〉の買収／強奪も検討されたが、調査の結果、興味を失った。神通力駆動システム、波動ロケット、呪詛浄化装置……すべてが〈東京〉の内側でしか正常に作動しないことが判明したからだ。

【その他の人々】

蓮見香名子

蓮見隼太の姉で、品川の小さな貿易会社〈暁光商事〉に勤め

ていたと「されている」。三十路の美女だが、戦後の混乱期に身体を売っていた過去と血の繋がらない弟への感情に怯え、いつも疲れた表情をしていた。そして、昭和三十七年九月、環状線電車／山手線に潜んでいた魔物〈虚構〉に魅入られ、異界の住人に成り果てた。

なお、彼女が勤めていた〈暁光商事〉は、戦時中、大陸で活動していた旧帝国陸軍〈桜会〉系の軍需国策会社〈昭和通商〉の残党が作ったと噂され、特殊娼婦競売入札や安保闘争鎮圧に関与した記録も残っているが、会社自体は実体のない幽霊会社だったため、彼女が何の仕事に携わっていたのかは不明。また、昭和三十七年四月、渋谷区円山町の連れ込み宿／さかさくらげで殺し屋・蓬莱樹一郎と行きずりの関係を結んでいたが、隼太はそのことを知らない。

【世界観】

——新型爆弾／呪詛爆弾【上】

直接的な破壊力はないが、閃光を浴びた生物を塩化ナトリウム結晶に変異させる特性を持つため、旧約聖書の創世記——ソドムとゴモラの滅亡から〈神罰爆弾〉と称する者もいるが、正体は魔術的科学で作り出した呪術兵器。ユダヤ人の大量虐殺で調達した魂魄物質を凝縮し、原子レベルへ分解——変換した神通力と残留思念を呪詛として解放し、「無限に連鎖していく死」を撒き散らすことで、都市の住人だけを完全に殲滅する。

かつて、ナチス・ドイツの古代遺産協会／アーネンエルベに所属していた魔術的科学の権威、ポール・ベルンシュタイン博士の理論を元に作られ、ベルリン陥落後に回収された実験品にアメリカ軍が「黄色い猿」だけを抹殺する呪法／コードを組み込んで完成した。広島と長崎に投下された原子爆弾と違い、対人殺傷力を限定できるため、〈世界最終戦争〉の切り札と目されていたが、魔術的科学による製法の不安定さに加え、大量虐殺で魂魄物質を調達することが難しくなり、昭和三十年代後半になっても、完全な実用化には至っていない。

唯一、昭和三十三年八月、ソ連の原爆でアメリカ軍を殲滅する計画を立て、ソ連外相グロムイコに断られた毛沢東だけは〈呪詛爆弾〉の自力開発と実用化に執念を燃やしている。中国はチベット族の大量虐殺で必要量の魂魄物質を調達しており、自力開発は時間の問題であったが、大躍進政策の失敗による国家主席辞任もあり、完成は遅れている。【続く】

——連合国軍新型爆弾傷害調査委員会

昭和二十年八月十日、〈東京〉へ投下した新型爆弾——〈呪詛爆弾〉の残留呪詛が人体に与える効果を報告するため、日本上陸直後の十月、正式に連合国軍新型爆弾傷害調査委員会（New Bomb Casualty Commission）が設置された。通称は「ＮＢＣＣ」。施設は帝国陸軍兵器行政本部第九技術研究所——登戸研究所を接収し、使用していたが、機関の存在は厳重なプレスコードにより、長いこと秘密になっていた。また、二十二年三月に発足した連合国軍原子爆弾傷害調査委員会（Atomic Bomb Casualty Commission）との接点はない。

連合国軍最高司令官総本部（ＧＨＱ／ＳＣＡＰ）設置とほとんど同時であったのは、新型爆弾投下の重要さを示しているが、国際的軍産複合体〈闇の政府／Government Of Darkness〉の意向を受けていたと言われている。やがて、〈呪詛爆弾〉の影響による「後天性異能者」の発生が確認されたが、アメリカには予想外の現象で、〈闇の政府〉には興味深い現象だった。そのため、新世代の超人兵士／ニュータイプ開発を目的とした研究組織〈ウイリアム・Ｃ・フラナガン機関〉が内部に設置された。翌二十一年の〈旧十五区封鎖〉も、この組織の意向が強く働いており、封鎖地域では〈闇の政府〉から供給された新兵器運用実験が秘密裏に行われていた。また、この時期に旧軍系の研究組織をいくつか配下に収めている。

——魔術的科学

平行世界〈東京〉には〈呪詛爆弾〉を筆頭に、〈魔術的科学〉と呼ばれるオーバーテクノロジーを用いたガジェットが多く存在している。大半は戦前、ナチス・ドイツの〈古代遺産協会〉や、日本の帝国陸軍登戸研究所（第九陸軍技術研究所）で開発されていたもので、〈古代遺産協会〉を追われた後、〈河豚計画〉による満州移住を経て、登戸研究所へ渡った「魔術的科学の開祖」ポール・ベルンシュタイン博士が〈火葬国／ミルキ国〉なる異界から持ち込んだ〈怪異〉や、神仙たちの〈宝貝〉技術がベースとなっている。しかし、あまりにも非常識で非合理だったことから、第二次世界大戦終結以降は民生技術へ転用された一部を除き、表舞台からは姿を消した。

戦後は、犯罪ロボットの開発／輸出を行っている香港の犯罪シンジケート〈刃導〉、連合国軍の特務機関〈ウイリアム・Ｃ・フラナガン機関〉、新爆異能者や改造人間を刑事として利用している警視庁〈０課〉などが大戦当時の研究を継承しており、技術レベルでは、矢ノ浦小鳩と〈博士〉の〈矢ノ浦探偵事務所〉が突出している。

——ラビット・スーパーフロー101

富士重工製のスクーター。女優・北原三枝の広告で広く知られ、特に流線型デザインの「Ｓ１０１」シリーズはスクーターでありながら、最大排気量２５０cc、重量１５５キロの巨体を誇るオートバイ級の機体である。名機と謳われた戦闘機『隼』で知られる中島飛行機の伝統を受け継いだ七馬力のエンジンは最高速度１００キロを超える。

三菱の『シルバーピジョン』シリーズと並んで、和製スクーターの名機として人気を博した『ラビット』シリーズだが、敗戦直後の昭和二十一年に作られた一号機「S1」は、米軍落下傘部隊用のスクーターをベースに、135cc・二馬力のエンジンに艦上攻撃機『銀河』の尾輪を流用していた。

――同潤会清砂通アパート

現在の江東区――湾岸一帯は、江戸の頃、地獄宿と呼ばれる岡場所であった。鶴屋南北の狂言には最下級の夜鷹が住む売女長屋が点在するだけの荒野として描かれているが、現実も大差なく、維新後も二畳に一家十人が寝て、小名木川から流れ着く土左衛門から剝いだ着物を洗い直して売ることすら正業となる「底なしの底」であった。やがて、近代都市の恥部である湾岸地区の住宅改良事業は〈東京〉の大きな課題となり、薄汚れた貧民窟を整理して同潤会の近代的アパートメントも建てられた。四十年前――震災直前のことである。

後藤新平の主導で行われた都市計画によって、湾岸一帯の生活水準は著しく向上した。事実、同潤会アパートの中でも最大規模だった旧深川区清澄通り白河町交差点のアパート群は、東京大空襲と新型爆弾の惨禍を経た後も集合住宅として機能している。銀髪の美女が潜んでいた〈十七號館〉以外は。

これに対して、敗戦後にGHQの意向を受けた〈都〉の戦災復興計画は区画整理面積も少なく、杜撰な部分が目立った。結果、江東区南砂町に巨大な新爆スラム〈蝿の街〉が形成されていくことになる――。

――ジェラール・フィリップ

昭和二十年代のフランス映画界で活躍した俳優で、繊細にして艶やかな美貌と高い演技力を兼ね備えた知性派の二枚目スターとして人気を博し、華麗なプレイボーイを演じた活劇『花咲ける騎士道』での役名から「ファンファン」の愛称で呼ばれていたが、昭和三十四年に入ると体調を崩し、十一月二十五日、肝臓がんで亡くなった。齢、三十六。

昭和二十九年、フランソワ・トリュフォーが『カイエ・デュ・シネマ』誌に掲載した評論「フランス映画のある種の傾向」で、サルトルの実存主義を引用しつつ、当時のフランス映画界で主流とされていた厭世的で自己憐憫的な物語手法――詩的リアリズムを痛烈に批判したことから、フランス映画はヌーヴェルヴァーグ（新しい波）の時代へ突入していたが、幸か不幸か、ジェラール・フィリップはその後に現れた新しい輪郭――もしくは、乾いた廃墟を見届けることなく、この世を去っている。

――ゴールデンバット

大衆向けの紙巻き煙草。元々は中国向け輸出用銘柄だったが、明治三十九年に国内でも発売された。昭和二十一年発売の高級煙草『ピース』と並んで、専売公社の代表的な両切り銘柄だが、こちらはもっとも安価な三級品に属している。太宰治が「タバコは両切りに限る。とくにバットに限る」と評し、愛した銘柄でもある。外来語であるため、昭和十五年から二十四年まで『金鵄（きんし）』に改称していた。

――ヒッチコック・マガジン

昭和三十四年、江戸川乱歩が実質的オーナーとなっていた宝石社から『アルフレッド・ヒッチコックス・ミステリ・マガジン』日本版として創刊された。昭和三十年代前半は海外翻訳ミステリブームで、早川書房『エラリイ・クイーンズ・ミステリ・マガジン』や久保書店『マンハント』などの専門誌が創刊していたが、後発だったため、日活アクション映画特集、拳銃特集、パロディやショートSF……といった娯楽記事が多く、サブカルチャー雑誌として異彩を放った。全五十号。

同年十二月には早川書房から日本初のSF専門誌『S・Fマガジン』も創刊されたが、レイ・ブラッドベリの短編『十月の遊戯』は創刊編集長・中原弓彦の手で翻訳され、昭和三十五年十月号に掲載された。ちなみに、中原の本名は小林信彦である。

――人造人間／ホムンクルス

奇怪な魔術的科学で作られた人間の「まがいもの」で、主に愛玩用として少数が流通しているが、単体では魂のない人形であり、諸事情で霊体と化した者か、人工魂魄の転写／憑依で起動する。戦時中、ポール・ベルンシュタイン博士が〈アネット型人造人間〉技術として日本へ持ち込んだが、大陸の神仙も同じような術を操ると言われ、戦後は闇病院〈イレブン〉で開発が行われていた。初期はユープケッチャ型生命維持回路を応用した植物性人造細胞で〈特殊娼婦〉の屍体を繋ぎ合わせるなどの手法が模索されたが、純粋培養方式が主流となっていく。

いびつな風景
File:03 Empty and distorted scenery
もう一つの〈東京〉は、正史と虚構の
アマルガム。ろくでなしの魔女が、
殺し屋を誘い込む——甘美なる〈煉獄〉。

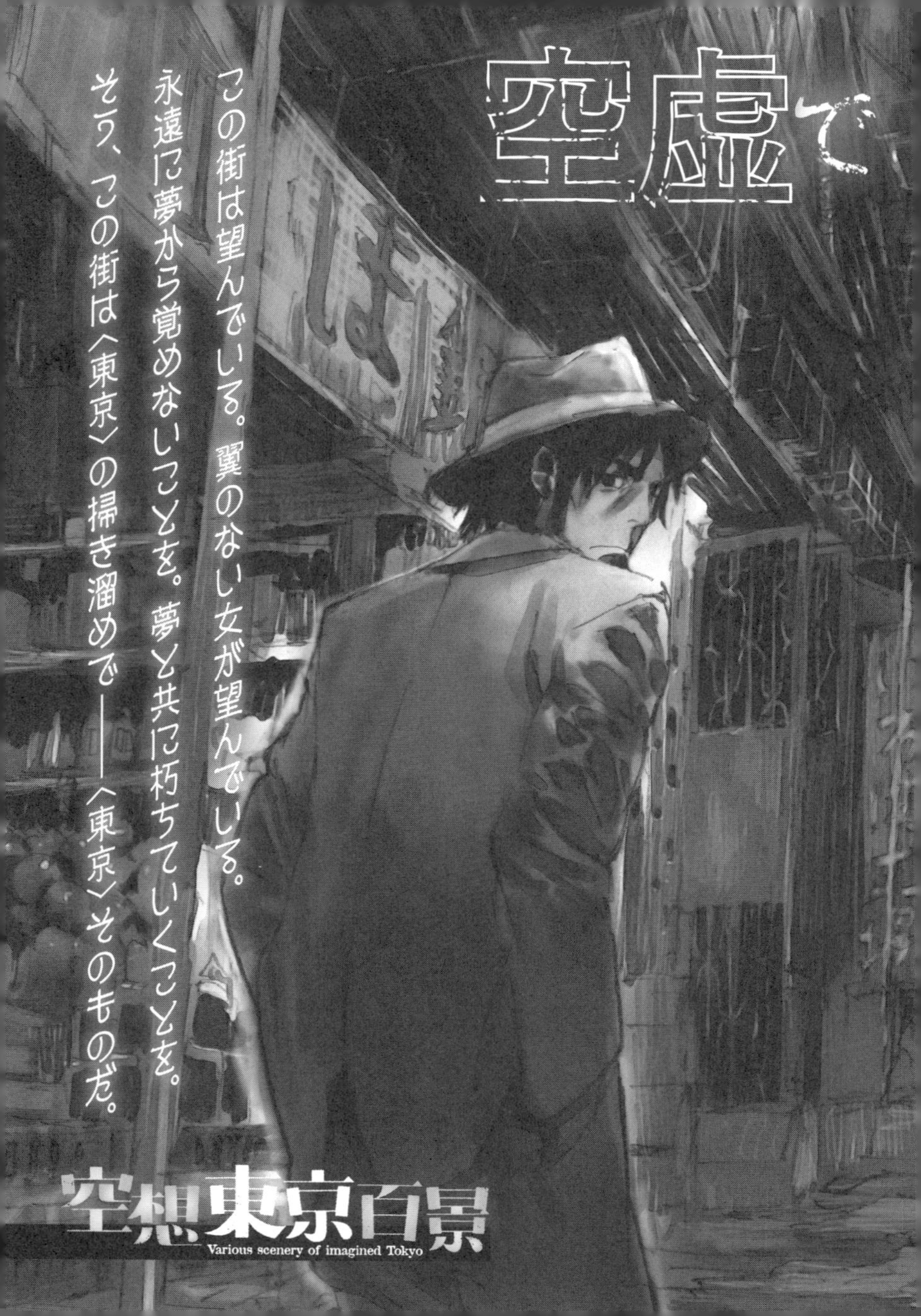
空虚で
この街は望んでいる。翼のない女が望んでいる。
永遠に夢から覚めないことを。夢と共に朽ちていくことを。
そう、この街は〈東京〉の掃き溜めで――〈東京〉そのものだ。
空想東京百景
Various scenery of imagined Tokyo

001

昭和三十七年七月二十五日

――江東区南砂町〈蠅の街／殺し屋の墓場〉

その男は、暗く濁った三白眼だが、深々と光る眼差しは鋭く、堅気でないことは容易に想像できた。

その男は、斜に被ったソフト帽と三ツ揃いのスーツで装っているが、無造作に伸びた髪や顎鬚と相まって、まるで貸本劇画《フィクション》の殺し屋が現実へ這い出してきたような風体であった。

その男は、〈No.6〉と呼ばれていた。本人は「蓬莱樹一郎」と自称しているが、組合《ギルド》の番付表には〈灼熱獄炎ノ魔銃《ペンデルフォイヤー》〉の名前と順位だけが記されていた。

よって、〈No.6〉や〈灼熱獄炎の魔銃遣い〉とは呼ばれても、「蓬莱樹一郎」と呼ばれることは稀だ。

そして、男が生業としていたのは、まさに貸本劇画の殺し屋であった。奇妙な魔銃を与えられ、奇妙な殺人技を競い、下位序列者《ランカー》が上位序列者《ランカー》を倒すとその順位に入り、以下はそれぞれ繰り上がる奇妙なシステムの奇妙な〈組織〉に所属していることを除けば、あの懐かしくも荒唐無稽な殺し屋たちの一人だった――ほんの数日前までは。

連絡係の手違いに付け込んで請け負った仕事に失敗し、殺人資格《ライセンス》を剥奪されるまでは――。

「以下、宣告――。
六位　灼熱獄炎ノ魔銃〈ペンデルフォイヤー〉。
咎人――契約違反、及ビ、任務失敗ノ為。
其ノ罪、処刑執行権ヲ、封印入札競売ニ処ス。
二位　女郎蜘蛛ノ魔銃〈ヒューリーズム〉。
落札者――〈組織〉ノ代行者。
咎人ノ身柄、刑ノ執行、一切ノ運用ヲ任ズ」

落札者《ヒューリーズム》の気まぐれと饒舌《じょうぜつ》で剥奪された殺し屋は

奇妙な無国籍街の片隅〈殺し屋の墓場〉に幽閉され、更に最下位の仔犬が放り込まれた。

仔犬——〈複製試作ノ魔銃《ペンデルスターズ》〉は、犬の耳と尻尾を持つ幼女型人工魔銃の失敗作にして、戯《たわむ》れに作り出された人造人間《ホムンクルス》だ。

遠く古《いにしえ》の時代、大陸の神仙たちが〈虚構〉という名の異界から拾い上げた奇々怪々なる秘術の数々は、近代に於いて、ナチス・ドイツの〈古代遺産協会《アーネンエルベ》〉やら帝国陸軍登戸研究所やらの手で、魔術的科学《オーバーテクノロジー》として体系化されたが、第二次世界大戦の終結と共に、より深い闇へと隠された。

その深い闇からも放逐され、〈殺し屋の墓場〉へ放り込まれた最下位の仔犬は、まるで無力なできそこないだ。剝奪された殺し屋にすら劣る最弱の殺し屋に与えられた役回りは唯一、行き場のない憎悪で嬲られるなぐさみもので、そんなものを剝奪された殺し屋に与えるのは、徹底的に剝ぎ取るためだ。

処刑執行権を落札したのは、殺人序列《ランキング》第二位の小娘〈女郎蜘蛛ノ魔銃《ヒューリーズム》〉で、刺繡《ししゅう》やリボンやフリルに彩られた奇怪なポンチョとガンベルトだけの露出狂《フラッシャー》だったが、仄暗い欲望を撃ち込むには獰猛《どうもう》に過ぎた。

今にして思えば、まるで似合わない扇情的《セクシャル》な風体も第二位の実績に裏打ちされた自己主張で、確かに差し向けられた銃身をねじ伏せては嬲り回し、捻り上げては搾り取るアクロバティックな銃の腕前《サバキ》を見せたが、圧倒的加害者に最後の一発は搾り取れない。

《愛でたければ——。

この犬に名を聞いて、呼ぶがいいわ。

犯したければ——。

この犬を殴りつけて、犯すがいいわ。

殺したければ——。

この犬の首を絞めて、殺すがいいわ》

追撃の仔犬は、殺し屋の矜持を自らの手で汚させるための見え透いた罠。誇り高き殺しのトップエリートである〈魔銃遣い〉が矮小な加害者となれば、それこそ再起不能の無一文だったが、不幸中の幸い

――〈No.6〉が仔犬の臓腑を喰い荒らす黒く汚れた獣と成り果てることはなかった。

〈すりかえ現象〉――臨界点に達した破壊衝動はろくでなしの可愛くてお節介な天使にすりかえられのだが、自我の崩壊を免れて安堵する〈No.6〉は知らぬ間に分岐器《ポイント》を操作された運命の線路《レール》が、〈十七號館〉の美女が告げた過去視と別方向へ捻れていることにも気づいていない。

《仕方ないさ。〈けぶりぐさ〉の甘い芳香を纏っていた少年探偵が男装の少女探偵だったことにも気づかない、底なしのろくでなしなのだからね》

偶然に撃ち抜いたピース缶の中身――〈けぶりぐさ〉の甘い芳香は、〈女郎蜘蛛ノ魔銃〉の呪詛《じゅそ》が垂れ流す強烈な神経毒を中和したが、巨大な蜘蛛の影は皮膚の上を絶えず這い回り、顕現した〈灼熱獄炎ノ魔銃〉の銃爪《トリガー》を引くこともできなかった。迫り来る処刑執行日までに呪詛を解き、〈No.2〉を凌駕する強度を獲得しなければ、復讐も不可能だ。

それどころか、〈殺し屋の墓場〉へ永住申請を出す羽目になるだろう――。

「……まったく、困ったことになったぜ……」

銃の腕前《サバキ》は上位序列者《ランカー》級でも、殺し屋の骨格を支える魂魄《タマシイ》の強度を欠いていたことが〈No.6〉の敗因だった。同じように異界から殺人資格を得た殺人序列者《ランカー》でも、上位の領域は深度が違う――。

それでも、〈No.6〉は〈魔人〉と呼ばれる異能の殺人者――トップエリートの端くれだ。

(Wille zur Macht――魂魄の強度は力への意志だ！)

内在する憎悪と妄念を育て上げ、己の中に潜む仔犬の臓腑を喰い荒らす黒く汚れた獣を律することで、深く潜らなければならない。

それは妄想による仮説でしかない。だが、有り余る財力も、妄執と紙一重の欲望で駆動させなければ〈権力〉として機能しないように、力への意志なくして深く潜ることはできない！

殺人者の技術もまた、妄執にも似た強烈な欲望で磨き上げられる。確かに、獣の殺意は万物の霊長だけが持つ強度へ、の意志で増幅され、果ては数千万人の同族を殺すまでに至ったが、〈組織〉に所属する殺し屋の多くは広島、長崎——そして、〈東京〉の大量虐殺《ジェノサイド》を軽蔑していた。

（Mistakenly held obsession——憎悪と妄念だけが人間を〈神〉に近づけていく！）

殺人者の顔を欠いた殺人行為など、己の手で力への意志に制約を課し、抗うことで深度を追求する〈道《タオ》〉とは対極の外道だと信じている。この奇妙な倫理観を非因果的共起《シンクロニシティ》から共有することで、世にも奇妙な〈組織〉は存在している。

《馬鹿馬鹿しくなるほどの妄念で作り上げた虚像《フェイク》でなければ、嘘と本当は繋がらないわ》

長い眠りから覚めた〈No.6〉——蓬莱樹一郎を自称する男の脳髄は壊れたレコードのように、耳鳴りのように、〈No.2〉の台詞《セリフ》を延々と反芻《はんすう》する。

《でも、〈組織〉の掟にタマシイを囚われている程度の強度——そんな灼熱獄炎《ペンデルフォイヤー》の虚像で、わたしを組み敷くことはできない》

《ましてや、〈No.1〉は——》

肋骨も薄く透き通った華奢な肢体をしなやかに伸ばし、野良猫のように頰を舐め上げながら耳元で囁いた少女の台詞は甘ったるい声質のくせにひどく冷たい音調であったが、蓬莱はむしろ、復讐の光景を思い描いたのか、強く屹立《エレクチオン》していた。

（Erection——身体が回復してきた証拠だ）

冷静に捉える程度には、精神も回復していた。

002

昭和三十七年七月二十五日

——江東区南砂町〈蝿の街／地下道〉

剝奪された殺し屋と最下位の仔犬は、半壊した高層アパート群と瓦礫に囲まれた〈殺し屋の墓場〉から地下道へと潜り、わずかな外光と裸電球のまばらな灯を頼りに、不合理な廃墟に覆われた唯一の連絡通路を潜り抜けていく。

電線か、植物の枯れた蔓《つる》か——判別しがたいものがぶらりぶらりと頭上から垂れ、湿気と腐敗臭と薬品臭が混淆《こんこう》した臭気はねっとりと澱んでいる。

「ふぁうぅぅぅ……ほ、ほーらいさーん……」

立ち入り禁止の標識と有刺鉄線の柵を避け、何度も地下と地上を繰り返していたが、有刺鉄線の柵には子供《ガキ》が立ち寄らないための呪符《トラップ》がびっしりと貼れている。梵字《ぼんじ》と禍々《まがまが》しい紋様で埋め尽くされた粗雑な印刷の量産型呪符でも、触れれば身体が痺れ出す。噂に怯えない子供《ガキ》は調教すれば良い、と考えたのだろうが、多少なりとも魔術に通じている者から見れば、無駄の多いこけおどしに過ぎない。

「ほーらいさーん……びりびりするよぉ……」

涙目で身震いしている仔犬は、数時間前まで「なんばーしっくすさん」とか「ごしゅじんさま」などと呼んでいたが、据わりが悪かったのか「ほーらいさん」に落ち着いていた。

「〈翠〉……遊んでるんじゃねぇ。置いてくぞ」

先を歩く蓬莱は振り返らず、仔犬を〈翠〉と呼んだ。首輪に刻まれていた文字を名前としたのは、愛でるためではなく、憎悪で嬲られるなぐさみものとして扱う意志がないことを伝えるためだ。

与えられた役目を失った仔犬を解き放つことも考えたが、晴れて自由の身になったところで、別の誰かに嬲られるだけであろう。戦災孤児《なまえのないけもの》だった頃の蓬莱ならば、しぶとく生き延びるのだろうが、更に幼い〈翠〉にそんな才覚があるとは思えない。

(……とはいえ、子連れの殺し屋なんざ、聞いたこともねぇ……)

あれこれと考えながらも、蓬莱はさっさと歩いていく。〈翠〉は無邪気にはしゃぎながらも背中を追い、巨大な無人の墓標に囲まれた〈殺し屋の墓場〉から、もう少し陽の当たる場所へと這い出していく。

都電三十八系統は日本橋から錦糸堀へ向かうが、南砂町三丁目の電停で降り、小名木川《おなぎ》の南側を歩いていくと、遠くに〈夢の島〉の名を与えられた第十四号埋立地と朽ちかけた高層建築群が見える。

最後の廃墟が〈蠅の街〉――新爆投下後の〈東京〉で最大の貧民窟《スラム》だ。

敗戦直後の混乱期、満州引揚者住宅の名目で旧城東区の湾岸埋立地に建てられた鉄筋コンクリート造の高層アパート群は不安定な地盤が災いし、昭和二十二年九月のキャスリーン台風と二十四年八月のキティ台風であっけなく崩壊した。廃墟を覆うように急激に増殖したバラックには都内各地の新爆スラム整理で排除された流民《るみん》、進駐軍や武装警察隊に追われた犯罪者、共産主義者が大量に流れ込んだ。

後藤新平《ごとうしんぺい》が主導した関東大震災前後の都市計画と比べると、〈都〉の戦災復興計画は杜撰《ずさん》極まりなく、香港《ホンコン》の九龍城砦《クーロン》、広州の三元里《さんげんり》よりも巨大な貧民窟と化した高層アパート群を都民は〈蠅の街〉と呼んだ。夏が来るたびにこの街と隣の埋立地から湧いた蠅の群れが黒雲と化し、近隣の街を襲うからだ。

「まあ、こういう因果でもなけりゃ、足を踏み入れたくねぇ場所だがな……」

蓬莱は不快感と諦めを込めて呟《つぶや》く。

そう、この街は〈東京〉の掃き溜めで――〈東京〉そのものだ。唯一、外界との公式な接点である正門周辺の路地には、「飢えたる人々の叫喚、夕日あかあかと砂塵を照らす」と評された敗戦直後の闇市が更に無国籍な装いで残っている。

盗品の自転車にエナメルを塗り直して売り捌くことすらも正業となるこの界隈は〈泥棒市場〉と呼ばれ、密かに街の外から訪れる客も多いが、露天商が立ち並ぶ猥雑な通りにも高度経済成長とやらの波は届いているのか、不良GI《ヤンキー》、街娼《パンパン》、満州引揚者、浮浪児たちはいつの間にか姿を消していた。

「〈翠〉……遊んでるんじゃねぇ。置いてくぞ」
先を歩いていた蓬莱は振り返ることなく、仔犬を〈翠〉と呼んだ。

　戦後十七年を経た現在もこの街に住むのは、壊れた箱庭の外に居場所を見つけられない宙ぶらりんの因業者《いんごうもの》たちだ。飢えた犬のように獲物を探し回り、時には互いの血肉を喰らっていたはずの彼らは、第十四号埋立地の埋め立てが再開された昭和三十二年頃から都内各地から運び込まれる廃棄物《ゴミ》を黙々と漁り、資源として活用できそうなものを小銭と交換し、生活の糧としていた。そのため、日中の街で商う者の大半は傷痍《しょうい》軍人や老人となっていた。

　不能に陥り、生きながら葬られた〈魔銃遣い〉が危惧していたのは、噂を聞きつけ、功名心に駆られた殺し屋未満——与太者たちの四六時中不規則極まりない襲撃だったが、往時の活気が失われつつある現在の街では、危惧は杞憂《きゆう》となる。

　白昼の襲撃はない——噂が流れるまでは。

003

昭和三十七年七月二十五日

——江東区南砂町〈蠅の街／泥棒市場〉

「見て見てっ！　あれ見てっ！　おいしそうですよっ、ぷっぷくぷーなお魚さんのてんぷらがとってもいい匂いですよ〜」

「おまえ……何を言ってるんだ……」

「ほへ？」

「ありゃ、河豚《ふぐ》なんかじゃねぇぞ？」

〈翠〉はペンキで「フク」と大書された屋台を指差したが、この場合、フクは牛の肺臓を指す。都内で内臓を扱っている肉屋は稀で、都民の食卓には並ばないが、刻んで油で揚げるとなかなか美味《うま》く、酒のアテとして〈蠅の街〉の住人に好まれている。

　往時の活気を失いつつある昼下がりの〈泥棒市場〉

だが、〈食〉に関しては別腹だ——。

街の水道は未完成のまま寸断しているが、比較的水回りの良い〈泥棒市場〉には、外では見かけない屋台がところ狭しと並び、住人の胃袋を支えている。

もっとも——街の外から訪れた者にしてみれば、横浜や神戸の南京町でも見たことのない珍奇な〈食〉と遭遇する異境だ。〈福建麵《ホッケンミー》〉は早い話が焼きうどんだが、豚の背脂《ラード》を下地にドロリとした濃厚醬油《しょうゆ》とオイスターソースで炒めた色はドス黒く、見るからに塩辛そうだが、嚙むとコクと甘みが広がって美味い。〈経済飯《ナシ・チャンプル》〉は多種多様な具を自分で選択するぶっかけ飯だ。城東地区を流す〈神風タクシー〉の運転手たちに人気があり、香港風に〈的士飯〉と銘打った屋台もあるが、街の近くに駐車すると食事の間に盗まれてしまうので、街から離れた場所に車を隠し、わざわざ歩いてやってくるという。

どちらも広東の東端、潮州あたりを起源とする大陸東南の料理だが、〈餡豚煮《アントンニー》〉という看板を掲げているのは〈フェジョアーダ〉の屋台だ。

〈フェジョアーダ〉とはブラジル流のモツ煮で、豚の足や耳と一緒に雑多な豆を煮込んでいる。塩辛さの中に甘さがある、奥深い滋味の料理だ。伯系ポルトガル語と日本語を屋台のそこかしこに殴り書きで併記した奇怪なメニューの物珍しさも手伝ってか、看板の上に死神を思わせる不気味な酋長《しゅうちょう》の羽根飾りを据えた屋台はなかなか繁盛していた。「ダァァァァァ〜！」とかけ声を上げ、一人で屋台を切り盛りしている長いしゃくれ顎の青年は痩身だが、見るからに全身に生気を漲《みなぎ》らせている。

「…………」

「ほ、ほーらいさーん……おいてかないでー」

蓬萊が足早に通り過ぎたのは、野心にキラつく美しい目と一抹の危険な匂い——『赤と黒』の主人公、ジュリアン・ソレルにも似た雰囲気を身辺に漂わせる青年への直感的な同族嫌悪であった。事実、羽根飾りは破門された青年が師匠《リキ》から受けた屈辱の証で、復讐《リベンジ》を誓うために掲げていた。

「ねー、ほーらいさーん、早く食べようよ～？」

新しい屋台を見るたびに目移りしては騒ぐ〈翠〉を尻目に、蓬莱は〈肉骨茶《バクテー》〉の屋台を探していた。

真っ黒い汁にたっぷりと油が浮いた〈肉骨茶〉はお世辞にも日本人好みとは言い難く、本来は船着き場の苦力《クーリー》たちが早朝に食するものであるから、昼下がりに屋台を探すのは骨が折れた。

「Bak Kut Teh——二人前だ」

屋台の主は枯木のような老人で、無言で頷くと電気コンロのスイッチを入れた。近くの街灯に引っかけた電線《コード》から盗んだ電流がニクロム線を赤く染めると、土鍋《クレイポット》はゆっくりと煮えていく。

「ふみゅう……おなかへったですよう～」

歩き疲れた〈翠〉の声はか細く、ぐったりと蓬莱に寄りかかっている。

「黙って待ってろ。そうすりゃ熱々の肉汁でほっぺたの肉も滴り落ちるようなやつを喰わせてやる」

「あうーっ……〈翠〉、おとなしく待ってますっ！」

やがて、屋台の横にひとつだけ置かれた粗末な食卓《テーブル》に小さな土鍋が置かれる。〈肉骨茶《バクテー》〉とは、豚の肉や臓物を八角《はっかく》、当帰《とうき》、丁字《ちょうじ》、甘草《かんぞう》、桂皮《けいひ》、陳《ちん》皮《ぴ》といった漢方薬と、大陸の塩辛い醤油で煮込んだ馬来《マラヤ》流のモツ煮だ。厚揚げや大根、干し椎茸も入っていて、土鍋一杯喰えば十分に腹が膨れる。えのき茸が入ると上等だが、残念ながら入っていない。

もっとも、〈蝿の街〉の〈肉骨茶〉に入っている肉は豚肉だけでなく、馬肉《けとばし》、鯨肉《くじら》、鳩……果てはそれ以外の肉まで混じっている。それもそのはず、この街に〈肉骨茶〉やら〈フェジョアーダ〉やらの屋台が多く並ぶのは、安価で滋養はあるが臭くて硬いため、街の外では捨てられる雑肉を美味しく食べる生活の知恵だ。しかし、強烈な匂いを放つ漢方薬と唐辛子とニンニクと臓物の毒々しいごった煮汁を薄切りの油条《ヤウティウ》に染み込ませ、肉と一緒に口へ含むと、癖は強いが得も言われぬ滋味が広がり、度重なる災難で疲労した身体に新たな気力が満ちていく。

「はふはふ……おいしいよぉ～」

頬を膨らませながら笑顔で応える〈翠〉は握った箸《はし》もろくに使わず、アルマイトのどんぶりに盛った飯に汁をぶっかけ、ずるりずるりと啜っている。

「おまえなァ……喰い方がまるっきり犬喰いじゃねぇか。もうちょっと綺麗に喰えねぇのかよ？」

「……ご、ごめんなさい、なの」

叱られた〈翠〉はしょんぼりと肩を落としたが、箸を上手く使えず、犬喰いを止められない。見かねた蓬莱は「そうか……おまえは犬なんだっけな」と呟いたが、今度は赤いテンガロンハットに長いもみあげの与太者が路地へ迷い込んできた。上半身を左右にくねらせ、奇怪な歌《ロックンロール》をがなり立てながら。

「ワシはセクシーキング〈比治山〉～。

ワーオ。男の中の男～♪

ナニャドヤラー♪　ナニャドナサレノ～♪

〈比治山〉は悪いヤツ～♪

〈比治山〉は強いヤツ～♪

〈比治山〉は善悪の区別がわ～からん～♪」

ズンズンズンドコと激しく腰を振り立て、濁声《だみごえ》で高らかに歌い上げる与太者は日劇ウェスタンカーニバルの山下敬二郎が二回り太ったような風体で、襟を立てて胸毛を剥き出しにしていたが、肩に引っかけたジャケットも赤。全身これ赤。すべてが赤い。

だが、〈肉骨茶〉に没頭し、啜り続けている二人の視界に与太者の姿は入らない。

「ウォォォオオッ！　グワラグワラゴワキーン！」

突然——与太者は無視されたことに腹を立て、大仰な雄叫びと共に食卓を蹴り上げた！

「ふわぁぁん！　す、〈翠〉のごはんー！」

「————くっ！」

面倒ごとに関わり合うことへの苦渋を浮かべつつも、蓬莱はとっさに〈翠〉の頭を押さえ、宙を舞う土鍋から降りかかる煮汁を避けた。

「あぅぅ……しゃ、しゃざいとべんしょーをよーき、い、い、い、ゅーするですよー！」

「あァ？　いっちょまえにカバチたれよるンかァ！　できそこないの犬っころがァ！」

　涙目でささやかなシュプレヒコールを上げた〈翠〉だったが、兇悪の与太者がギロリと一瞥《いちべつ》すると身震いし、立ち上がった蓬莱の背に隠れた。

「あぅー。うー……」

「……ったく、面倒くせぇな」

　スーツに飛び散った煮汁を気にしている蓬莱はわざと帽子《ソフト》を被り直して凄む視線を逸《そ》らす。

「……兄《あん》ちゃん、ここらじゃ見かけん顔じゃのォ？」

「そうだな。最近、死体置場に引っ越してきたのさ、よろしくな――」

　睨みを逸らされた与太者は一転、見下すようなにやけた薄笑いを浮かべたが、蓬莱は更に見下し返す。血気にはやる愚連隊のガキなら、公衆の面前でもいきなり銃をブッ放すのだろうが、蓬莱はプロの殺し屋だ。真っ昼間から働きもせず酔っ払っているごろつき相手では、懐の魔銃を突きつける気にもならなかったが、ふと、いつもの癖で銃把《グリップ》に触れていた。

　その瞬間――与太者の拳が脇腹を抉った。

　次の瞬間――魔銃が懐から転げ落ちていく。

　ほんのわずかな変化を、与太者は見逃さなかったが、その薄笑いには困惑の色が混じっていた。

「……体重の乗った、いいボディブローだ。拳闘《ボクシング》の心得があるのか？」

「そがァなこたァどうでもえかろう――！」

　蓬莱の褒め言葉とは裏腹に、肩を怒らせた与太者が不愉快な表情で叫んだのは、一撃で昏倒する予定だったからだ。

「死体置場に引っ越してきたじゃと？　コンのタマナシがァ！　もちぃとマシな嘘をつくンじゃのォ！　あがァな呪われたいなげな場所にわざわざ住む奴ァ、できそこないの犬っころくれぇのもンじゃ！」

　暴力を持て余す与太者はよろよろと崩れかけているくせに軽口を叩く蓬莱に腹を立て、襟を掴んで半壊した屋台へと叩きつける！　叩きつける！　叩きつける！　叩きつけ……

「ひっ！　ひぎゃあああぁ――――――ッ！」

……ずに一転！　天を仰いで絶叫した！

嘔吐をこらえた千鳥足は偽装――逆手で掴んだ二本の箸が斜め下から的確な軌道を描いて右の眼窩《がんか》に突き刺さっていた。そして、互いに交差しながら眼球と視神経の接点を激しく抉り立てる！

「できそこないの犬っころ……か。ずいぶんといい度胸をしてるじゃねぇか？」

転倒――暴れ狂う与太者は平衡感覚を失い、屋台の残骸へ頭から突っ込んでいく！

「まったく……オレも好きで引っ越してきたんじゃねぇんだぜ……」

追撃――アブラ虫のように這い回る与太者の前髪を掴んだ蓬莱は刺さった箸をもう一度捻り上げ、眼窩から一気にひっこ抜く！

「ヒャグァアァァ！　ヒャギギギィイイッ！」

与太者は挿入時よりも耳障りな絶叫を響かせたが、幸い、脳髄への貫通は免れた。もっとも、脳波が乱れているのか、小金馬／貞鳳／猫入のお笑い三人組……もとい、痙攣／失禁／脱糞のお笑い三重奏《トリオ》で激しくのたうち回り、いち早く逃げて隠れた屋台の主が「アハハ、ウフフ」と笑い転げている。

「……ほ、ほーら……ぃ!?　もぎゅっ？」

蓬莱は駆け寄ってきた〈翠〉の頭に帽子をかぶせ、念のため犬耳と名前を隠す。お高い山手《のて》の野暮天ならいざ知らず、人種のごった煮のような〈蝿の街〉で少しばかりの奇妙な外見をわざわざ気にする者はいないが、この与太者は嘲った。

（オレは忘れたこともねぇのさ……だと？）

だから思い出すこともねぇ。

涙目で怯えた〈翠〉の姿が、三白眼に暗い憎悪の火を灯したのは、這い出してきた仄暗い夜の闇がひどく湿っていたことを思い出したからだ。

（まったく、ろくでもねぇ嘘吐きだな、オレは）

暗い憎悪の放電点火《スパークプラグ》——錆びつきかけていた殺し屋の脳髄は明晰な思考を取り戻していた。

《あがァな呪われたいなげな場所にわざわざ住む奴ァ、できそこないの犬っころくれぇのもンじゃ！》

待ちに待った二度目の嘲りは——電光一閃！

度胸と危険を秤にかける思考としなやかにバネの利いた肉体が、同時に高速駆動した！

「わ、わ、わりゃァ、誰じゃァ！　コンのガスったれがァ！　こ、殺し屋の亡霊にでも取っ憑かれてやがるンかッ！」

「オレか？　……そうだな、エースのジョーとでも名乗っておくかね」

かくして、高速駆動の結果——与太者は垂れ流しながら毒づいたが、腕が衰えていないことを確かめた蓬莱の顔はテラテラと光り、拾い上げた銃身で頬を撫でつつニヤニヤと笑っている。

「……そして、亡霊なんぞに取り憑かれなくとも、正真正銘の殺し屋だ」

「き、気取っとるンじゃねぇぞ……こ、この、と、都会モンがよォ！　花の〈東京〉生まれだかなンか知らンが……ひっ、一皮剝きゃァ、どいつもこいつも〈生き腐り〉の死に損ねぇじゃろうが！」

眼窩から外れかけた右の眼球を押し込み、左眼だけで睨む与太者の兇相は小刻みに震え、なけなしの獰猛さを絞り出しても捨て鉢な態度しか取れない余裕のなさをとっくに見抜かれている——。

「そうさ。てめぇのような田舎者とは違うのさ。たとえば、口減らしの集団就職でやってきて、こんな掃き溜めみてぇなところへ流れ着いた糞虫とはな」

「こ、コンのガスったれがッ！　ワ、ワシが糞虫じゃとォ……田舎モンで悪かったのォ！」

「図星のようだな。てめぇなんざ、〈東京〉に生きる資格《ライセンス》はねぇよ、さっさと故郷に帰りな……」

資格があるのは、八月十日の記憶を持った者だけだ——蓬莱に限らず、新型爆弾の惨禍と旧東京市十五区武装閉鎖の煉獄を体験した〈東京〉人の多くはそう思っていた。それは戦後十七年を生き抜いた受難者の誇りであったが、同時に、糞の中で蠢《うごめ》く蟯《ぎょう》虫《ちゅう》が群がる蛆虫《うじむし》を憎悪するようなものでしかない。

幾重にもねじくれた〈東京〉人の矜持は、その滑稽さに苛立ちながらも、田舎者を嘲り笑うしか表現の術がない。二重橋で記念写真を撮る気立ての良い親孝行な娘であろうとも、大根足の偽善者と嘲り笑わなければ、まっとうな〈東京〉人とは言えない。騙してペイ中《ジャンキー》にして女衒《ぜげん》へ売り飛ばし、田舎者のドス黒い本性を暴かなければ、更にまっとうな〈東京〉人とは言えない――。

（さて――。

再び立ち上がるその瞬間に拳を喉元に叩き込むか？

それとも、鳩尾《みぞおち》に蹴りを叩き込むか？

五本の指をへし折り、睾丸も蹴り上げてやろうか？

普段なら相手にもしない屑《くず》でも、復活《リハビリテーション》の狼煙にはなる――）

くぐり抜けてきた多くの修羅場にはほど遠いが、選択肢を愉しむ蓬莱の表情は平時の生気を取り戻し、与太者の頬は恐怖で引きつっている。

そして、二度目の高速駆動が炸裂――。

「あっかんべーのべーっ！　ごはんを大切にしないろくでなしのくそむしさんなんて、ギッタンバッタンのバラバラにされて、ばっくてーのざいりょーになっちゃえばいーんですよっ！」

……と、思いきや。

「那很是好的想法《ソレはよいアイデアだナ》！」

気楽で調子のいい連中に興を削がれていた。

「……ったく、勘弁してくれよ……」

しかし、脳天気に吠えまくる仔犬《スイ》と、鉈《なた》のような包丁をブンブンブンと試し振りする嬉々満面の老人に残虐行為手当を請求することは不可能で、結局、取り返した帽子を被り直すしかない。

「脂身だけのくそぶくろなんざ入れたら、不味《まず》くなっちまうだろうが……」

「あの……いろいろと立て込んでいらっしゃるとこ

（さて――。
再び立ち上がるその瞬間に拳を喉元に叩き込むか？
それとも、鳩尾《みぞおち》に蹴りを叩き込むか？）

ろ、申し訳ありませんが……」

囁く声に振り返ると、妙齢の女が優しげな表情を長い髪で隠すように、ひっそりと立っていた。

「す、朱雀《すざく》サン……助けてつかァさいよォ……」

「久しぶりだな。ろくでなしの魔女——。おまえから来てくれて、探す手間が省けたぜ」

思わぬ助け舟と安堵した与太者の表情は再び凍りつき、ぼろぼろと血涙を流したが、女は一瞥を与えただけで気にも留めなかった。

「くやしいのう、くやしいのう……」

004

昭和三十七年七月二十五日

——江東区南砂町〈蝿の街／星州茶房〉

表向きは南洋風純喫茶と銘打っている〈星州茶房〉は、猥雑な街には似合わぬモダンな作りだが、本来の用途は別にあり、街の住人が立ち寄ることは稀だ。

奥の小部屋に蓬萊と〈翠〉を招いた女——朱雀の服装は地味で化粧も薄く、団地の若い人妻のようにも見える。蓬萊は否定するだろうが、傍から見れば、若い核家族の団欒《だんらん》風景に見えなくもない。

「ふふ、とっても可愛い恋人さんですね」

蓬萊は（相変わらず、口元だけで笑う女だ——）と苦笑いした。

「冗談じゃねえぜ。いくら曲球《カーブ》打ちが得意なオレでも、ワンバウンドの魔球《フォークボール》までは打てねぇよ」

眉尻の下がった眠たげな目は円く、鼻筋も通っているが、唇は薄く冷めた色で困ったような表情を崩さない。美人ではあるが、浅丘《あさおか》ルリ子《こ》のような陽性の美女ではなく、冗談は常に皮肉めいた調子を纏う。

（まったく、自治会最高幹部〈将軍〉の秘書に相応しい態度《そつのなさ》だ）

この〈蝿の街〉は〈東京〉最大の新爆スラムにし

て、暗黒街――よって、その自治会は、秘密結社の性格を強く帯びている。巷では「香港の三合會《サンホーフィ》のような犯罪組織の集合体で、地下経済の中心」と言われているが、何度か依頼を請けている蓬莱ですら、真偽を確かめる術はない。

「それでなくとも、散々な目に遭ってんだからな……。それに、オレと〈翠〉を〈殺し屋の墓場〉に放り込んだのはてめぇらだろう？」

「はい。〈蠅の街〉と〈組織〉は業務提携を結んでおりますから……」

一週間前、〈組織〉から電話連絡を受けた朱雀は、古道具屋の改造オート三輪《ミゼット》で青山北町へ向かったが、現場に〈No.2〉の姿はなく、廃人状態に限りなく近い蓬莱が転がっていた。

ちなみに〈翠〉は、麻酔で眠らされた状態で木箱に詰められ、〈蠅の街〉へ直接、届けられたという。

「できれば、わたしが看病したかったのですけど、〈組織〉との協定《ルール》がありますから……残念です」

「おとなしく看病するってんなら有り難いがね――」

何処か皮肉めいた調子の冗談が、苛立った神経をさらりと逆撫でる。撫でられた方は一瞬、ぞわりと震えて背筋を伸ばす――。

「おまえがそれで満足するはずがねぇだろ？　一人だけ恍惚に震えても、あとの二人が黙っちゃいねぇ」

「ふふっ……そうかも知れませんね」

懐に三つの〈顔《タマシイ》〉を隠し持つ、三位一体の美女が嬉しそうに微笑む。

【甲】――〈将軍〉の秘書兼情婦《セクレタリー&イロ》。まァ、女一人が生きていくにはよくあることだ。

【乙】――古道具屋《ブローカー》。〈魔銃遣い〉の自己主張《キリング・アピール》は己の魔銃で殺すことだが、その結末へと辿り着くには臨機応変《ケース・バイ・ケース》の道具が必要だ。米軍横流しの近代兵器は横浜や横須賀でも手に入るが、魔力付与《エンチャント》の薬品や暗器など特殊な道具は入手経路《ルート》を探すことすら困難で、高くついても依頼した方がてっとり早い。

【丙】――魔術師。古の秘術に通じ、人心を惑わす。

〈魔銃遣い〉と同じく、深い闇から這い出してきたろくでなし稼業のひとつだ。

「オレは紅心観音《ホンシングアンイン》を淹《い》れてくれ、〈翠〉はお子様だからな……越南珈琲《ベトナムコーヒー》を練乳入りで」

「申し訳ナイネ、ココだけの秘密だけど、ワタシ、中共大嫌いナノヨ」

「安渓《あんけい》の鉄観音《てっかんのん》は扱ってねぇということか。じゃ、台湾の文山包種《ウェンシャンバオヂョン》でいい」

　カウンターから現れた痩身の店主はわざわざ襟をはだけて胸毛を露出し、なまず髭を揺らしながら奇妙な調子のカタコト言葉で答えた。蓬莱は（さっきの与太者といい、襟を立てて胸毛を剥き出しにするのが、この街の流行なのか？）と疑問に思ったが、わざわざ訊くのも馬鹿馬鹿しいので、代わりに「わざわざ秘密と言い含めるたァ、中共の諜報員も出入りしているのか、この店は？」と付け加えた。

「ソレは禁則事項デス」

「……さっさと行けよ」

大泉滉《あきら》を褐色にしたような風貌の店主が奇妙なリズムで尻を振りながら去ると、朱雀はくすりと笑い、

「馬来《マラヤ》も、共産主義者の殲滅には成功しましたが、安定していませんから」と付け加えた。

「ラーマン《マレーシア》とクワンユー《シンガポール》が手を組んだことに対して、スカルノ《インドネシア》は神経を尖らせています――」

「ふむ……そいつァ、宝石の聖なる女神に成り上がった、昔の同僚からの情報か？」

「この街は、世界情報の〈集積回路〉ですから――」

　否定も肯定もせず、朱雀は遠い目で呟く。聞いたところで、東南アジアから遠い〈東京〉では、「風が吹けば桶屋が儲かる」程度の話でしかない。

　やがて、より激しくエキサイティングなリズムで尻を振りつつ、店主が戻ってくる。差し出された茶杯を朱雀が受け取り、〈翠〉の眼前へ置く優しげな動作は、幼い娘の面倒を見る若い母親のようだ。

「甘くて……おいしいですっ♪」

　お子様扱いされた〈翠〉は、しばらく「ぶー」と

むくれていたが、練乳入り越南珈琲を一口飲んで納得したらしく、すっかりご機嫌になっていた。

「ほーらいさんも、飲んでみる？」

ちょこんと椅子に座って両足をぶらぶらさせつつ、飲みかけのコップを差し出したが、蓬莱は自身の鼻を軽く押さえて遠慮する。

「飲むのは酒くらいでね。甘味は吸う方がいい」

しかし、蓬莱の仕草《スニッフ》が何を意味しているのか分からない〈翠〉は、「んー？」と首を傾げ、同じように鼻を押さえるだけであった。

「まァ、黒蜜をぶっかけた〈梅むら〉の豆かんだったらありがたくいただくが……っ！」

その瞬間――蓬莱は大きく喉を鳴らした。

「くぅ……この街にねぇのは分かっているがっ！〈舟和〉の芋ようかんや〈榮太樓〉の甘名《あまな》納糖《なっとう》も喰いてぇぞ！」

何のことはない。蓬莱は甘味中毒者《スイーツジャンキー》であった。

「ふふっ……それは仕方ありませんね。此処には国外の珍品はあっても、国内の逸品はないのですよ。越南珈琲で我慢してくださいな」

仕方なく、蓬莱は店主から差し出された越南珈琲と文山包種の茶杯を交互に啜る。越南珈琲はコーヒーカップに氷と加糖練乳《コンデンスミルク》を入れ、濃厚に抽出した珈琲を注いでかき混ぜるのだが、当然の如く甘ったるい。銭湯で飲むコーヒー牛乳よりも甘ったるい。

珈琲を飲み終わったあとの残りの氷には香片茶《ジャスミンティー》を注ぎ、口腔に残る甘さを洗い流すのが越南人流の飲み方だ。半分ほど飲んだところで三たびやってきた店主が薄い錆の浮いたヤカンに入った香片茶を目の前にドンと置けば、あとは勝手に飲むだけだ。

「ズンジャズンジャ……ウーッ！　ヤーッ！」

お茶請けに出された南瓜《かぼちゃ》の種を摘みながら、〈翠〉は両足をブラつかせ、奇妙なリズムを取っていた。奥の古びた電気蓄音機からはペレス・プラード楽団の〈マンボNo.5〉が流れている。

「店は馬来《マラヤ》……星州《シンガポール》、茶は美麗島《フォルモサ》、珈琲は越南《ベトナム》、歌は玖瑪《キューバ》か。まったくもってデタラメの無国籍、ごった煮の無法地帯だな。〈蝿の街〉ってぇのは」

「無国籍ですが、無法地帯ではありませんよ。此処には奇妙な整合性がありますから……」

朱雀は茶杯を置き、悠然と回る天井扇《シーリングファン》を見上げる。確かに、この空間の要素は本来の場所から切り離された適当な寄せ集めだが、形法風水理論とやらの配置の妙か――不思議と調和が取れていた。

「それに、最近は〈０課〉の強行捜査《カリコミ》もご無沙汰ですから……すっかり、平和になりました」

「……そいつァ、良かったな」

一瞬――三白眼が暗い光を帯びる。

「はい、〈組織〉との業務提携は成功でした」

だが、朱雀は素知らぬ顔で暗い光を受け流す。

「そして……それを成し得たのは、厄介な〈黒猫〉を退治した貴方のおかげです」

「いくら褒められても、まったく嬉しくねぇぜ。オレは魔女に騙されたんだからな――」

以前、蓬莱は一度だけ、〈蝿の街〉の殺人依頼を請け負った。昭和三十五年の秋、社会党の浅沼稲次《あさぬまいねじ》郎《ろう》が刺殺された直後の話だが、心底うんざりした顔で言い放つ。

「二度とおまえの依頼は受けねぇ。次はこいつにでも依頼するんだな？」

「うー、〈翠〉のぎゃらんてぃーも安くないんですよっ？ なんたって、カレーライスいちねんぶんなんですからっ！」

ごつん。

ゲンコツが自動的に〈翠〉の額を小突いていた。

「……あぅー」

「高いのか安いのかさっぱり分からねぇが……大人の会話に口を挟むな」

「仔犬さんにお仕事を頼む方はいないと思いますから、きっと大丈夫ですよ」

朱雀の口調はやんわりとしていたが、あからさまに〈翠〉の全存在を否定していた。もっとも、当の本人は何を勘違いしたのか、満面の笑みを浮かべており、小突いた蓬莱の方が頭を抱えていた。

「カラーテレビのために殺す方はいますが、日々の糧《かて》のために他者を殺す時代はとうに過ぎてしまいましたから……」

若いだけで取り柄もなく、高度経済成長とやらに乗り切れない連中《ボンクラ》が、カラーテレビのために間違いを犯し、片腕を失ったり、命を落としたりする。

貧民窟《スラム》ではよく見かける風景だが、それは同時に、底辺ですらも日々の糧のためだけに餓《かつ》える者がいなくなった、ということだ。良くも悪くも――。

余談だが――昭和三十七年当時、日本橋〈たいめいけん〉のカレーライスは百十円で、一日三食で一年分と考えると、殺しの報酬は十二万と四百五十円になる。殺人序列《ランキング》第九位の報酬金額と考えれば妥当なところだが、百発百中失敗確定の銀玉鉄砲へ払う駄賃としては完全にぼったくりだ。

005

昭和三十七年七月二十五日

――江東区南砂町〈蝿の街／星州茶房〉

「みゅ……むにゅぅぅぅ……」

気がつけば、猫のような鳴き声――。

犬の耳をパタパタと動かしているのに、発していたのは、仔猫が甘えるような声であった。

「ほーらいさぁん……くすぐったいですよぉ……」

越南珈琲を飲み干した〈翠〉は、やっと胃に血液が集まったのか、食卓に突っ伏して眠っている。

「ふふっ……可愛い仔犬さんは良い夢を見ているみたいですね」

「何処がだよ……つーか、余計なやつも眠ったことだし、そろそろ用件に入るぜ？」

ヨダレまみれの寝言と妄想に呆れつつ、蓬莱は〈女郎蜘蛛の毒〉による肉体の変容を説明した。

「……なるほど、だいたい理解いたしました。しかし、わたしの術では、呪詛を軽減することはできますが、〈魔銃遣い〉が施した呪術は、術者自身が宣告した解除条件を満たすか、術者以上の魔力を持つ者にしか解けません」

「〈No.2〉と〈No.1〉か……名うての魔術師でも深く潜れねぇとはな……」

「魔術の方向性が異なるだけです」

朱雀はわずかに不機嫌であった。

「……それに、わたしに頼らなくとも、発作は仔犬さんを使って静めれば良いと思いますが？」

「勘弁してくれ。舐め打ちは苦手だと言ったろう？」

「あら、使わなかったのですか？」

朱雀は罠と知りながら、そういう用途に使うのが当然と言わんばかりに白々しく小首を傾げる。

「確かに、わけのわからねぇ高熱だったが……いつ来るか分からねぇ発作のたびにいちいちブチ込んでいたら、それこそこっちの頭が狂っちまうぜ！　だが、問題はそんなことじゃねぇ！　オレの用件は依頼だ。魔術師と古道具屋《ブローカー》と秘書様《セクレタリー》……すべての〈顔〉に依頼するためだ！」

蓬莱は朱雀の問いを肯定しつつも、一気にまくし立てる。茶杯を握る手も震えるほどに、その眼差しは怒りと焦燥感に満ちていたが、受け止める朱雀は無表情のままで、敵意の有無までは判断しかねた。

「ふふっ、そうですか……では、二番目の依頼を承りましょうか？」

「下位序列者《ランカー》の襲撃や〈No.2〉との再戦に備えるための武器も必要だが、当座は生活物資の調達が最優先事項だ。あと、予備のスーツも調達できるか？」

濃紺の背広《スリーピース》は自己再生の魔力付与《エンチャント》で仕立てた特注品だが、それでも自動修復《オートリペア》は追いつかず、ひどく傷んでいた。魔力電池《バッテリー》内蔵の黒いボタンは蒼白《からっぽ》になり、黒い羊《ブラックウール》と山羊《モヘア》で織ったスーツ地も好物の返り血を欲している。

「分かりました。それは〈組織〉からの制限事項に含まれていませんから、早急に手配しますね」

あっけなく了解したが、淡々とした口調は、蓬莱と〈組織〉の対立には与《くみ》しないという意思表示――美貌の魔術師は剝奪された殺し屋の敵に回ることはないが、味方に回ることもない。

「支払いはどのように？」

「すまん。月賦払いにしてくれ」

「……わたしが名うてのブローカーでも、ラムネは扱っていませんから」

「ラムネ？」

「ええ、甘くて爽やかなラムネです」

蓬莱は言葉の意味を考え――苦笑いを浮かべる。

「……ゲップは出ねぇぞ、ってことかよ……」

涼しい顔で言い放ったのは古い駄洒落《だじゃれ》だったが、財布の小銭だけで足りるはずがない。銀行口座は〈組織〉の手で封鎖され、小切手で払うことも難しい。個人事業主《いっぴきおおかみ》の寄り合いとはいえ、中期信用の約束手形となれば〈組織〉の裏書き保証も必要だ。

まさに八方塞がりの状況であった。

「此処はクレジットの丸井ではないのですよ？」

「……分かってるさ。だが、これは依頼だ。イエスかノーか？　オレが訊きたいのはそれだけだ」

蓬莱は（過去の取引実績を考えりゃ、依頼を断ることはねぇ……）と考えていた。朱雀個人には相応の利益となるが、支払条件の不安定さをどう判断するか――。

問題はそれだけだ。

「ふぅ……仕方ないですね……」

不承不承ではあるが、依頼は受理された。念のため、「復讐《リベンジ》に成功した後、全額一括で支払う」との覚え書きを交わし、更に「失敗した場合は〈組織〉に請求し、残された口座から引き落として支払う」という一文も付け加えたが、〈組織〉が請求に応じる保証はない。当の蓬莱にしてみれば、タマシイの消え失せた屍肉がどのように扱われようが知ったことではないが、商売《ビジネス》である以上、二重三重の安全保障を用意しておくのは当然のことだ。

利率もしっかり十一《トイチ》だが、生き延びるための選択肢が乏しい現状では、多少の代償を支払っても選ぶしかない。

「しかし、これは個人的な融資になりますから……途上与信《モニタリング》が必要ですね」

「好きにしろ。どうせ、審査も施術も手前勝手な口実でしかねぇんだろう？」

「では……明日の夜、〈十三号室《わたしのへや》〉に来ていただけますか？」

もっとも——。

代償と呼ぶには甘美でねじくれているのだが——。

「三番目の依頼も、改めて承りましょう……」

「了解した……だが、その前に追加注文だ」

頷いた蓬莱が帽子を被り直し、わずかに視線を外すと、食卓に突っ伏して寝惚けた〈翠〉が「うにゃ……あついの……」などと呟き、無意識のうちに摑んだワンピースの裾をバタバタと扇いでいた。

「すまねぇが……こいつのボロボロでぞろっぺいな風体もなんとかしてくれ……ああ、特に下穿き《パンツ》の類を重点的に調達してくれねぇか？」

目深に被り直した蓬莱の困惑した表情に、朱雀の口元も思わず緩む。

「くすっ……凄腕の殺し屋にはまるで似合わない台詞ですよ」

「ロクに毛も生えてねぇモノをパタパタちらつかせるようなガキにゃ懲《こ》り懲《ご》りだ」

「あら、可愛い仔犬さんにいよいよ情が移ってしまいましたか？」

「……オレは本当にうんざりしているんだぜ？」

朱雀はまた、口元だけでくすっと笑い、蓬莱は不機嫌そうに煙草《バット》を揉み消す。

「了解しました。それでは、可愛い仔犬さんに似合う可愛い服を見繕ってみますね」

「……なんだったら、このポンコツ人造人間《ホムンクルス》ごと引き取ってくれると有り難いがね……」

「それは無理です。昨日、〈組織〉からこのような手紙が届きましたから」

　蓬莱は朱雀の耳元で小さく囁いたが、鼻先に押しつけられた手紙の文面は、以下の通り――。


「以下、宣告――。

九位　複製試作ノ魔銃〈ペンデルスターズ〉。

廃棄――番付不適格ト判断ノ為。

人造人間ノ為、死体置場――廃棄ニ処ス。

尚、満中陰ノ納骨権ヲ、封印入札競売ニ処ス。

落札者ハ非公表――〈組織〉ノ代行者。

魂魄ノ葬送、形骸ノ処理、一切ノ業務ヲ任ズ」

　主文は相変わらず簡潔だが、業務提携先《はえのまち》への通達事項が延々と付記されている。

　要約すると――殺し屋の死体である〈翠〉は、満中陰――四十九日を終えるまで〈殺し屋の墓場〉で〈蠅の街〉の監視下に置かれる。

「都合良く使い捨てられた道具も、おまえにとっては、オレと同じ監視対象か」

「はい。お風呂に入れる程度でしたら、預かりますが、放置されるのは困ります」

「まったく……世知辛い話だぜ」

　苦笑いの蓬莱だったが、朱雀の態度には好感を持っていた。（てめぇから母親を演じたがる女なんざ、ろくなもんじゃねぇ）と思っていたからだ。

「しかし……余計なことをしやがって」

「あら、何のことでしょうか？」

　再び寝入ったまま、小突いても起きない〈翠〉を肩に担いで、蓬莱が毒づく。

「このまま〈殺し屋の墓場〉まで歩けと？」

「大丈夫ですよ。仔犬さんは軽いですから」

　さっき、蓬莱が飲んだ越南珈琲はなまず髭の店主から直接受け取っていた。一方、〈翠〉が飲んだ越南珈琲は店主から朱雀の手を経由していた。一瞬のうちに眠剤《ねむりぐすり》の効果を魔力付与《エンチャント》するくらい、ろくでなしの魔女には造作もない。

もっとも、蓬莱はひとつ勘違いしていたが――。

朱雀が付与したのは、人工魂魄の機能を一時的に制限する呪詛……その布石だ。

006

昭和三十七年七月二十六日

――江東区南砂町〈蠅の街／私娼窟跡〉

人影を失った路地では、熱く湿った空気と蠅だけがまとわりついてくる。

遊び疲れて眠った〈翠〉を残し、〈殺し屋の墓場〉を抜け出した蓬莱は、〈泥棒市場〉の反対側を延々と歩き続けている。

黄昏《たそがれ》時の仄暗くも生臭い道は、まるで死んだ巨人の体内――臓物やら器官やらで蠢いているかのように錯覚しつつも、無軌道に増殖した建物が陽の光を遮っている狭い小径を覗き込めば、思考能力が衰えきってボンヤリしているか脊髄反射で動くだけのペイ中《ジャンキー》たちが座り込み、土色の唇からダラダラとヨダレを垂らしては「オ、オレの身体を……得体の知れねぇ蟲《むし》が這っていやがるぅぅぅ……蟲が這っているんだよぉぉぉ……」とか、「鳥がっ！　鳥がっ！　やめろ、オ、オレの目を突っつくなっ！　オ、オレの脳みそをついばむなあぁぁぁっ！」などと、相も変わらずろれつの回らぬ声でほざいている。

成仏とは縁遠い半死者ばかりの路地を歩く蓬莱は、改めて三途の川のほとりを想像したが、以前に訪れた頃と比べて生ける屍の数は減っていた。

「此処は相変わらずだが、オレの方が道筋を忘れちまってるぜ……」

蓬莱が彷徨《さまよ》い続けているのは〈蠅の街〉の私娼窟だが、この歓楽街は警察の手入れに備え、意図的に迷路のような〈魔窟〉を造り上げていた。

　無計画な増築を繰り返した高層アパートと瓦礫を寄せ集めたバラックが異様な密度で融合し、狭く曲がりくねった路地のほとんどが急勾配《こうばい》の階段状。上下左右に迷路が形成されていた。路地の大半は建築物に覆われ、昼間でもほとんど陽が差さない。そして、誰一人としてその全容を把握していない。

〈アルジェ・ラ・ブランシュ〉――衒学《げんがく》趣味のインテリたちはアルジェのカスバに擬《なぞら》えたが、物見遊山で訪れては「似ても似つかぬ」と勝手に幻滅し、這々《ほうほう》の体で逃げ去った。

　もっとも、昭和三十三年の売春防止法施行以降、〈都〉の狩り込みが本格化したこの一角は閑散としている。ペイ中相手の木賃宿《ドヤ》や、連れ込み宿《さかさくらげ》に転業した数軒を除けば、ほとんどが無人の廃墟と化した。

　死中に活を見出すべく、流行りの特殊浴場へ転業した店もあったが、奇々怪々なスペシャル・サービスの噂が〈１００万人のよる〉などの実話雑誌に取り上げられると、速攻で狩り込まれた。そして、上階の窓から焼き海苔の香ばしい匂いが漂ってきたかと思うと、焦げた緑色の死体が落ちてきた。死美人と化したマッサージ嬢は〈特殊娼婦〉の生き残りで、人体改造手術で生体細胞化した海藻がぬるりぬるりと皮膚に埋め込まれていたのだが……命知らずの好《こう》事家《ずか》ばかりを相手にしていた街に安全な枠組みの商売は難しいと悟ったのか、すぐに廃業した。

　それでも、まっとうな暮らしを営む大半の都民は〈蠅の街〉を嫌悪しても、憎悪することはなかった。確かに、深い闇の奥には悪魔にタマシイを売り渡した魔人たちが潜んでいるが、表舞台に立つことはなかったからだ。

　新聞やラジオは、忘れた頃にやってくる〈国際ギャング団〉の犯罪ロボットと〈鴉《からす》〉の俗称を持つ〈幻の本土決戦兵器〉の対決を嬉々として報じるが、魔人たちはひと知れず戦い、消えていく。ごく稀に噂が流れることはあれど、一般都民がその姿を見ることはない。いずれ劣らぬ猛者《もさ》なれど、光の当たる場所では生きられない呪われた身だからだ。〈魔銃遣い〉は光と闇の境界に蠢くろくでなし稼業だが、依頼がなければ、わざわざ這い出したりはしない。

昭和三十五年——度重なる狩り込みで〈蝿の街〉は疲弊し、衰退しつつあった。依頼主の老人は〈将軍〉の綽名に違わず、毅然とした態度と風格を漂わせていたが、濁った視線の先は常に彼岸にあり、目の前の蓬莱を見ることもなかった。

《今回の依頼は、新興宗教〈御多福会《おたふくかい》〉の異能者……殺人プロフェッショナルの始末……》

もっとも、実際に現れたのは、警視庁〈0課〉の殺人魔術師〈黒猫〉と新人女刑事で、伴淳三郎《ばんじゅんざぶろう》を陰気にしたような訛りで喋る年老いた化猫遣いは倒したが、もう一人の最新鋭異能者《サイボーグ》には逃げられた。そして「警官《コップ》殺しなんて面倒くせぇことは、二度とごめんだぜ」と呟いた。

狩り込み——〈0課〉の強行捜査から街を守るため、朱雀は〈組織〉との本格的な業務提携を提案したが、街の有力者たちは疑問を抱いていた。「費用対効果が低いのではないか?」「警視庁の現人鬼どもが相手とはいえ、外人部隊《ギルドのランカー》に頼る必要があるのか?」「瘋癲《ふうてん》老人の情婦《イロ》風情に指図される筋合いはねぇな!」といった調子で。

だが、三人目が次の寄り合いで発言することはなかった。原因不明の脳病に罹《かか》り、四肢と屹立が腐り落ちたと思い込んだ挙げ句、自らドブ川へ首を突っ込んで死んだからだ。

《……折伏《しゃくぶく》大行進の先遣隊《つゆはらい》と称して、〈御多福会〉も殺人プロフェッショナルを街に送り込むようです……その役回りは、街の有力者たちの暗殺……》

占いの託宣と称して第三者の動向をでっち上げた朱雀は、更に「六位くらいでしたら、対価も妥当《リーズナブル》と思われます」と付け加えたが、この廉価な殺し屋のおかげで〈組織〉への評価は一転した。

殺人序列第六位に入ったばかりの若手が〈0課〉

の殺人魔術師《オーバーキル・アーティスト》を倒したのだから当然だが、当の蓬莱はツキを失っていた。昇格どころか、他の殺し屋と遭遇すらしなくなったのだ。最初は「殺した〈黒猫〉に祟られたのか?」と首を傾げたが、やがて、番付表がまったく変動しなくなった。

結局、この異常事態は二年近く続いたが――。

「……さて、ぼちぼち、酔って酔わされの騙されごっこを始めるとするかね……」

適当に歩いていた蓬莱は、気がつくと〈十三号室〉の前に佇んでいた。

007

昭和三十七年七月二十六日

――江東区南砂町〈蝿の街／十三号室〉

「まったく……相変わらず、不気味でろくでもねぇ迷路だったぜ」

紅《あか》くどぎついカーテンで小さな窓を覆い、ねじれた電気スタンドにはボロ布の笠――廃れて転業した連れ込み宿の〈十三号室〉は往時と変わらず、軋《きし》むベッドに腰掛けた女が男の来訪を待っていた。

「でも、男と女の秘め事には――この場所が一番、安全ですから……」

透き通る絹のように白く繊細な肌、肋骨もわずかに浮き出るほどにすらりと柔らかな裸身を、朱雀は輸入品《はくらいひん》の黒い下着で包んでいた。フロントにサテンリボンをあしらったブラックレースのブラジャーに覆われた小ぶりの乳房も、ベルベットのストッキングに覆われた細い太腿も、あらゆる無駄な肉を削ぎ落とした肢体には、まるで少女のまま成熟してしまったような女の倒錯した色香と美しさがあった。

「三月十日の大空襲、八月十日の新型爆弾……」

眼前に立ったままの蓬莱を見上げつつ、朱雀は胸元から小袋を取り出す。

「オレもおまえも、〈東京〉で十二歳だった……」

破った小袋を受け取った蓬萊はウイスキー《トリス》の水割りでさっさと流し込んだ。漢方薬の強烈な苦みが喉に残ったが、丁寧に衣服を脱がせていく朱雀の様子を悠然と見下ろし、更に呟く。

「あの頃ァ、無惨な焼死体と〈生き腐り〉に罹った生ける屍ばかり見ていたが、おまえは〈生き腐り〉に罹ることもなく、すこぶるつきの美人のままだ……芦川《あしかわ》いづみとタメ張れるくれぇのな……」

「残念ですが……それは、褒め言葉ではありませんよ。わたしにとっては……」

蓬萊の衣服を黙々と畳み、忘れた頃に小さく答えた朱雀は、銀幕には映らない仄暗い闇を纏い、呟きが皮肉めいた戯れと気づいていた。そして、表情ひとつ変えずに籠《かご》から小瓶を取り出すと、七分勃ちの屹立へ液体を振りかけていく。

「この酒……白乾児《パイカル》か……」

無色透明の滴りが皮膚の熱を奪い、気化した強い香気が鼻を突く。

白乾児は高粱《コーリャン》を主原料として、奇想天外な蒸留方法によって造られる蒸留酒だ。高濃度のアルコールを含んだ無色透明の白酒だが、最大で七〇％近い高濃度の蒸留酒は世界的にも珍しい。

大陸の酒と聞いて、愛酒家が思い浮かべるのは紹興酒《しょうこうしゅ》や茅台酒《マオタイ》であろうが、これらの酒に比べると白乾児の味は柔らかく淡泊だ。反面、癖のある芳香は腐敗臭と紙一重だが、〈十三号室〉の猥雑な匂いと相まって、蓬萊には好ましく思えた。

「こいつも……儀式の一環なのか？」

蒸留酒の醸造技術の源は古《いにしえ》の魔術に由来する。白乾児の製法も、大陸の煉丹術に由来する。

「ええ、〈気《プラーナ》〉の流れが乱れ、体内で渦巻いています。封印された〈灼熱獄炎ノ魔銃〉の魔力が行き場を失い、燻《くすぶ》っているのでしょうね——」

昭和三十七年七月十七日——〈女郎蜘蛛ノ魔銃〉に刻まれた呪詛は左胸へ這い上がり、女郎蜘蛛の影がゆらりゆらりと揺れるたび、蓬莱は心臓をわしづかみにされるような不快感に襲われていた。

「神経毒の分泌は落ちついていますが、心臓まで達した蜘蛛が悪意の〈抵抗回路《レジスタ》〉と化し、血流抵抗で発生した過剰な灼熱で、七つの〈制御回路《チャクラ》〉が壊れかけていますから、ひとまず、放熱で〈気〉の流れを正しましょう」

「なるほどな」

納得したが、蓬莱は困惑の表情を浮かべる。

「処置の方向性もしゃあねぇだろうが……野郎の緊縛なんざ、からっ風野郎くらいしか喜ばねぇぞ？」

同時に取り出した首輪が朱雀特製の拷問具だったからだ。魔力の暴走に反応して具現化／可視化した鎖《チェーン》が蛇のように這い回り、獣の衝動が全身を支配するより早く、自動的《オートマティック》に四肢を縛り上げる――。

「そうですね……頭でっかちで自分を持て余している殿方《みしまさん》でしたら、倒錯の美と喧伝されるだけで、嬉々として眺めてしまうのでしょうね」

「インテリってぇのは、きっと……凡俗に理解されねぇことが嬉しいのさ。そうでねぇと、腕もなけりゃ度胸もねぇ、みっともなく逃げ回るだけの空回り《からっかぜ》ヤクザ《やろう》なんざ、嬉々として演じねぇだろう？」

「でも、これは絞首刑の首輪ですから……鎖はほんの前戯でしかありません」

前言撤回――！

ギィルティ！　デス・バイ・ハンギング！

「それでは……放熱を始めます」

拷問具より悪質な処刑具を括りつけられた蓬莱の苦渋を知るや知らずか、反り返る屹立《エレクチオン》を見上げて正座した朱雀は嬉しそうに儀式の開始を告げる。

屹立の根本には醜い瘤《こぶ》がいくつも膨れ上がり、噎《む》せ返るような人外の獣臭と熱気を放っていたが、ほっそりとした指で丁寧に撫でては舌を這わせ、唾液で溶かすようにゆっくりと……ゆっくりと吸い立てていく。浸した唾液を啜るくぐもった音が腰伝いに響き、ひんやりとした舌の刺激が脊髄を経由すれば、脳の奥も痺れ出す。更に陰嚢を絶妙の力加減で揉み、唾液を潤滑液《エンジンオイル》として屹立を擦る。

　雁首や瘤に軽く爪を立てると最初の射精《イジャキュレーション》が始まったが、何度も噴き出した大量の精は喉を鳴らして飲み干し、丁寧に舌で受け止めた残滓も二種混合の粘液にして鈴口や雁首を弄ぶ。

　熟練の手管であった。

　淫猥な欲情――白磁のように生々しさを欠いていた肌は上気し、上品に整った表情にも微細な歪みが生じたが、朱雀の所作には一片の乱れもない。

　やがて、脳内で絶えず大写しだった苦痛が、周囲の風景へ溶け込み《そっと》退いたように錯覚し、蓬萊の体内で渦巻いていた強烈な性と暴力の衝動――コップの中の嵐が止んだ。

「かなり……楽になったぜ」

　漢方と房中術を組み合わせた朱雀の魔術は確実に効果を示し、左胸の影も右手甲まで退いた。

「……まだ、奥の方では燻ってるけどな」

　幾度となく放精を繰り返し、屹立の形状も獣から人間へ戻ったが、艶と硬度はまったく衰えない。

「わざと、残したのですよ……久方ぶりの逢瀬、わたしも愉しみたいのです」

「そうは言うが、おまえ……冷感症《コールド》だろう？」

「確かに、普通の交合では感じませんから……」

　枯れた灰色の前髪を搔き分け、朱雀が淫靡に目を細めると、隠れていた左眼がごろりと落ちた。それは、眼球を擬した硝子玉――義眼であった。そして、差し込んだままの指で空洞となったはずの瞼を開いていくと、更に奇怪で異様なものが現れた。

「どうぞ、こちらに――」

「ふん。また、それかよ……」

　淡紅の粘膜がひくりひくりと蠢いていた。

　弾力を帯びた肉襞が湿った糸を引いていた。

　赤子《ベビー》のように無垢な色合いは汚れを知らぬ乙女を感じさせたが、むしろ、三十路《みそじ》の美女には不似合い……いや、それ以前の問題だ。正常な人間であれば、あるはずのないものだからだ！

「嫌……ですか？」

眼球を失った眼窩を見ることは極めて稀だが……朱雀の左眼にはまるで女性器のような形状の眼窩が存在し、欲情の対象として誘い込んでいた！

「しゃあねぇ……拒絶して阿部定のように持って行かれたら、それこそシャレにならねぇからな」

「ふふっ……賢明です」

眼腔――それは、敗戦後の退廃の中で生まれた特殊な性嗜好に応えるため、女の深奥《なか》と寸分違わぬ形状へ加工された〈まがいもの〉だ。

涙腺の分泌は粘度を高められ、涙嚢《るいのう》は神経核《クリトリス》の役割を果たすよう加工されている。牡丹の花びらを思わせる粘膜の艶は性交に十分な湿度《ぬめり》を保っていたが、美女の顔に性器が存在する〈怪異〉を容認するには、屹立する側にもそれ相応の精神的空白――日常性の欠落が必要だ。要は、人を殺し過ぎた者《オーバーキル》でなければ、不条理な異形に欲情することは困難だ。


蓬莱は「これでしか勃《た》たねぇようになったら、いよいよおしめぇだな……」と呟いたが、肝心の屹立はより猛々しく反り返っている。ぐにゃりと歪んだ瞼はねっとりと欲情し、先端が触れただけで律動――瞬きの動作でするりと呑み込んでいく。

途上与信《モニタリング》――それは、利用者《ユーザー》が信用を高めるためにからっぽの空白に突き立てる奇妙な儀式だ。

「わたしの眼……貴方が貫いているのですね？」

「ああ、絡みついてるぜ……ねっとりとな」

「眼の奥に当たってぇ……響いてます……」

奇妙な睦言《むつごと》を交わし、互いの欲情を確かめ、魔術師は殺し屋を、殺し屋は魔術師を、互いの利用価値を推し量っていく。

だが、睦言は不意に途切れる。

赤黒く充血した屹立が美女の顔を抉り立てる猥褻で陰惨な風景は月岡芳年《つきおかほうねん》の無惨絵にも似ていたが、自ら望んだはずの朱雀が「う、あぁぅ……ぎぎぃ……いやぁあああああっ！」と泣き叫んだのは、

朱雀が淫靡に目を細めると、
隠れていた左眼がごろりと落ちた。
それは、眼球を擬した硝子玉――義眼であった。

粘ついた摩擦音が〈空虚でいびつな風景〉から腰伝いに響く焼けて燻る音に似ていたからだ。

008

昭和二十三年十二月

――港区芝汐留〈新爆スラム跡〉

三月十日の大空襲、八月十日の新型爆弾――戦災孤児となった少女は生き延びるために客を取り、流れ流れて行き着いた新橋《バシン》の裏街――汐留の新爆スラム跡で、集団暴行《リンチ》に遭った。

《このメスガキ！　アタシらの縄張りで客を取りやがって！》

これが田村泰次郎《たむらたいじろう》の風俗小説《にくたいのもん》ならば、吊した年増の尻を叩くだけで済んでいたはずだが、その場を支配していたのは成熟した肉体への畏怖ではなく、あるはずの未来を失った女たちの憎悪であった。

ガード下を縄張りとしていたパン助連中――揃いも揃った二流の年増どもは、ドラム缶の焚き火から焼けて燻る鉄棒を掴むと、迷うことなく少女の中心へと突き立てた。

《……がっ！　ひぐ！　がぁぁぁ……ぎぎぎぃ！》

全身を痙攣させながら泣き叫ぶ少女の声は破壊された感情の断片に過ぎず、ほとんど意味を成さなかった。幼さを残していた淡い紅は焼けただれ、焦げた肉と精液《ザーメン》の匂いが漂ったが、上野《ノガミ》の血桜《ちざくら》組から流れてきた兇悪の女愚連隊《ヨシエ》は《こんなんじゃ足んにぇよ！　もう一本出しな！》と田舎者の訛りも隠さずに叫び、少女の左眼も抉った。焼けただれた眼球の残骸は毒々しく赤い爪で引きずり出され、毒々しく赤いハイヒールで踏み潰された。

原因は、幼いながらも幸薄き美貌の片鱗を見せてしまったことにある。

淫売に身を堕としていたとはいえ、朱雀は娼婦たちの中で群を抜く美少女であった。しかし、それは同業者の羨望と嫉妬も招いた。あと数年も経てばその美貌は開花し、相応の上がりも選択できたのだろうが、商売道具は焼けただれ、片眼も失っては、もはやまっとうな淫売稼業すらできやしない。

結局――〈蝿の街〉の非合法売春窟へ流れ着いた朱雀は変態趣味の好事家向けに奇怪な肉体改造を施し、〈特殊娼婦〉と成り果て生き延びたが、私娼窟も滅んだ今、空虚な空白を曝し、眼膣性交《アイ・ファック》を許す男は〈将軍〉と蓬莱だけだ――。

009

昭和三十七年七月二十六日

――江東区南砂町〈蝿の街／十三号室〉

「そろそろ……容赦なく抉らせてもらうぜ？」

そう呟くと、我に返った朱雀の頭を引き寄せ、ぐぃと腰を沈めていく。

「あ、んっ……今日もご心配をおかけして……」

「しゃあねぇさ。同郷のよしみだ。三月十日の大空襲、八月十日の新型爆弾……オレもおまえも〈東京〉で十二歳だったんだからな」

そのまま激しく眼窩の肉を引きずり回し、欲望のままに貪っていく。疑似膣として改造された眼窩は脳髄との距離が短い分、より高度に制御され、自由自在に律動する。

「くっ……相変わらず、すげぇ腰使い……いや、首使いだぜ……！」

根本まで飲み込まれた屹立の先端は眼膣の奥――眼窩底に移植された括約筋の動作で刺激される。

破壊工作員《Zユニット》が医師たちの精神を〈螺旋椅子〉の拷問機械――高周波伝導音で破壊し、昭和二十七年に忽然と消滅した伝説の闇病院《イレブン》に施された神経線と筋肉の接続は匠の技であった。完璧な圧力と潤滑の愉悦で、硬度は確実に増していく。

細く白い指も遊んではいない。

震えつつも一心不乱に陰嚢を揉みしだき、激しい出入りを繰り返す眼窩からはねっとりした涙液が溢れ、じゅぷりじゅぷりと白く泡立っている。

「あ、あ、ああ……貴方のがっ……脳髄まで届いて、響いて……震えます……っ！」

そして、苦痛とも歓喜ともつかない紅潮した表情は、強烈な嗜虐心を誘う。

「くっ……派手によがり狂いやがって……とんだ季節はずれの狂い咲きだ！　それに、蕩《とろ》けるように柔らけぇ……まったく目ン玉の穴とは思えねぇぜ！」

「そ、そんなに激しくされたらっ……ほ、本当に狂ってしまうんですっ！」

嗚咽混じりにすがりつく朱雀は、魔人の尻に無数のひっかき傷を作りながら激しく首を振り立て、喜悦の嬌声を狭い部屋中に響かせる。

「なんてだらしない顔だ！　いつもの取り澄ました美人の仮面は何処へ置いてきた！　オレも一緒に狂ってやるから、もっと惚けた顔で搾り尽くせ！」

「は、はい……わたしの、な、なかに……すべて、放って、溢れさせてください……っ！」

次の瞬間——眼窩の奥でギュルウウゥッと異様な音が鳴り響き、互いに激しく痙攣した。強烈な勢いで白い濁りを撃ち込んだ蓬莱の脊髄には突き抜けるような反動／衝撃が走ったが、左眼の残骸に呑み込んだ朱雀は糸が切れたようにがくりと脱力した。それは全身が絶頂《エクスタシー》へ達した証拠で、輸精管の痺れが和らいだ屹立を抜けば、ひくりひくりと震える眼窩から白い濁りがでろりでろりと流れ出す。

「はぁ……ふふ……こんなにいっぱい……出てぇ……ます、ね……」

虚ろに惚けた朱雀は、硬度を失わずそそり立つ眼前の屹立を嬉しそうに見つめ、垂れた液体の量と粘度を確かめるように指先で掬い取ってはぬるりと空白の眼窩を玩ぶ。

「貴方の猛々しい牡《オス》の匂い……好き、です……」

　赤く空虚な眼窩から零れ落ちていく粘液は、白い涙のようにも見えた。

「なら……今度はオレの番だ。最低限は演じろ」

「ふふっ、演じる必要なんて……脳髄にすべて刻まれておりますから……貴方の力強い律動に合わせて、レコードはくるくると回りますから……」

　無表情のまま、嬌声だけで答えた朱雀を押し倒し、まるで湿り気のない乾涸《ひか》らびた繊維を引き裂くような抵抗感を強行突破していくと、引き攣った火傷痕《ケロイド》が奇妙に絡みつく。先端が内奥を強引に突き上げるたびに、喘ぎ声を上げ、苦しげに首を振り、確かに熟練したプロフェッショナルの艶技《えんぎ》を見せるが、結局、眼腟性交《アイ・ファック》の反応を忠実に再現／反復しているだけだ。とうの昔に焼かれて壊れたままの本物《なか》は、放ったことすら感じ取れないのだから――。

010

昭和三十七年七月二十七日

――江東区南砂町〈蝿の街／十三号室〉

「死体置場に殺し屋の亡霊なんて噂を流しているのは、おまえか？」

「はい。元々――あの場所は閉鎖区域ですが、誰も近寄らない方が都合がよろしいので……」

　酩酊にも似た浅い眠りから醒めた朱雀は、蓬莱の胸に抱かれ、微睡《まどろ》んでいた。

「そりゃ、監視の手間暇は省けるだろうがな」

「有象無象が群がる方が嬉しいですか？」

　与太者の襲撃は魔人の身体能力だけで撃退したが、その先の異能者と徒手空拳で戦うのは難しい。

「それに、手紙には裏書きが添えられていました」

　押し黙っている蓬莱に、朱雀が続ける。

「時が満ちるまで、街から一歩も出すな――と」

蓬莱の処刑執行権は「咎人ノ身柄、刑ノ執行、一切ノ運用ヲ任ズ」とされ、落札者の〈No.2〉に委ねているが、業務提携の関係上、〈殺し屋の墓場〉での拘留は〈組織〉経由で借用申請を出す。

それにしても、任務失敗から数時間で封印入札競売を完了し、関係者へ手配する事務処理の迅速さには恐れ入る――。

「でも、その裏書きは〈No.2〉さんの筆ではありません。別の誰かの仕業です……」

「……どういうことだ?」

「念のため、検閲させていただいたのですが……仔犬さんの背嚢《ランドセル》に入っていた手紙と筆跡が異なるのです。わざと違えたのかと思う杜撰さで」

空間に指で記した梵字から映像化《さいげん》された裏書きが青白く浮かび上がり、ほんの数秒で薄らいだ。

「見覚えはありますか?」

「いや……。だが、確かに別人だ」


平気で〈組織〉の書類を覗き見る好奇心と度胸に呆れつつも感心したが、〈翠〉が差し出した〈No.2〉の手紙とは明らかに筆跡が違う。だいたい、〈組織〉発の書類はすべて活字の印刷物で、手書きの文章《テキスト》を添えることは極めて稀だ。

「記したのは〈組織〉か、それとも……」

第三者――申請を受理した担当者が事務的に記したのなら特に問題はないが、蓬莱は別の第三者の関与を疑っていた。効率化された殺人者管理のシステムだけが巧緻に整備され、実像は五里霧中の〈組織〉に猜疑《さいぎ》心を抱くのは当然のことだ。

いくつかの疑念から、懸念を洗い直していく。

現状、〈No.6〉の座を狙う〈No.7〉と〈No.8〉は動いていない。上位序列者《ランカー》の〈No.2〉が処刑執行権を競り落としたことで、自動的に順位が繰り上がると思い込んでいるが、番付表に変動がなければ、処刑権利放棄と判断して動き出す。二人が嬲り殺さない崇高なタマシイの持ち主なら幸いだが、格下に矜持を期待する脳天気《おひとよし》な殺し屋はさっさと殺されてしまえ。生き延びるだけでは、生き残れない。

《そうね、次の満月までに解呪《キャンセル》できたら……再び番付表《ランキング》へ復帰するチャンスを与えてあげるわ》

十七日に発効された処刑執行権で〈No.２〉の襲撃から十日が経過し、下弦の月も過ぎた。

十七日の満月からぐるりと回れば――。

「八月十六日には……時が満ちる……」

処刑執行権の有効期限――執行猶予は一ヵ月だ。

最後に残った三番目の依頼は、下位序列者《ランカー》の襲撃を牽制すべく、偽りの噂を流す情報操作だが、蓬萊は噂を流す頃合《タイミング》いを決めかねていた――。

「具体的には――〈殺し屋の墓場〉に幽閉されているが、〈灼熱獄炎ノ魔銃〉の異能は未だ健在なり、といったところだが……餅は餅屋、おまえの意見を聞きたい。餅も噂もナマモノだからな」

「しかし、噂とは不可視の魔物……脳髄の檻から解き放った魔物を意のままに操ることは至難の業です。そして……偽りの噂は予想外に伝わります」

「動けば、〈魔銃遣い〉以外の異能者もオレを狙うと？　……あり得ねぇことだ」

異能者たちが蠢く深い闇よりも深い闇の底《ダーク・ボトム》で魔銃を手にした者は、既存の〈魔銃遣い〉を倒すことで〈組織〉に承認され、殺人序列者《ランカー》へ昇格する。

魔銃の所有者は〈組織〉によって発見され、挑戦資格を与えられるが、これはニューフェイス《トッププロスペクト》を売り出す演出に過ぎず、必須ではない。問題は魔銃の有無で、魔銃のない異能者が殺人序列者《ランカー》を倒した場合は〈組織〉への敵対行為と見なされ、〈魔銃遣い〉全員を敵に回すことになる。倒された者《ほうらいいちろう》が剝奪された咎人《とがびと》でも、対外的には〈組織〉の一員だ。

「好んで〈組織〉と戦争《ドンパチ》をやらかすような規格外《ケタはずれ》の大馬鹿野郎《フリーランサー》なら、むしろお目にかかりてぇぜ？」

「そういうことではないのです」

愉快に笑う蓬萊の手を取った朱雀は、その掌を己の乳房に重ね、更に女郎蜘蛛の影を撫でた。

「魔銃を封じる呪詛……〈女郎蜘蛛ノ魔銃〉の異能を知らなかったのに、貴方より下位の序列者《ランカー》が知っているでしょうか？」

「情報操作を行うことは、却って逆効果か」

例外があるとすれば、〈女郎蜘蛛ノ魔銃〉の異能を知る者が噂を流す場合《ケース》だが、嗜虐者《サディスト》〈No.2〉以外に蓬莱を陥れる理由は乏しい。

「現状、こちらの情報網《ネットワーク》を使って、噂が流れないように監視していく方が妥当でしょうね」

結局――三番目の依頼は受けるどころか、動機からやんわりと否定されたのだが、蓬莱は、やっぱり、餅は餅屋だな、と納得していた。

何処まで信用できるかは別として――。

「……安保条約はどうなっている？」

「それは、守秘義務がありますから……」

〈組織〉との業務提携――その詳細に関して、朱雀は口をつぐむ。

「……ですが、今のところ〈魔銃遣い〉の駐留は行われていません。〈0課〉はご無沙汰ですし、経費の負担も馬鹿になりませんので……」

本来は〈東京〉特有の異能者犯罪を取り締まる〈0課〉だが、近年は〈御多福会〉の異能狂信者《ファナティック》――殺人プロフェッショナルとの血で血を洗う抗争が激化していた。破邪顕正《はじゃけんせい》を謳い、〈東京〉の完全支配を目論む誇大妄想集団《パラノイアレギオン》にして、都市に住む田舎者向けの新興宗教は、「文化局政治部」を外郭団体化し、本格的に国政へ進出しつつあるが、水面下では相変わらず非合法活動を繰り返している。

オリンピック開催を口実にした〈蠅の街〉浄化運動は続いていたが、〈0課〉は〈御多福会〉対策を優先していた。その判断には、偉大な殺人魔術師〈黒猫〉がよりによって〈組織〉の殺し屋に殺されたことが影響しており、朱雀は改めて「貴方のおかげですよ」と評した。

「…………………」

戯れに左眼の空白へ指を滑り込ませ、内部の形状を確かめるように撫でると、白い濁りは乾いていたが、粘膜は充血したまま潤んでいる。

「あん……いっそのこと、このまま〈蠅の街〉で暮らしませんか？」

「そいつァ……〈将軍〉の乾分《こぶん》になれってことか？」

「貴方の腕なら、魔銃が使えなくても十分働けるでしょう？」

「よせやい。それこそ〈組織〉が黙っちゃいねぇぜ。ろくでなしの魔女は、てめぇの策謀で締結した安保条約を、てめぇの都合でブチ壊すのか？」

　白いうなじに舌を這わせながらも、蓬萊は呆れ果てていた。可憐で薄幸な風貌の裏には、闇を纏った毒婦《ヴァンプ》が隠れている。肉体は白木《しらき》マリや筑波《つくば》久子《ひさこ》に及ばないが、より悪辣に男を陥れる魔女が――。

「それに……二年前、おまえに騙されて〈0課〉と一戦交える羽目になったことを忘れてもらっちゃ困るぜ――二度も騙されるのは勘弁だからな」

「あら、乾分がイヤでしたら……わたしの情夫《イロ》でも良いですよ」

「蛙の面に小便かよ……まァ、考えとくよ」

　乾いた心を隠すために薄く笑えば、深奥の滾りも消えていく。（この女はオレを手元に置いて、気が向いた時に眼窩性交《アイ・ファック》を愉しみたいだけだ……）と呟くと、軋むベッドも急に忌々しく思えてくる。

「戻るのですか？」

「長いこと空けているわけにもいかねぇだろ？」

　別れ際、朱雀から受け取ったスーツケースには、いくつかの護身用武器《ガードウエポン》が入っていたが、蓬萊は特製の〈ブラックジャック〉だけ確認した。

「仕立てはもう少しかかりますから、背広《スーツ》は改めてお届けしますが……やっぱり、拳銃も用意いたしましょうか？」

「いずれは必要になるんだろうが……右手に呪詛《ふるえ》が残っているからな。いざという時の誤射《ミス》はシャレにならねぇ。それに、魔銃じゃねぇ銃を使うと、これはこれで腕が鈍るような気がしてな。当座はこれでなんとかするさ」

分厚い円筒形の革袋に砂や鉛を詰めた二本の打撃用武器は、軍警察《ミリタリーポリス》が暴徒鎮圧用に使う代物だが、更に魔力付与《エンチャント》で弾力と硬度を増す。

「それでは——魔女に気をつけて」

「ふっ。魔女はおまえのことだろう？　脳髄で男の精を搾り取るろくでなしの魔女が」

「あら、それは正しくないですよ？　わたしはあくまで魔術師ですから。後天的な才覚と先天的な魔性は、似て非なる概念なのですよ？」

まるで生真面目な女教師のような表情で諭す朱雀を笑い、〈十三号室〉を後にした蓬莱が振り返らず歩いていくと、何処からともなくデカダンで囁くような声が流れてくる。

《♪星の流れに　身を占って
　何処をねぐらの　今日の宿
　荒《すさ》む心で　いるのじゃないが……

　なけて涙も　涸れ果てた
　こんな女に　誰がした——》

歌声は若い女の嘆きに聞こえたが、老婆の呻きのようにも聞こえた。

「そうさ……朱雀を拒絶する理由なんざ、ありゃしねぇのさ。平和なこの御時世じゃ、からっぽの空白にブチ込んでイカせられるのも、剝奪された殺し屋と老いぼれた〈将軍《ゴールデンバット》〉だけだからな——」

呟きながら細い紙巻きを燻《くゆ》らせても、遠くの歌声が応えることはない。

「それにしても……小犬丸の爺さん、あんたもオレと同じ穴の狢とはなァ……まったく笑っちまうぜ」

雑音《ノイズ》と化し、ぼんやりと消えていくからだ。

011

昭和三十七年七月二十七日

――江東区南砂町〈蝿の街／嘆きの壁〉

「弱ったな……また、間違えちまったぜ……」

辿り着いたのは、私娼窟の果ての果て――高塀と瓦礫に遮られた行き止まりの吹き溜まりで、天を仰げば、井戸の底かと錯覚する場所だった。

廃物の砦と化した〈蝿の街〉と外界を繋ぐ道は、〈泥棒市場〉の大門といくつかの通用門《うらぐち》だけだが、〈嘆きの壁〉の門は何をトチ狂ったか、オーギュスト・ロダンが彫り上げた地獄の門を俯きながら潜り抜けていく矮小な複製、廃材を組み上げ抽象的な鉄の彫刻で飾った〈まがいもの〉だった。

しかし、頭上から射し込む朝焼けに彩られた門は、久々の来訪者を歓迎しているのか、ギギギ、ギギギ……と歯車が軋むような音を響かせている。

「日常への帰り道を『神曲』……地獄の門にするたア……悪趣味、此処に極まれりだ――」

自動的《オートマティック》に開いた扉の先は、灯りひとつない湿った闇と曲がりくねった階段の地下道にして、変態／倒錯／猟奇の極《きわみ》を追求する因業紳士の専用通路――ひとがひとであることを忘れるけもののみちだ。

「それにしても……この程度の闇を見通すことすら、できねぇとはな……」

確かに、〈魔人の眼〉は術の副作用で一時的に減衰していたが、闇の果てが見えないのは別の理由だ。

戯れに踏み出した足は血の気を抜かれたように痺れ、粘ついた湿気が絡みつく指先は張り詰めたゴム風船のような触感で押し戻される。

不可視の力――視界もぐにゃりと歪んでいた。

「くそったれが……っ！」

灼けるように熱く、痺れる掌もぐにゃりと歪んでいく。蓬莱が〈烙印が反応したのか……！〉と思うよりも早く、四方八方――視界全体に膨大な量の梵字と紋様が青白く浮かび、こけおどしの意匠に占有された空間が縮潰光散《クラッシュ》した！

「………なん……だと……？」

閃光一過――蓬萊の眼に映ったのは、大量の飛砂が地の果てまで続く砂の台地だった。踏み込んでも靴がめり込むだけで、崩落した砂が渦を巻いて襲いかかる。宙を舞う飛砂は生きているようにも見えるが、それは〈東京〉の風景ではない。

「……庄内砂丘《すなのおんな》じゃあるめぇし、どうして〈東京〉の湾岸で飛砂が舞う！」

しばらく、飛砂と風の中で佇んでいたが、何処からか狼の遠吠えのような音が聞こえ、この荒涼たる土地が日本なのかどうかも分からなくなる――。

Substance Substitution――〈すりかえ現象〉

World Alteration――〈世界改変〉の前段階。

蓬萊は知らぬ間に、また招き込んでいた。

空間／時間の一時転移――特定条件下で不規則に発生し、別の場所／状況に囚われる。日本に於いては〈すりかえ現象〉の名を与えられているこの現象は、〈古代遺産協会《アーネンエルベ》〉に所属していた高名な科学者、ポール・ベルンシュタイン博士が〈モスビー効果《エフェクト》〉の応用で観測に成功した〈ホーナー現象《フェノメノン》〉の一種で、古神道的見地に於いては一時的な神域の拡大として扱われているが、近年の研究で、遠くない未来から投影された妄念情報群――〈虚構〉と定義されつつある。それは、長い年月を経て精霊化し、付喪《つくも》神《がみ》的ゲシュタルト生命と成り果てた〈東京〉そのものであり、遠くない未来――都市の末路だ。

妄執と化した追憶を強度とし、知的生命体の自我を維持している妄念情報群《タマシイのむれ》は業《カルマ》の集合体で、負の妄念を糧として駆動する高位エネルギー体の煉獄だ。機械と融合した都市《ミライ》の住人たちは負の妄念を焼き尽くされ、夢の内側へ縮潰していくことを望んだが、都市《ミライ》は滅びの〈道《タオ》〉を書き換えるべく過去を欲望し、空間／時間をすりかえようとする。

《遠くない過去……我らは何処で間違ったのか？》

そして、遠くない未来——都市の末路を視ていた

蓬莱は、狼の遠吠えのような音に紛れて、雑音《ノイズ》混じりの歌声も聞こえてくることに気づいた。

《♪君の名はと　たずねし人あり

その人の　名も知らず

今日砂山に　ただひとりきて

浜昼顔に　きいてみる——》

砂丘の地底深くからかすかに響く声を追い、這うように足下の砂を掘るが、指の間から零れ落ちる砂は次々にぐにゃりと歪んでいく。灼けるように熱く、痺れる掌もぐにゃりぐにゃりと歪んでいく。

「くそったれが……っ！　……此処には浜昼顔なんざ、ありゃしねぇんだ……」

二度目の閃光一過——頭上から射し込む朝焼けに目を覚ました蓬莱は、閉じた扉を背に崩れ落ち、手足をだらしなく放り出していたが、憤怒の念を抑えるように空を仰ぐと、懐かしい前口上《フレーズ》を呟いた——。

「忘却とは、忘れ去ることなり。

忘れ得ずして忘却を誓《ちこ》う、心の悲しさよ……」

(第三話『空虚でいびつな風景』完

——to be continued)

「忘却とは、忘れ去ることなり。
忘れ得ずして忘却を誓《ちこ》ウ、心の悲しさよ……」

『空想東京百景』の歩き方〈第三夜〉

Various scenery of imagined Tokyo

【登場人物】

【蠅の街】

――朱雀【上】

本書に登場するのは、赤毛に隻眼、海賊風の派手な外見の〈国際ギャング団〉女頭領ではなく、もうひとりの〈朱雀〉――変身前の朱雀である。こちらは枯れた銀髪を腰まで伸ばし、常に穏やかな表情の三十路美人だが、集団暴行で失われた眼は常に髪で隠している。戦災孤児の身の上で、戦後は街娼として都内各地の新爆スラムを転々としていたが、昭和二十三年、〈蠅の街〉へ流れてきた。集団暴行で眼球と性器を潰されていた彼女は、闇病院〈イレブン〉の手で肉体を改造され、異常性欲者用の特殊娼婦となった。

昭和二十七年四月、日本を離れる直前の〈Z機関〉から襲撃を受けた〈イレブン〉が壊滅し、代わりに〈蠅の街〉へやってきた〈将軍〉が特殊娼婦たちのメンテナンスを任じていたが、昭和三十三年の売春防止法施行以降、〈将軍〉の秘書兼愛人となった朱雀は〈蠅の街〉の有力者へ成り上がっていく。古道具屋を表の稼業とし、犯罪者や殺し屋たちに魔力付与／エンチャントした武具、暗器の類を調達する闇ブローカーの顔も持っているが、昭和三十八年八月十日に発生した〈将軍〉暗殺事件以降は〈蠅の街〉を離れ、流しの古道具屋となっている。なお、赤毛の〈朱雀〉はグラマーな巨乳だが、銀髪の朱雀はスレンダーな体型である。【続く】

――〈将軍〉【上】

毅然とした態度と風格から〈蠅の街〉の住人たちに〈将軍〉と呼ばれ、街の実力者として君臨していた老人。「小犬丸」という名字を持っていたが、特殊な記憶素子を用いて、過去の記憶の一部を封じていた。

元々は帝国陸軍〈桜会〉系の軍医だったが、魔術的科学と仙術の研究に携わる。配下の研究員たちは畏怖を込めて〈将軍〉と呼んでいた。〈河豚計画〉では安江仙弘陸軍大佐と共にポール・ベルンシュタイン博士を招き、戦時中は関東軍の軍属として行動し、兵器人間／ウェポノイド開発、神仙〈蓮音〉捕獲などの特殊任務に就いていたが、予言機械〈鉛の卵〉と遭遇し、昭和二十年八月のソ連参戦を事前に知る。一足先に息子夫婦と孫を帰国させたが、逆にそのことが仇となり、彼らは新型爆弾投下で塩の柱と化した。【続く】

【世界観】

――神仙

仙術で神通力を操り、不老不死を得た仙人たちの中でも上位に属する者。高い山の頂、孤島、天上の仙郷など、現世と幽世の境界に隠遁し、人里に姿を見せることはほとんどない。元々は道教の概念だが、欧米の錬金術と共通する部分が多い。そのため、大陸に満州国を築いた関東軍は〈世界最終戦争〉に備え、魔術的科学の専門家である、ポール・ベルンシュタイン博士の招聘も含め、神仙の神通力や錬金術を応用した魔術的科学兵器の研究を行っていた。

戦争末期には、銀髪の神仙〈孤影〉の協力を得て、最上級の神仙〈蓮音〉の捕獲に成功。その魂魄は秘術により三分割された。〈甲〉は世界最終戦争用の呪詛を中和する浄化装置、〈乙〉は〈東京〉で開発中の本土決戦用最終兵器にそれぞれ封入されたが、〈丙〉は夾雑物として廃棄された。

――古代遺産協会

元々、長身／金髪／碧眼のアーリア人種の優越性を証明するための民間研究団体として設立されたが、昭和十年にナチス・ドイツの公式機関となった。この時点での正式名称は「ドイツ先祖遺産、古代知識の歴史と研究協会」だったが、やがて〈古代遺産協会／アーネンエルベ〉の略称で呼ばれることになる。

第二次世界大戦が始まった昭和十四年には親衛隊（ＳＳ）の下部組織となり、主に考古学系の研究教育団体としての役割を担った。独自の特殊情報部を持つなど、多くの部局を有する大組織だったが、その内実はアガルティ思想の熱烈な信奉者――神秘主義者たちの怪しげなオカルト研究集団で、「優越民族アーリア人種の純血保存のため、すべての劣等民族を絶滅する」という目的の下、奇々怪々な研究実験を繰り返していた。

最終的には絶滅対象となるはずの同盟国――技術交流との名目で、関東軍の招聘に応じ、魔術的科学の代表的研究者であったポール・ベルンシュタイン博士と、夫のペン・ベルンシュタイン氏が満州を訪れている。博士の目的は東洋の仙術研究であったが、その後、登戸研究所の技術開発顧問として日本へ渡った。ベルンシュタイン夫妻がナチスの神秘主義弾圧（オカルト・パージ）で解散を余儀なくされたトゥーレ協会出身だったことから、渡航は政治的亡命とも噂された。〈古代遺産協会〉が親衛隊の下部組織となり、トゥーレ協会が解散へ追い込まれたことも、魔術行為特権／魔術的科学の独占を狙うアドルフ・ヒトラーの意向であった。

一方、狂信的な神秘主義者で、東洋の神秘文化にも異様な興味を示していた親衛隊長官のハインリヒ・ヒムラーは、ベルンシュタイン夫妻から定期的に届く報告を心待ちにしていたが、その大半は適当にでっち上げたホラ話だった。

――帝国陸軍登戸研究所

向ヶ丘遊園に近い、神奈川県川崎市の稲田登戸地区にあった旧帝国陸軍の施設。秘匿名は「帝国陸軍登戸研究所」だが、正式名称は「陸軍兵器行政本部第九技術研究所」で、謀略・諜報を担当していた参謀本部第二部第八課の関連部署だった。主に陸軍中野学校と各種特務機関が用いる秘密戦用資材の開発を行っていたが、第六技術研究所や関東軍第七三一部隊との繋がりも深く、化学兵器や細菌兵器の研究も行われていた。また、極超短波（マイクロウェーブ）を応用した怪力（くわいりき）線や戦略地震兵器を筆頭に、人工雷や電磁砲（レールガン）、波動エンジンに原子魂魄炉といった奇怪な実験兵器の開発も行われていた、という説もある。

これらの活動は秘密裏に行われ、戦後も公になることはなかったが、昭和二十三年、帝国銀行椎名町支店で行員十二人が毒殺された「帝銀事件」で、犯行に用いられた青酸化合物が登戸研究所で開発された青酸ニトリールであるとの疑いから、登戸研究所や七三一部隊の関係者が取り調べを受け、戦時中の活動が一般に知られるようになった。

――蝿の街【下】

無秩序な高層建築が壁となり、城塞化している〈蝿の街〉は、北側の外周部に正門があり、敗戦直後の闇市が更に無国籍な装いで残っている。通りは〈泥棒市場〉と呼ばれているが、他の区域に比べれば治安は良く、外界からの客も少なくない。かつての満州引揚者住宅――崩壊した高層アパート部分には〈泥棒市場〉を経由して潜入可能だが、内部は完全に迷宮化しており、治安も最悪である。

旧高層アパート部分の一角に形成された私娼窟は一度入り込むとあちらこちらで客引きの呼び込みに遭い、何処が出口なのか判らないまま延々と歩き続ける羽目になる。たまに「ぬけられます」と書かれた看板が掲げられた小さな階段があり、出口を求めて下っていくと、行き止まりに淫売宿があり、客引きの餌食となる。その様子は、かつて〈魔窟〉と呼ばれていた玉ノ井あたりを想起するかも知れないが、〈蝿の街〉の非合法売春窟はその比ではなく、奇怪な人体改造を施した〈特殊娼婦〉が多く暮らしていた。

昭和三十三年の売春防止法施行以降は廃墟化し、〈特殊娼婦〉の多くは海外へ輸出された。全盛期には外部から訪れる客のため、私娼窟と外界を直結する迷宮のような専用地下道も造られ、「けものみち」「地獄門」「肉体の門」などと呼ばれていたが、これも廃墟と化している。

対人用呪符がびっしりと貼られた有刺鉄線の柵や地下道を潜り抜けた〈蝿の街〉中心部は閉鎖区域で、戦争末期には帝国陸軍登戸研究所の分室が存在していた。戦後は闇病院〈イレブン〉が〈特殊娼婦〉の改造手術を行っていたが、昭和二十七年四月、〈Z機関〉の襲撃で壊滅した。この経緯から考えると「敗戦後の隠蔽工作中で、開発途中で破壊された磁力兵器の残骸が地下深くに廃棄された」という噂の真偽は怪しいが、高レベルの呪詛や電磁波に汚染されているため、以降は殺し屋ギルドが処刑場として使うだけで、〈殺し屋の墓場〉と呼ばれている。

海に面した南側は、高層には〈泥棒市場〉を追われた少数の住人がいるが、基底部は機械と植物が混淆した奇怪な廃材で構築された巨大な城塞と化しており、地下水道の内部では瘴気が濃霧となって立ちこめている。

――お笑い三人組

火曜日の夜八時半から放送されていた三十分のバラエティ番組。落語家の三遊亭小金馬、講談師の一龍斎貞鳳、物真似師の三代目江戸家猫八があまから横丁のドジでお人好しな住人に扮して繰り広げるホームドラマ風コメディで、昭和三十年の放送開始時はＮＨＫラジオ第一からの放送だったが、昭和三十一年からはＮＨＫ総合テレビでも放送された。

化粧品屋の女店員・おタマちゃんを演じた楠トシエは、清酒黄桜の「かっぱの唄」や、船橋ヘルスセンター、京阪電気鉄道などのＣＭソングで知られている。

――エースのジョー

宍戸錠の愛称だが、昭和三十六年に封切られたダイヤモンド・ライン入り二作目の和製西部劇『早射ち野郎』に於ける役名が転じたもので、それ以前の〈渡り鳥〉シリーズ助演時代には使われていなかった。

――星州茶房

「星州」とはシンガポールを指しているが、昭和三十六年、マラヤ連邦を率いるトゥンク・アブドゥル・ラーマンは大マレーシア構想を発表し、マレー人、華人、インド人の民族宥和政策を執ることで、イギリスの自治領として残っていたシンガポールの併合を画策していた。華人比率の高いシンガポールが独立国家となった場合、国内保安法施行による殲滅後、地下に潜ってゲリラ戦を繰り広げているマレー共産党の一大拠点、中共の傀儡となる可能性が高かったからだ。

一方、昭和三十四年の総選挙で自治政府の主導権を握ったシンガポール人民行動党（ＰＡＰ）の李光耀（リー・クワンユー）

は、大マレーシア構想に賛同し、ラーマンとの連携により、合併反対派——国内の容共派を殲滅した。そして、昭和三十七年九月一日に予定されている国民投票を契機に、イギリスからの完全独立を狙っていた。

ラーマンの大マレーシア構想に対し、インドネシアを率いるスカルノは当初、不干渉の態度を取っていたが、やがて、フィリピンも含めた包括的な大マレー系国家連合体である「マフィリンド構想」を謳い、ラーマンとの対決姿勢を打ち出していく。

スカルノがこのような主張を行った背景には、強烈な民族主義者であったことに加え、岸信介や鮎川義介といった旧満州系の政治家、財界人が戦後賠償ビジネスでインドネシアに群がり、日本との強い繋がりが作られていたことが大きい。総額八百三億円の戦後賠償金は十二年間の分割払い——それも、日本企業がインフラ整備を請け負う現物払いで、日本とインドネシアはかつての大東亜共栄圏構想を経済レベルで再現しようとしていた。

昭和三十四年の『週刊文春』創刊号では、〈東京〉に招かれたスカルノのナイトクラブに於ける派手な遊びっぷりとセックス・スキャンダルが大きな記事となっている。記事の筆者は右派社会党出身の衆議院議員・今澄勇氏であり、インドネシアに支払われた多額の賠償金が政府発注という名目で政商を経由し、日本政界の政治資金としてマネーロンダリングされていたことを臭わせているが、この日本滞在時に後発の東日貿易から宿泊先の帝国ホテルへ送られた「献上品」に関しては、まだ記されていない。そして、数ヵ月後、先行していた木下産商からの「献上品」が自殺したことで、インドネシアに於ける賠償ビジネス利権は官僚派の岸信介から、大野伴睦、河野一郎ら党人派の手に渡った。これもまた、自民党内の派閥抗争であった。

一方、アジアからイギリスの影響力を排除しようとしていたアメリカは、スカルノのマフィリンド構想を容認していたが、イギリスがマレー系に主導権を与えるという条件付きで大マレーシア構想を支持し、インドネシアに対しては経済制裁も辞さない強硬姿勢を打ち出したことから、消極的な態度を示すようになった。そのため、スカルノは中共からの経済協力と原爆提供に期待を抱くようになり、インドネシア共産党へ接近、国際的に孤立していくと同時に、第二の大東亜共栄圏構想であったマフィリンド構想も頓挫していく。

結局、大マレーシア構想が勝ったのだが、今度はラーマンとクワンユーの関係が悪化していく。そして、シンガポールは誕生したマレーシア連邦から強制的に切り離され、独立国家への道を余儀なくされた。皮肉な話だが、クワンユーが共産主義者をすべて殲滅したことで、ラーマンの側には合併する理由が失われていた。

閑話休題——〈星州茶房〉という名前から、大泉滉似の店主はシンガポール出身と推定されるが、シンガポールに於いてマレー系人種は少数派である。また、大泉滉は小林旭主演の日活映画『黒い賭博師　悪魔の左手』で、日本女性を第三夫人にした回教国の好色な王様を演じているが、この映画が封切られた二ヵ月後、スカルノは大統領職を追われ、更に翌月、東日貿易から送られた「献上品の顚末」を描いた梶山季之の連載小説『生贄』が、『アサヒ芸能』で始まっている。「彼女」の後ろ盾であった大野伴睦と河野一郎は、既に亡くなっていた。

——警視庁〈0課〉

警視庁の一部署で、本来はいくつかの名称を持っているが、基本的に非公表のため、庁内では単に〈0課〉と呼ばれている。

敗戦後の混乱——極度の治安悪化に対応すべく、警視庁へ復帰した〈本郷義昭〉の手で秘密裏に作られ、封鎖中の旧東京市十五区に投入された〈武装警察隊〉が前身。これに〈異能者やくざ〉の精鋭を加え、異能者犯罪と〈怪異〉の専門部署として改組された。前者の多くは敗戦で戦争協力責任を問われ、失職していた特高刑事や憲兵たちを水面下でスカウトしたものだが、後者は新型爆弾の影響で異能者化した無法無頼の徒である。

昭和二十九年の警察法改正以降は〈特別機動捜査班〉〈対宗教特務班〉〈特別科学捜査班〉の三班で編成され、主に異能者犯罪を担当している〈特別機動捜査班〉は〈殺人魔術師〉の異名で知られていた〈黒猫〉を筆頭に、様々なタイプの異能者で構成されている。異能者犯罪の多くは暴力団、右翼、左翼、新興宗教と関連しているため、〈対宗教特務班〉との合同捜査も多い。〈都〉の要請で編成された〈対宗教特務班〉は、班員に主税局徴収部員／税務調査官の権限が委託されているが、宗教法人法で守られ、武装化した宗教団体から「限りなく非合法破壊工作に近い強制徴収」を行うことから〈宗教特高〉の蔑称で呼ばれている。

一方、犯罪ロボットを用いた〈国際ギャング団〉などの機械化犯罪と、通常捜査では解決不可能となった〈怪異〉を担当している〈特別科学捜査班〉は小規模で、魔術的科学者の〈時計屋〉こと、クロエ・マクスウェルが第一線を退いてからは、唯一の異能者となった〈01〉が班長代理を務めている。

——クレジットの丸井

商品代金の分割払いが可能な「月賦百貨店」は、庶民の人気はあったが、本来の百貨店／デパートよりも格下とされ、富裕層からは小馬鹿にされていた。そのため、大々的なテレビ宣伝で知られていた丸井は、昭和三十五年、「月賦百貨店」のイメージを払拭すべく、月賦をアメリカ風の「クレジット」に改称し、紙製カードによる顧客管理を開始した。

同年、日本交通公社と富士銀行の共同出資で、日本ダイナースクラブが設立され、富裕層向けのクレジット事業が開始された。この時、高級感を演出するために、本国・アメリカでも使用されていなかったプラスティック製カードを提案している。

この流れを受け、「月賦百貨店」ではなかったが、西武鉄道グループの中では傍流とされていた西武百貨店も十二月、自社カードの発行を開始した。百貨店のクレジット事業参入は異例だったが、流行り物好きの取締役・堤清二の意向が大きく働いていたと言われている。後に西武百貨店は西武鉄道グループと袂を分かち、西武流通グループとして独立するが、「クレジットの丸井」のライバルであった「ホームビルの緑屋」を買収し、クレジット事業の比重を高めていく。翌年には三和銀行、日本信販、東洋信託銀行の共同出資で、日本クレジットビューロー／JCBが設立され、昭和三十七年には、東武、小田急、松屋などの中堅百貨店も追随していくことになる。

特殊娼婦

本来は戦争による身体欠損を補填するための技術だったが、都内最大の新爆スラム〈蝿の街〉の私娼窟では、敗戦後の退廃の中で生まれた特殊な性嗜好に応えるため、流れ着いた新爆孤児の少女娼婦たちに奇怪な人体改造手術を施すことが流行した。具体的には「欠損した眼窩を女性器に改造し、脳神経と直結することで倒錯的な悦楽を与える」「歯をすべて抜き、喉に性感帯を埋め込むことで口腔性交に特化する」「巨大な乳房を複数持ち、妊娠せずとも大量の母乳を分泌する」「脳下垂体に成長ホルモンを制御する機械を埋め込み、肉体の成長を停める」「規格外の巨根やフィストファックに対応するため、膣と肛門を直結する」「肉体に強靭な再生機能を付与し、手足や性器を切断されても数日で元通りに」といったものだが、完全非合法の私娼窟であった〈蝿の街〉の顧客には少女愛好者が多く、猟奇趣味の変態も多かった。

手術の大半は闇病院〈イレブン〉で行われたが、彼らにとっては人体実験の延長線上に過ぎず、特殊娼婦の多くは短命であった。昭和三十三年の売春防止法施行まで生き延びた者も、外貨獲得のため、赤坂租界の高級ナイトクラブ〈コパカバーナ〉で秘密裏に行われていた競売入札で海外へ売り飛ばされ、昭和三十九年の〈東京〉で生き残っているのは、朱雀だけである。

芦川いづみ

日活映画で芦川いづみが演じる役柄は、可憐だが薄幸で控えめな女が多い。川島雄三が撮った『洲崎パラダイス・赤信号』で優柔不断な男に騙されるそば屋の店員や、同じく川島が撮った『幕末太陽傳』で父親の借金のカタに取られ、廓で働く女中が代表的だが、蓬莱の呟きは映画の記憶に擬えた視覚自動補正に過ぎない。

からっ風野郎

大映の製作／配給により、昭和三十五年三月に封切られた映画作品。監督は増村保造。主演は三島由紀夫。ボディビルで鍛えた素肌に革ジャンで丸刈りという斬新なハードゲイ風スタイルで、見栄っ張りで小心者で最終学歴も小学校のボンクラ二代目組長を熱演した。念のため、若尾文子、船越英二らの大映俳優陣が脇を固めているが、画面は徹底的に三島の姿だけを追い、三島による三島のための作品として撮られている。

増村と三島は東大法学部の同級生であったが、フェリーニ、ヴィスコンティらを師とし、ヨーロッパ的個人主義に基づく近代的人間像をモダンかつ冷徹な演出で描く増村は、三島の素人演技に対しても容赦なく叱責したという。

――すりかえ現象

時空間をねじ曲げ、別の時間軸や平行世界と一時的にすり替える〈怪異〉で、別名〈モスビー効果〉による〈ホーナー現象〉。

前者の正式名称である「ジョン・シングルトン・モスビー効果」は、戦前、〈古代遺産協会〉時代のポール・ベルンシュタイン博士が行っていた、魔力付与で駆動する部分軌道爆撃系人工精霊の研究から発見された。この人工精霊は術者の命令に従う霊的ロボットだが、神通力や波動推力など、高位エネルギー体の発生に伴う霊的変化――空間／時間の変化に弱く、命令を無視して変動領域へ近づいていく特性を持つが、変動領域の中心へ近づくと急に反発し、一定の距離を確保して停止する。そして、いったんは周囲に溶け込んで消滅を偽装するが、別の場所から顕現し、再び変動領域へ接近する……という動作パターンを空間／時間の完全正常化まで繰り返す。この奇妙な動作パターンから、神出鬼没のゲリラ戦を得意としたアメリカ南北戦争時の南軍正規騎兵大隊長の名が与えられ、高位エネルギー体の発生に伴う空間／時間の変動領域観測に使われた。

後者の〈ホーナー現象〉は、日本では〈すりかえ現象〉と呼ばれているが、高位エネルギー体の発生に伴う霊的変化――空間／時間の変動直前に、一オクターブの音域で観測用部分軌道爆撃系人工精霊との共鳴音が響いたことから、ポール博士がドイツの楽器メーカー、ホーナー社の名を与えた。ポール博士は夫であるペン・ベルンシュタインの「バットとボール」をこよなく愛しているが、世界で一番小さなハーモニカとして知られるホーナー社製の四穴式ダイアトニック・ハーモニカ〈リトル・レディ〉をネックレスにして、常に持ち歩いていた。

昭和三十九年四月、白面金毛九尾の妖狐――「分家」の末裔が引き起こした〈震える石〉事件では、〈鴉〉の電子頭脳に封じられた〈乙〉型魂魄物質の神通力発動による〈V２〉モードで〈神速瞬歩／ジョウント〉を行った影響で、都市ごと無人の平行世界へすり替える〈すりかえ現象〉が生じたが、矢ノ浦小鳩は「終了と同時に元の状態へ復元されることで、戦闘に伴う建築物への被害がなくなった」と述べ、〈鴉〉の〈V２〉化改修費用と資材を渋々提供した〈都〉を牽制している。

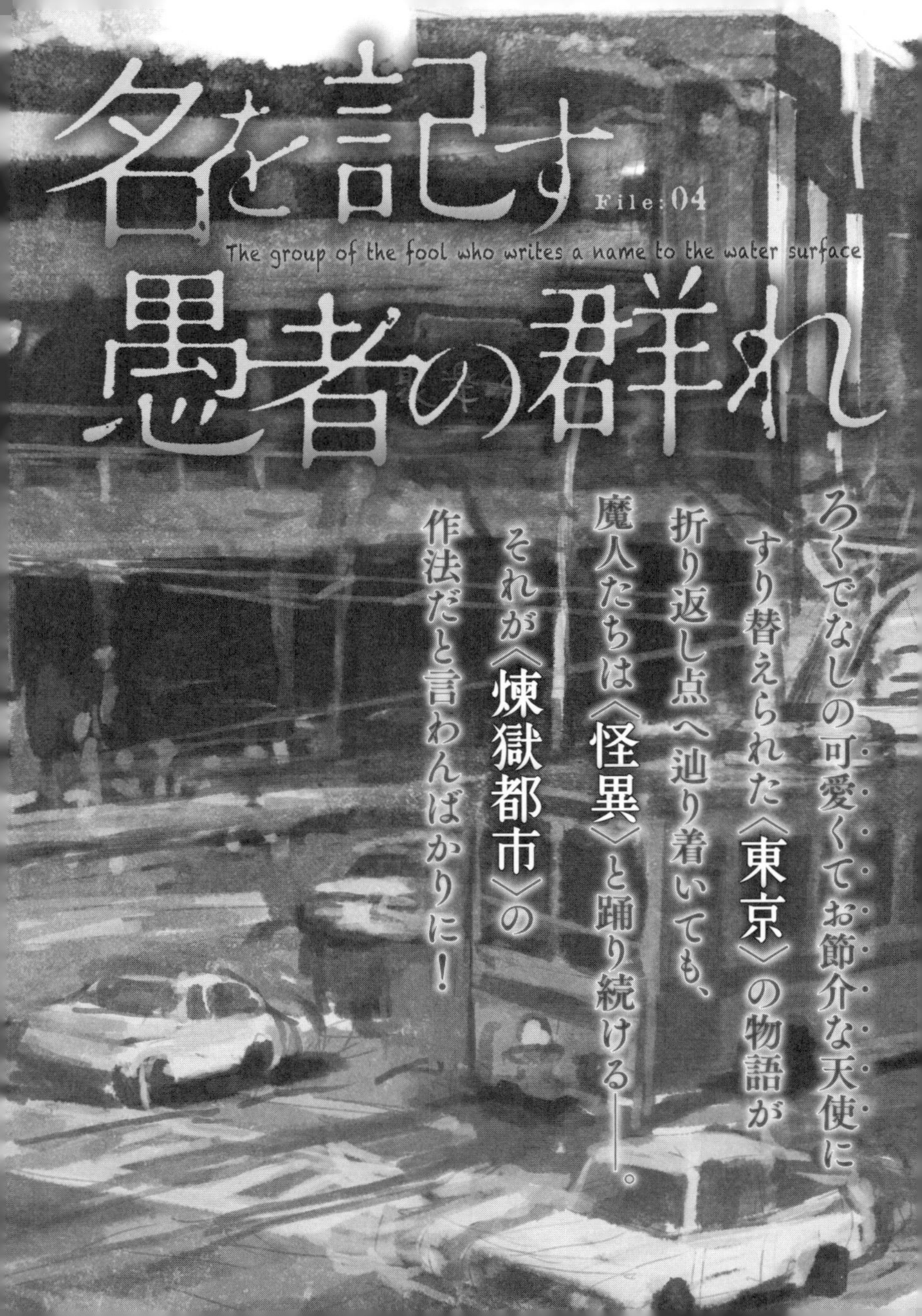

名を記す愚者の群れ

File:04

The group of the fool who writes a name to the water surface

ろくでなしの可愛くてお節介な天使に
すり替えられた〈東京〉の物語が
折り返し点へ辿り着いても、
魔人たちは〈怪異〉と踊り続ける——。
それが〈煉獄都市〉の
作法だと言わんばかりに！

水に
上野駅前の風景——交差点の信号機が青に変化して、
人々が蜘蛛の子を散らすように広がっていく。
空想東京百景
Various scenery of imagined Tokyo

001

昭和三十七年七月二十七日

――江東区南砂町〈蠅の街／殺し屋の墓場〉

私娼窟を離れ、廃物に埋もれた廃墟と地下道を潜り抜け、立ち入り禁止の標識と有刺鉄線の柵もすり抜け、辿り着いたのは〈殺し屋の墓場〉――その場しのぎの日常。

朝焼けの光の中――〈嘆きの壁〉の扉を背にして崩れたはずの蓬莱は、いつの間にか、見慣れた瓦礫の山を背にして眠っていた。

「まったく……時の流れまで、てんやわんやとはな」

意識を取り戻した蓬莱は、疲労回復の度合いから体内時計の経過時間を推し量る。体感では〈嘆きの壁〉の朝焼けから半日以上は経っていたが、太陽の位置にそれほど変化はない。本中三針十七石《セイコーマーベル》――腕時計の表示に至ってはまったく変化がない。当たり前だ。〈蠅の街〉に放り込まれてからというもの、蓬莱の腕時計はずっと壊れている。いや、起きている間は何事もなく動いているが、眠っている間だけ完全に止まっていた。

「……深沢七郎《ふかざわしちろう》の『風流夢譚』じゃあるめぇし」

地下深くに眠る〈磁力兵器〉の影響か――昨晩、枕元で囁いた朱雀は「わたしが知る限り、貴方だけの現象ですよ」と笑っていた。そして、朱雀に用意させた新しい腕時計も、やっぱり壊れた。

「俺にまつわる時間、空間……すべてが狂っているのか？」

精神的疲労による錯覚か、呪詛毒の残滓が〈モスビー効果〉による〈ホーナー現象〉とやらを招き込んだのか、それすらも判然としない。

瓦礫の山から身体を起こした蓬莱は片隅の部屋へ向かった。扉の隙間から覗き込むと、帰りを待ちくたびれたのか、ベッドの隅で〈翠〉が眠っていた。

まるで猫のように背を丸めて。仔犬のくせに。

「……このまま、眠っていてくれよ」

勝手口の扉を開けることなく部屋を離れた蓬莱は再び、瓦礫の山へ腰掛ける。寝顔を見ようともしなかった。無理に起こせば、泣き喚いて噛みつかれる。

ゆっくり燻らせた煙草《バット》を踵で揉み消すと、眼前に廃棄物《ガラクタ》が降ってきた。日に数回、何処かのダストシュートに放り込まれた〈蠅の街〉の廃棄物が流れ流れて、近隣の高層建造物から弾き出されて、この場所へ落下してくる。本来なら、蠅や蛆虫が群がり、徹底的に解体し、再利用《リサイクル》されるはずだが、呪詛——〈禍《マガ》〉に取り憑かれた厄物など、諸事情で解体できない廃棄物は、誰も近寄らない〈殺し屋の墓場〉へ投棄される。珍しくもない日常の光景だ。

普段の〈翠〉なら、この落下音で目を覚ますのだろうが、起きてくる気配はない。

仮住まい——半壊したアパートメントには使用可能な電線が通っており、電灯《あかり》は点いたが、ラジオもテレビもなかった。もっとも、この空を飛び交う電波は、〈磁力兵器〉の電磁波に干渉されているらしい。鳴り響くのはきっと、夾雑音《ノイズ》だけだ。

それでも、戯れに廃棄物を漁ったのは、せめて退屈しのぎになる本はないか、と思ったからだ。大半は原型を留めていない廃材だが、稀に本が紛れ込むこともある。だいたいの場合は、半分以上破れた古雑誌だが、この日見つけたのは一冊の小説本だった。

「作者はホーソーン・アベンゼン……『蝗身重く横たわる』……翻訳物か」

抽象的な絵が描かれた表紙はひどく汚れていたが、第二次世界大戦の半実録小説《セミ・ドキュメント》——という紹介文を辛うじて判読した。ミステリと古典と空想科学小説《サイエンス・フィクション》を苦手としていた蓬莱にとっては有り難かった。

もっとも、横浜へ行くたびに山手の麦田町にある、駐留米兵が読み捨てた本を売る古書店でペーパーバックやパルプ・マガジンを買っていたから、実際にはどんなジャンルであろうと読んでいた。原書で読むこともできた。

読まなければならない状況が日常茶飯事であれば、個人的嗜好は関係ない――現在進行形の退屈を紛らわすことができれば、それで良い。

蓬莱は、別の建築物――半分以上崩れ落ちた軒下の日陰に置いたソファに転がった。これも拾い上げたガラクタで、破れた革からバネが飛び出していたが、肌にまとわりつく熱気と蠅を追い払いながら、黙々と読み続けた。太陽の動きはひどく鈍く、昼の位置までなかなか辿り着かない。

「易の神託が示すものは、状況を変化させる根源的な秩序なり……」

ワイオミング州在住の作者は東洋文化かぶれらしく、序文に「易経の神託によって、この小説を書いた」などと書かれていたので、ひどく不安になったが、肝心の中身は緻密な取材で構成されており、枢軸国――ドイツと日本が敗戦に至るまでの過程を克明に記録していた。

堀田《ほった》善衛《よしえ》の『広場の孤独』を思わせる訳文の仰々しさは鼻についたが、それほど易経の影響は見られなかった。終盤の唐突な会話までは。

「君はッ！　ゴルゴダの丘で一度死に、一個の人間《ヒューマノイド》として復活したのではなかったのかッ！　なのに、君は――もう一度、煉獄の銃《ザップガン》を取るために行くのかッ？　それとも、捨てるために行くのかッ？」

「この颱風《ヴァリス》を颱風として成立させているッ――颱風の中心にある眼の虚無を、外側の現実《コイノス・コスモス》の風を描くことによって輪郭を与えるンだッ！　そうして、おれという存在の中心にあるらしい虚点――底なしの底――〈虚構〉の極点を現実の中へ引きずり出すことで、おれは生身の存在たるおれを正確に見極めうるのではないかッ？　虚点――颱風の眼――それは人間にあっては魂《ソウル》と呼ばれるものではないかッ？　もし、それが死ンでいるならば、呼び返さねばならぬッ！　狂気の戦争《シビルウォー》が創り出した生ける殺人機械《マーダーマシン》であったおれの内なる真理《イディオス・コスモス》をッ！

真ん中に穴のある支那の真鍮貨を三枚——六回投げた。最後の託宣は、上卦が巽、下卦が兌、真中に空白——六十一番『中孚』——内なる真理だッ！　おれは従わなければならないッ！　冥府より魂を呼び返すことで、おれが加担していた陰謀と犯罪《テロル》の一切から、破滅的結末《カタストロフ》を導き出すのだッ！　おれは広場の奪回を目指し——狂気の戦争へ狂気の報復を開始するッ！」

　加速度的に悪化していく訳文の仰々しさが頂点に達した奇妙な会話を境に、物語の流れがぐにゃりと歪められていた。精緻な群像劇として書かれていた半実録小説《セミ・ドキュメント》が、突然、〈ゴルゴダの棺桶〉の異名を持つ超人的な暗殺者〈シン・ジョー〉《ザ・テロル》の荒唐無稽な暴力小説《ヴァイオレンス・ノベル》に変わってしまったのだ！

（……なんだこりゃ。本当にこんな話だったのか？）

　原書の内容は知らないし、知るはずもないが、十中八九——翻訳者が勝手にでっち上げた別の結末へすり替えられている！

「翻訳者の名は〈本郷義昭《ほんごうよしあき》〉だと……まったく、質の悪い冗談だぜ」

　その名は、山中峯太郎《やまなかみねたろう》の軍事冒険小説『亜細亜の曙』の主人公と同姓同名であった。鋼の肉体と意志で大陸から南洋諸島まで駆け回り、「アジアの解放」という理想のために戦った、伝説にして架空の帝国陸軍将校——戦前の少年たちを熱狂させ、戦後はあっさりと忘れられた英雄の名前であった。おそらくは偽名なのだろうが。

　おまけに、奥付の出版社名は〈山梨シルクセンター〉と記されていた。聞いたことがない上に、出版社かどうかも怪しい——。

「ほーらいさーん、こっちこっち！」

　本を放り投げた蓬莱は、いつの間にか起きていた〈翠〉が、瓦礫の山の頂点で騒いでいることに気づいた。歩いていくと、廃棄物の中から珍しく完全に近い状態のテレビ受像機を掘り出していた。昭和三十年の早川電機《シャープ》工業製——今となっては旧式だが。

ビキニの放射能騒ぎの最中に作られたこともあってか、分厚い鉛の板でブラウン管を覆っていて、ひどく重い。

「此処で映るとは思えないが……」

「やってみないとわからないですよ？」

「言うのは簡単だが、修理するのは俺だ」

内部を覗き込むと、壊れていたのは真空管といくつかの回路だけだったから、別のテレビ受像機《ガラクタ》から抜いた部品《パーツ》を使い、継ぎ接ぎで付け替えた。テレビを直した経験はなかったが、昔、秋葉原で買い集めた部品で真空管ラジオを作ったことはある。修理だけなら、造作もない。

錆びた電気工具箱も別の部屋に転がっていた。この場所が〈殺し屋の墓場〉と化す以前――建築工事に携わっていた職人が使っていたのだろう。

「ほーらいさん、映ったよ！」

水平の発振トランスを調整していくと、ブラウン管は少しずつ、ぼんやりとした映像を描き出す。


電波障害による砂嵐はひどいが、やがて、NHKの特別番組らしきものを映し出した。それは、一年後の東京オリンピックへ向け、人工衛星を使った日米リレー中継の実験放送と称していたが、突然、「ビルの四階に潜んでいた犯人が大統領《ケネディ》の車を狙撃し、頭部に命中しました」という特派員の声が流れ、てんやわんやの大騒ぎになった。市内を車でパレード中に狙撃されたのだと。念のため、他のチャンネルではどう報じているのか、確認したが――。

「んー、あっちのちゃんねるで殺されたひとが、こっちのちゃんねるでは生きてるんですか？」

首を捻るのも無理はない。日本テレビやTBSのニュースに映っている大統領は、精力的《エネルギッシュ》に演説していたからだ。

再びチャンネルをNHKへ戻し、報道特別番組を眺めていたが、やがて、現在の時間――昭和三十七年七月二十七日の夕方には放送されていない、別の時間――昭和三十八年十一月二十三日の朝に放送された番組だと気づいた。

「〈翠〉……別のチャンネルに回してみろ……」

「うん。回してみるですよー」

言われた通りにつまみを回すと、次は浪曲師——二代目広沢虎造の訃報を流していた。

「♪馬鹿は死ななきゃ治らない……このポンコツが！　どのチャンネルに合わせても、流れているのはまだ放送されていない番組だ！」

　今度のアナウンサーが言った日付は、昭和三十九年十二月二十九日だった。現在進行形の訃報でないということは、このテレビに映し出される死者はすべて、現在進行形では生きている——。

「さっきから、死んだひとのにゅーすばっかり……つまんないですよ……」

「だったら、さっさと寝ろ」

「も……もうちょっとしたら、ふつーの番組になるかもですっ！」

　こんな調子で、テレビは未来の訃報を延々と垂れ流した。呆れて娯楽番組《バラエティ》を見ようとしても、すべてのチャンネルがニュース番組の訃報部分と、訃報にまつわる生前の映像だけを流し続けていた。おかげで、これから亡くなる有名人には詳しくなったが、知ったところで何の役にも立たない——陰陽師の格好でもして、よろず占い処でも始めるか？

（此処に埋まっている〈磁力兵器〉……飛び交う電波に干渉するのではなく、電波が流れている時間をすり替えていやがるのか？）

（だとすれば、そいつは〈磁力兵器〉なんかじゃねえ……まったく別種の異能だ！）

　訃報の洪水に飽きた蓬莱と〈翠〉は微妙な表情を浮かべていたが、付け替えた真空管も電磁波の負荷と馬鹿馬鹿しさに耐えられなくなったのか、ボンと白い煙を吐き、暗く沈黙した。

「……〈殺し屋の墓場〉らしいと言えば、らしい現象ではあったか……」

「ぶー。ほーらいさんのかれーなふぃんがーてくにっくでも、なんとかならないんですか？」

「たぶん、どうにもならねえよ。いくら直しても、潮どころか煙を噴くだけだ。結局のところ、此処から脱出しなければ、正常《まとも》な番組を観るのは無理だ」

「でも、お月さまがまた、まーんまるになるまで、わたしとほーらいさん、ここで待ってなきゃダメなんですよね……？」

「それ以前に……お前を連れて行くなんて、言った覚えはねえが？」

「うー、ほーらいさんのいじわる！」

あれこれと騒ぐ〈翠〉を無視し、蚊帳《かや》を吊った蓬萊はさっさと眠りに就いた。

「いい加減、お前も寝ろ。夜更かしは美容と健康に良くねえ」

「ふぁぁぁい……」

もっとも、〈殺し屋の墓場〉の電磁波を嫌っているのか——飛び交うのは蠅ばかりで、蚊が迷い込むことはなかったが。

002

昭和三十九年九月十日
——台東区谷中〈谷中墓地〉

秋の彼岸前——小雨降る平日の午前中、閑散としている谷中墓地の一角に佇んでいたのは、ひどく背の高い女だった。
黒い布傘と黒い服の女は、警視庁〈0課〉に所属している機械仕掛けの女刑事だったが、スーツ姿ではなく、ジャケットとスカート——膝が露出したフレアスカートを穿いていた。薄手の長靴下《ストッキング》がほつれていたので、ロングブーツで足を隠していたが、スカートとブーツの隙間——わずかに露出した肌に秋風は冷たい。現在の職業に就いてから、女性らしくない服ばかり着ている彼女は、久々のスカートと生足の組み合わせ《コーディネート》に違和感を覚えている。

（あの男が……「その日は、昼しか空いていない」と言うから、こんな格好で来てしまったが……）

用事の後、着替えて訪れることも考えたが、夜の墓地に来るのは怖かった。

それ以上に、肩を落とした彼女――〈01〉は以前、あの男に言われたことをひどく気にしていた。


「前から思っていたんだが、あんた……」

渋谷――百軒店《ひゃっけんだな》商店街の坂を登ったところにある洋食屋〈ムルギー〉で、玉子入りカレーを食べていた青年は、辛さに弱い〈01〉の表情を面白がっていたが、唐突に訝しげな表情を浮かべた。

「非番の日は、機能制限《リミッター》で身体能力《うでっぷし》を抑えられているんだろう？　だったら、スカートでもいいんじゃないのか？」

「なっ……何を言う！　刑事は常在戦場なのだ！

非番でも事件が起きればすぐに駆けつけ――」

「心がけは褒めるべきなんだろうが……常人並みに制限されている状態で何ができた？」

青年の反応は冷淡だった。確かに非番中、幾度となく事件へ駆けつけたが、ほとんど何もできなかったことは、彼が一番よく知っている――。

「まったく……もったいないぜ。湯河原の瘋癲老人《たにざきじゅんいちろう》もヨダレを垂らすほど、いい足をしているのにな」

「それは……貴様が見たいだけではないのか!?」

真っ赤になって俯いた〈01〉は、消え入るような声で「だったら……貴様だけに……」と続けたが、青年は視線を合わせることなく遮った。

「俺は……女性の美は広く大衆へ開かれるべきだと信じているだけさ」

「嘘だ！　貴様は、衆知の目に恥ずかしがっている私を見るのが、たまらなく嬉しいだけだ！」

立ち上がった〈01〉は、まるで犯人を詰問するように青年を指差したが、彼の方は彼女を見上げつつ抱腹絶倒――大いに笑っていた。

「ああ。それはそれで、否定はしない」

回想の自分と現在の自分が、同時に溜息をついたことに気づいた〈01〉は、肩をすくめて赤面した。

非番の彼女が谷中墓地を訪れたのは、六年前――昭和三十三年に殺された父の墓参りだったが、名前と過去を剝奪されている彼女は、密かに訪れなければならなかった。

「墓地の繁忙期――秋の彼岸を避けたのに、まさか、先客がいるとは……」

洗い水を桶へ汲んで、家の墓へ歩いていくと先客がいることに気づいたので、明治の毒婦――高橋お伝の墓碑あたりで足を止め、遠目に様子を窺った。

普段の癖で視力と聴力を集中《コンセントレーション》したが――非番時の機能制限《リミッター》は機械仕掛け《サイボーグ》の異能を常人と同じ水準に抑え、先客の顔を確かめることすら困難だった。

新條家の墓は、旧備後福山藩――阿部家の定府家臣たちの墓が並んでいる一角にある。

夏の渇水に伴う給水制限は解除され、暑さも和らいだが、東京オリンピックを一ヵ月後に控えているためか、頭上のヘリコプターが騒々しい。

新條が谷中墓地に来たのは、昭和三十三年の秋に殺された兄の墓参りだ。彼岸島の〈兄貴〉ではなく、血の繋がった本物の兄貴だ。

（……ずいぶん顔を合わせていなかったな）

刑務所と娑婆を往復していた新條は、長いこと訪れていなかった先祖代々の墓の前に立ったまま、兄貴の死を思い出す。警視庁の刑事であった兄貴は昭和三十三年の秋――〈国際ギャング団〉との銃撃戦の末、惨殺された。一人娘の〈敬《けい》〉と暮らしていたが、彼女も巻き込まれて死んだ。

だが、新條は不幸な父娘の葬式に立ち会うことはできなかった。為替ブローカーの仕事で下手を打ち、警視庁で取り調べを受けていたのだ。

（……〈敬〉ちゃんが生きていれば、あのくらいの年頃だろうな……）

新條は、高橋お伝の墓碑のあたりで俯いて、顔を赤くしている女の存在に気づいていた。横目で女の姿を捉え、一瞬、フレアスカートとロングブーツの隙間へ視線を向けると、乾いた笑いを浮かべた。

（幽霊ではないようだが……死人が蘇るはずもねぇ。あと、いくらなんでも、背が高すぎる）

困ったようなしかめっ面は生前の〈敬〉とよく似ていたが、新條の記憶に残っているのはセーラー服を着た小柄な少女だ。成人男性でも長身の方である新條と比べても背の高い女は、隠れているつもりなのだろうが、異様に目立っている。

（そういえば……あの法事で、兄貴があの娘を連れてきた理由が、未だに分からねぇ……）

刑事の兄とヤクザの弟が顔を合わせるのは法事くらいしか無かったのだが、昭和三十三年の一回だけ、兄貴は〈敬〉を連れてきた。おれが母の死の詳細を訊かれたのも、この時だったが、結局、正しく語ることはなかった。

（来年には高校生になるんだから、父親とは似て非なる、人間の屑も見ておけということか……）

母の死を正しく語るなら、以下の通りだ――。

戦時中、大陸の通化にいた父は、昭和二十一年二月の虐殺事件に巻き込まれた。

兄貴が出征した後、本郷西片町の家を守っていた兄貴の女房は、昭和二十年八月十日、新型爆弾の閃光を浴びて塩の柱と化した。女房の実家へ預けられていた娘の〈敬〉は無事だったが、兄貴が赤子の消息を知ったのは、復員した後のことだ。

一方、昭和二十年のおれは、学徒動員で中島飛行機武蔵製作所に勤めていたが、度重なる空襲で工場機能が失われ、系列の小平作業所へ移動していた。

八月八日、工場の廃墟へ残務作業連絡係として派遣されたおれは、九回目の空襲に遭遇――病院へ担ぎ込まれた。

八月十日、新型爆弾の閃光を遠く窓越しに見たおれは、高熱を出して七日間、昏睡した。

そして、目が覚めたら、大日本帝国が消えていた。陛下から〈敗戦の大詔《おおみことのり》〉があったことは医者から聞いたが、そのまま病院を追い出された。小平作業所も早々に解散し、友人の石蕗《つわぶき》や渡辺《わたなべ》もいなかった。渡辺は山形の実家へ帰ったことが判明したが、石蕗は八月十日の早朝、千葉の親類の家へ向かうと言い残したまま消息不明となっていた。

鈴木貫太郎《すずきかんたろう》総理大臣は内閣総辞職の宣言と同時に、新爆罹災者へ〈東京〉から離れるよう勧告し、都心部へ向かう鉄道も敗軍の制限管理下に置かれた。

本郷西片町へ戻ることもできなくなったおれは、三多摩の果ての鶴川村に疎開していた母親を訪ねたが、銃後の母は敗戦の影響でくそったれの中年女と化していた。戦争への陶酔で規律を維持していた精神が荒廃し、おれに理不尽な罵声を浴びせたあげく、闇商売の運び屋となることを強要した。

（……新型爆弾で死んでいれば良かったのだ。このゲロ臭ぇ牝豚が！）

そんなことを思いつつ、暴風雨の中、無茶な買い出しへ同行する羽目になったおれは、ろくでもない事故に遭った。

八月二十四日午前七時四十分――国鉄八高線で起きた正面衝突事故は大惨事だったが、新聞は翌日どころか翌々日にたった八行の記事としただけだ。誰もが戦時中の大量死に慣れすぎて、感覚が麻痺していたから、正面衝突の直前、口やかましい中年女《メスブタ》が多摩川へ蹴り落とされたことにも気づかなかった。

ささやかな殺人を大量死に隠蔽された殺人者《おれ》は素知らぬ顔で生き延びた。濁流へ転落した際に軽い傷を負ったが、混乱に紛れて死屍累々の現場を去った頃には、すべての体調不良が完治していた。

それは、まるで奇蹟のように思えた。

天地神明――八百万《やおよろず》の神々から、殺人を肯定されたようにすら思えた。

自由を手にした殺人者――おれは、鶴川村へ戻ったが、田舎者の世界には嫌気がさしていた。

「なんだ、おまえは生きていたのか」

伯母は闇商売がご破算になったことを延々と愚痴り、軍人上がりの伯父は北支で便衣兵《ゲリラ》を殺しまくったことを自慢した。戦争に負けたというのに。

もっとも、〈武相荘〉の無愛想な隣人――英国帰り《イギリスかぶれ》の老夫婦は更に傲慢で、くそったれの俗物ばかりが集う因業な土地だったのだろう。

呆れ果てたおれは、深夜、伯父が土蔵に隠していた三八式歩兵《サンパチ》銃で伯母と伯父を殺した。初めて手にした銃でも的確に撃ち抜いたおれは、殺人者の資質をいよいよ確信し、〈東京〉へ向かった。

九月の〈東京〉は治安悪化と〈生き腐り〉で、この世の地獄と化していたが、殺人を肯定したおれには気楽な荒野だった。喰うに困ったら、強盗《タタキ》で金を調達すればいい。突然変異の魔人たち――新爆異能者は警戒していたが。

こんなことを、正直に話すわけがない――適当にはぐらかすうちに、兄貴はやくざな弟に苦言を呈し、堅気になることを勧めたが、声は荒らげなかった。兄は弟の性格を熟知していた。子供の頃から、自分とは常に正反対の方向へ向かうことを。

本郷西片町に家があり、谷中墓地に墓がある――江戸の頃から〈東京〉で暮らしていた新條家の会話はいつしか、変わりゆく〈東京〉への違和感へと辿り着く。家の歴史が〈都市生活者〉の輪郭を作っている以上、建造中の〈東京タワー〉が話題になるのは、当然のことだ。

都市の調和を破壊する異物と見るか、世界一の鉄塔を誇らしく思うか――酔った兄弟《おれたち》は討論していた。

「六百六十六メートルというのは、尺間に直すといくつになるんだろうな？」

「……三百六十六間です」

兄貴の代わりに答えたのは〈敬〉だったが、口をへの字に曲げたしかめっ面は変わらなかった。

「もっとも、尺貫法も廃止されるらしいがな。まったく……この戦後ってぇのは、面白れぇほど、ありとあらゆることがコロコロ変わっちまう」

どういうわけか、兄貴は嬉しそうに付け加えた。

この法事から数日後――兄貴と〈敬〉は〈国際ギャング団〉との銃撃戦で死んだ。

《新條は、暴力団の麻薬売買取引現場を張っていたのだが……その上前をはねようとした〈国際ギャング団〉と鉢合わせてしまった》

気の毒に思ったのか、釈放直前――取り調べを代わった〈本郷〉という中年刑事が〈時計屋〉なる監察医への紹介状をおれの懐へねじ込んだ。

地下室の監察医――何故か、金髪碧眼の眼鏡美女は、蜂の巣にされた兄貴の屍体写真を差し出した。

しかし、〈敬〉は徹底的に破壊されたのか、悪趣味に接写した眼球の写真だけだった。

個人的に調べていくうちに、いくつかの疑問が浮かび上がってきた。

香港の〈刃導〉なる死の商人から輸入した犯罪ロボットを使い、暴力商売を生業とする〈国際ギャング団〉は麻薬を扱っていない。麻薬商売は〈上海×東京0ライン〉なる国際密輸組織の領分で、周恩来と〈御多福会《じっせんは》〉が組んでいるという噂だった。

しかも、惨劇の現場となった芝浦の倉庫街には〈敬〉が囚われていた。内部では「誘拐された一人娘を救うべく、独断専行で介入した」と判断されたが、独断専行で動く理由――個人的な脅迫を受けていた形跡はなかった。

真相へ辿り着いたのは、〈蠅の街〉の情報屋――耳夫が売りつけてきた情報《カギ》からだった。

「新條さんが言ってた、刑事殺しの件ですが……ありゃ、〈マル暴〉の同僚の仕業かも知れませんぜ。前から〈銀座の虎〉の舎弟筋や〈御多福会〉実践派と組んで、裏稼業に手を染めていた、という噂はあったんですがね」

その悪徳刑事《くそったれ》は、兄貴の先輩だった。若衆《ボンクラ》の微罪で〈彼岸島一家〉をガサ入れに来たこともある。

裏稼業を兄貴に知られた悪徳刑事は〈国際ギャング団〉と兄貴に偽情報を流し、互いに殺し合わせる罠を仕掛けた。更に兄貴の独断専行へ見せかけるべく、本郷西片町の家から〈敬〉を誘拐／監禁した。

悪徳刑事自身が暴力団の麻薬取引現場に立ち会っているという綱渡りの偽情報で現場へ誘い込まれた兄貴は、偶然に囚われの〈敬〉を見つけて冷静さを失った。そして、居合わせた〈国際ギャング団〉を誘拐犯と勘違いし、銃撃戦になった。

「……舐めた真似しやがって」

怒りに震えたおれは、すぐに適当な理由をでっち上げ、その悪徳刑事を狙撃した。この時点ではまだ、〈銀座の虎〉と〈彼岸島一家〉は敵対していたから、口実を考えることは簡単だったが、問題はその後だ。〈警官殺し《コップキラー》〉は警察の威信《プライド》に関わる重罪で、奴らの捜査は執拗を極めるだろう。

だから、〈彼岸島一家〉まで累が及ばぬよう、逃亡の手筈を整えていたのだが、〈マル暴〉は早々に捜査を打ち切った。奴らも持て余していたのだ。仲間を平気で罠にかける下衆野郎《クソッタレ》を。

「ところで……〈国際ギャング団〉てのは、どういう連中なんだ？」

都心を離れ、潜伏していたおれは、実行犯である〈国際ギャング団〉への復讐も考えていたが、こちらの情報は手に入らなかった。

「すまねぇ。おいらもよく知らねぇんだ。薬《ペイ》を捌いてやがるなら、弟の鼻夫の領分だが……あいつら、薬はまったく扱わねぇんですよ」

「らしいな。派手な暴力商売専門と聞いたが」

耳夫に訊いても、通り一遍のことしか分からず、結局、現在の商売へ鞍替えするまで〈国際ギャング団〉の素性を知る機会はなかった。

「あれだけのロボットを使っても、でっけぇ〈鴉〉が現れて、壊されちまったりするんすから。割に合わねぇと思うんですよねぇ……」

近年、都内に〈国際ギャング団〉の犯罪ロボットが現れるたびに、黒い装甲に覆われた巨大ロボットが何処からともなく現れ、神速の空手で次々と破壊していた。〈幻の本土決戦兵器〉とも噂されている漆黒の狩人は特異な形状の頭部と翼から〈鴉〉と呼ばれ、数ヵ月に一度のペースで繰り返されている戦闘は〈東京〉の風物詩になっている——。

(……あの女……〈0課〉の機械化刑事か?)

墓前で兄貴にまつわる過去を思い出していた新條は、同時に、背後から視線を向けている女の所作を分析《サーチ》していた。

(名前を棄てた〈0課〉の異能者が、〈マル暴〉の墓参りとはな……)

女は特殊偏光眼鏡《サングラス》で義眼を隠し、普通の人間を演じていたが、〈底なしの底〉で会得した超感覚《センス》は、常人では聞き取れるはずのない距離でも、機械化義肢の作動音《モーター》を聴き取っていた。

(左眼、心臓、両腕、両足……かなりの部位が、機械仕掛けに差し替えられているな……)

現在《1964》の日本で、機械化義肢の技術が実用水準に達しているのは、香港の国際犯罪シンジケート〈刃導〉からロボットを賃貸《レンタル》している〈国際ギャング団〉と、旧軍——帝国陸軍登戸研究所の流れを汲んでいる、警視庁〈0課〉だけだ。

女が前者——兵器人間《ウェポノイド》なら、此処で弔い合戦を始めているが、背の高さを恥じるように首をすくめて佇んでいる女は、どう見ても犯罪者とは思えなかった。むしろ、愚直に正義を追い求めていた兄貴と同種——極めて希少種の刑事に思えた。

(同じ警視庁で、男と女なら……そういうこともあるということか……)

事情は知る由もないが——年の頃から考えて、新人婦警だった頃に兄貴を慕っていたのかも知れない。妻を亡くした兄貴は持ち込まれた再婚話をすべて断り、男手一つで〈敬〉を育てていたが、「警視庁一の男前」と言われていた。ならば、半身が機械とはいえ、若い娘が慕うのも不思議ではない――。

（……となれば、長居は無用だ）

新條は、職業殺人者《プロフェッショナル》特有の気配を悟られぬよう、足早に立ち去ることにした。


高橋お伝の墓碑の影に隠れていたはずの〈01〉は、いつの間にか、新條家の墓から十メートルほどの距離まで近づいていた。

そして、新條家の墓を後にした白髪交じりの中年男が、父の弟――叔父であることを確信したが、自分が何者か名乗ることはできなかった。彼女にも気配を悟られたくない事情があったからだ。

非番とはいえ、本当の名前と共に捨てたはずの〈縁《えにし》〉を辿ったことが知れれば、庁内で問題になるだろう。昨日、魔術的科学者の〈時計屋《クロエ》〉が電子補助脳に機能制限処理した時も《あー、面倒は起こさないでね。ぼくが上層部に怒られちゃうからねぇ》と、中年の上司から釘を刺されていた。

「叔父さんっ……！」

それでも、衝動的に叫んでいた。

だが、足早に歩いていた男は、瞬きよりも速く、視界から消えていた――。

まるで加速装置を使ったかのような高速移動能力《スピードスター》に、機能制限中の加速装置所有者は困惑した。

感覚系機器を司る補助脳《バイオロジカルブースター》は眠っているから、左眼に備わっている索敵能力《レーダースキャン》も使用できない。

（何処へ消えたのか、どうやって消えたのか……）

だが、彼女は奇妙な違和感を覚えていた。

（思いたくは……ないが……機械仕掛け《サイボーグ》でなければ、理由は一つだけだ……！）

感覚系機器《センサー》に依存しない直感と経験が、昭和三十五年に〈蠅の街〉で戦った〈魔銃遣い〉の殺し屋と同じ――高位異能者と認識していたのだ！

003

昭和三十七年八月一日

——江東区南砂町〈蠅の街／殺し屋の墓場〉

〈No.6〉蓬萊樹一郎

〈蠅の街〉の片隅——閉鎖区域〈殺し屋の墓場〉は、常人には有害な電磁波を発しているらしい。放送電波の時間まで歪める、ろくでもねえ代物だ。

だから、食料や生活用品の調達で中心部へ行く用事以外は、この閉鎖区域でのんびり過ごすのが、もっとも安全だ。〈魔銃遣い〉といった高位異能者ならいざ知らず、昼夜問わず襲いかかってくる糞蠅《チンピラ》——殺し屋未満の与太者たちを追い払う煩雑な作業を省けるからだ。

念には念を入れ——〈殺し屋の墓場〉へ繋がる地下道には、朱雀経由で調達した罠《トラップ》を仕掛けている。魔力の有無に反応する仕組みの罠は、常人が閉鎖区域へ侵入した瞬間、呪詛毒を付与した矢が膝へ突き刺さり、運動機能を奪う。「昔はお前のような与太者だったが、膝に矢を受けてしまってな……」とぼやく不具者が街に溢れても、知ったことか。

用意したのは一袋五円の小袋が二つ。丁寧な手つきで破ったオレは、毒々しくも鮮やかな濃橙の粉末を硝子板へ撒いていく。細く長く平行な二本の線を慎重に引き終えると、オレと〈翠〉はちぎった新聞紙を丸めたストローをそれぞれ左の鼻の穴に刺し、もう片方の穴を閉じて一気に吸い込んでいく。

「……くぅ……っ……」

「……ふわぁぁ……ん……」

粘膜を経由して浸透した強烈な刺激が脳神経を支配し、数秒とかからず恍惚の表情を浮かべたオレたちは、口を揃えて陽気な歌を歌い出した。

世界が極彩色に輝いて見えていたのは、脳内でドーパミン受容体と神経伝達物質の再取り込みを行う線状体の機能性蛋白質《ドーパミン・トランスポーター》が遮断《ブロック》されているからだが、唇からだらだらとヨダレを流した〈翠〉は、掌をふらふらと宙に泳がせ、残った自分の粉末を犬のように舌を伸ばして舐めていた。

極度の恍惚状態から回復するとすぐに、オレは「ほほいのほ〜いと、もう一杯〜♪」と呟きながら小袋を破り、今度はパイン味の粉を撒いて啜った。パイン味なのに舌は真っ赤に染まり、「憎いくらいに美味いんだ〜、不思議なくらいに安いんだ〜」とオレが踊り出すと、「へへぇ、ワタナベのジュースの素ですよー」と〈翠〉がおどけた。オレは榎本健一《エノケン》の顔真似も試したが、それはまるで似ていなかった。

オレが吸い込んだのは、人工甘味料と合成着色料の合法的粉末だったが、魔力付与《エンチャント》で脳内の神経伝達物質と類似した構造へ変質し、幻覚剤の効能を持っていた。この改造粉末《エンチャント・ドラッグ》ジュースを吸引《スニッフ》すれば、本物の幻覚剤——麻薬と変わらない効用を示す。よって、部屋の隅まで転げ回り、言葉も不明瞭になったが、オレは魔力耐性があるので、完全な変性意識状態へは至らず、本来の意識は明確なまま、表層意識の変容を眺めていた。

所詮、退屈しのぎの無意味な遊戯に過ぎない——だが、蓬莱樹一郎《オレ》には無意味な遊戯のような日々を演じる理由があった。

同じように〈翠〉も転がっていたが、幼い彼女《ガキ》には代用麻薬《まがいもの》ではなく、本物——万が一の不法所持摘発に備えて携行していた普通の粉末ジュースを与えていた。暗示だけで勘違いできる子供は勝手に脳内麻薬を分泌してくれるので、それなりに高価な改造粉末ジュースを与える必要はない。

「…………ふぁ……ぁ…………」

「……おい、どうした……？」

なのに——〈翠〉の意識が飛んだ。

瞳孔から光が消え、人形のようにタマシイの抜けた状態に陥っていた。

(与えてねぇのに、過剰摂取暴走《オーバードーズ》だと……!?)

困惑の表情とふらつく腕で小さな身体を抱き寄せたオレは平坦で白い胸に触れ、瞳孔を覗き込む。

(心臓は動いている——暗示が効き過ぎたのか?)

《殺したければ——。

この犬の首を絞めて、殺すがいいわ。

この犬は〈複製試作ノ魔銃《ペンデルスターズ》〉。

この犬は〈No.9〉。

実験人形《ホムンクルス》にして、ランキング九位の殺し屋》

完全に血の気が引いているのに、指先に伝わる鼓動は速く不規則で、まるでモールス信号のように一枚目の手紙の文面を伝え、思い出させていた。

(蜘蛛女の烙印《キス》を消すのは、殺人序列者《ランカー》の死だけ……だったな……)

いつの間にか、酔いから醒めた両手が首輪を避けるように輪を作っている——このまま捻れば、仔犬の首など簡単に折れるだろう。

「ほーらい、さ……ん……」

指に力を入れるよりも早く、仔犬の瞳は光を取り戻した。一瞬、虹色と金色——左右非対称《オッドアイ》のように見えたが、戸惑う間もなく、平常通りの黒く潤んだ瞳に覗き込まれていた。

「馬鹿野郎……驚かせるんじゃねぇよ」

意識を取り戻した〈翠〉の額を軽く小突いたが、抱いている幼い肢体は相変わらず冷たいままだ。頬だけは紅潮し、「えへへ……」と笑って答えたが、声は囁き声《ウィスパーボイス》より小さかった。

「まだ生きているなら、問題はねぇ……少し眠れ」

念のため、残った小袋——普通の粉末ジュースの匂いを嗅ぐと、人工香料の品位を欠いた芳香に混じって、高級煙草よりも甘美で奇妙で刺激的な香気を纏っていた。

（ピース缶の残り香が移ったのか？）

区別するため、改造粉末ジュースは蓬莱しか知らない隠し場所に仕込んでいたが、普通の粉末ジュースは直径9㎜の穴を空けたピース缶に入れていた。

（あいつは〈けぶりぐさ〉と呼んでいたが……ただの高級煙草ではなかった……のか？）

オレは思考を巡らせたが、少年探偵の顔を思い出そうとした途端、睡魔に襲われた。

ピース缶を元の位置――神棚へ戻すことも煩わしくなったオレは、思考を止めて少し眠ることにした。冷えた仔犬を抱いたまま。ふと、少年探偵だと思っていたあいつは、男装の少女探偵だったのではないか――と思ったが、確信する前に眠っていた。

004

昭和三十七年八月八日

――江東区南砂町〈蠅の街／殺し屋の墓場〉

（〈No.6〉蓬莱樹一郎）

無意味な遊戯のような日々を演じていた理由は、時折、覗き込む視線を感じていたからだ。定期的に〈組織〉が監視しているのだろう。監視者の姿を確認したことはないが。

もっとも、監視されること自体は、娑婆《シャバ》にいた頃と変わらない。私的領域《プライベート》まで覗き込むことはなかったが、〈組織〉にとって少しでも怪しい動きをすれば、いつの間にか視線を向けられている。

執行猶予中の身である以上、監視回数が増えるのは当然だ。あくまで管理上の都合であるから、監視内容は秘匿《かく》され、他の殺人序列者《ランカー》に伝えられるわけでもない。〈組織〉の規約通りならば。

それでも、気分の良いことではない。

(誰であろうが――。

手の内はできるだけ明かしたくない)

オレはそう考えていた。


夜の闇が訪れ、〈翠〉が眠ったことを確認したオレは、受け取った武器で独り、鍛錬を繰り返す。月の灯だけを頼りに。月の灯があれば十分だ。闇は〈魔銃遣い〉の五感を鋭くしてくれる。〈灼熱獄炎ノ魔銃〉は呪詛毒の烙印で封じられたままだが、感覚や思考は朱雀の施術で、全盛時の水準まで回復しつつある。監視者もそのあたりは熟知しているから、殺人現場の確認判定《ベッドメイキング》を除いて、ほとんど夜間監視は行わない。この〈殺し屋の墓場〉に於いても、それは変わらない。

殺人序列《ランキング》二位――〈女郎蜘蛛ノ魔銃《ヒューリーズム》〉相手に通常《ただの》武器で勝てるとは思えない。だが、身体能力の差を詰めれば、偶然もある。鍛錬は偶然の確率を高める作業だと信じていた。

だからと言って、四六時中すべてを鍛錬に充てても意味はない。夜間演習《トレーニング》で感覚と思考を研ぎ澄まし、日中は限りなく弛緩する。この落差が大きければ大きいほど、非常時の瞬発力――思考と行動が高速化される。無意味な遊戯のような日々を演じていた理由のもう一つは、そういうことだ。それに、五感を極限まで高める鍛錬を小一時間も続ければ、全身の神経は消耗し、泥のように眠れる――。

明くる八月八日の朝は、窓から差し込む強烈な陽光で目を覚ました。

「ほーらいさーん！　おっきな卵さんがすごいことになってるのっ！」

　窓の外から素っ頓狂な声を出して驚いたのは、自称、殺人ランキング第九位〈複製試作ノ魔銃《ペンデルスターズ》〉。現実には無力な犬耳の少女――愛玩用人造人間《ホムンクルス》の〈翠〉だが、寝ぼけ眼でベッドから這い出して見れば、積み上がった瓦礫の山の上に昨日は存在しなかったはずのものが鎮座していた。

　それは青みを帯びた灰色――長さ四メートル半、胴まわり九メートルばかりの鉛の塊で、巨大な〈鉛の卵〉を思わせる前衛的《シュール》な形状《デザイン》をしていた。表面に留められた真鍮盤に刻まれた文字はロシア文字に似ていたが、〈翠〉はもちろんのこと、オレにも読むことはできなかった。

　ちなみに、〈鉛の卵〉はこんな感じだ。

「なんだこりゃ……どこから持ってきたんだよ」

　呆れたオレが呟くと、俯いたままの〈翠〉は上目遣いで言葉もなく、薄汚れた白いワンピースの裾をたくし上げた。

　何も穿いていない――つるりとした股の間で犬の尻尾だけがゆらゆらと揺れている。

「お前みたいなガキがこんなでけぇものを産み落とせるわけがねぇだろうが！　だいたい、人間が卵を産むかっ！」

「はぅぅ……わかんないの。おきたらこの卵さんがででーんとあったの」

　怒鳴り散らしたところで、犬耳の少女は幼い外見通りの思考能力しか持ち合わせていない。糠に釘だ。それでも、オレと〈翠〉はしばらく、不可解な卵の前に佇んでいたが、突然、〈鉛の卵〉は耳障りな振動音と共に、奇妙な波動を放った。

　波動は磁力――吸引力を伴っていた。ベルトの金具《バックル》が引っ張られ、〈灼熱獄炎ノ魔銃《ペンデルフォイヤー》〉も勝手に具現化し、懐から這い出して飛んで行く。

「お、おい！　なんなんだこいつは……っ！」

　卵に吸い付けられた拳銃は、微動だにしなかった。手首と繋がっている不可視の鎖《ゴーストチェーン》を握ったオレは、全力で引き剝がそうとしたが、まるで根が生えたかのように固着《ホールド》している。

「……あぅ……ひううぅぅ……」

　オレの呟きに答えなかった〈翠〉は、全身の力を使って吸引力に抗い、怯えていた。無理もない。両腕の〈複製試作ノ魔銃《ペンデルスターズ》〉が巨大化し、次々と意味不明な形状へ変化し続けていたからだ。辛うじて分かったのは水道の蛇口と〈苦悩の梨〉と呼ばれる性的拷問具だけだ。〈翠〉の頭蓋骨よりも巨大だったから、女性器《ヴァギナ》用か肛門《アヌス》用かも分からなかったが、四つに割れて開いたまま、また別の形状へ変化していく。次は頭蓋骨粉砕機か。

　登戸研究所が開発し、敗戦後のどさくさでこの場所へ廃棄した〈磁力兵器〉が浮上したのか――と思ったが、どうにも様子が違う。

「ぎぎっ！」

　手鎖を辿り、ひときわ強く拳銃を掴んだその瞬間、銃身を伝ってオレの脳髄へ強烈な電流が流れた。

「う……」

　迸った電流で、ほんの一瞬――意識が飛んだ。肉体が自動的に飛び退くと〈鉛の卵〉はあっけなく〈灼熱獄炎ノ魔銃〉を手放し、何処からか抑揚のない声が聞こえてくる。

「去リシ夢……取リ戻シタイナラ、香名子ヨリ手ニ入レシ魔銃〈ペンデルトーンズ〉ヲ抱ク探偵ト戦イ、新橋ノ小サナ塒ヲ探セ……」

意味があるのかないのか——ゆっくりと予言めいたことを語りはじめた〈鉛の卵〉だったが、音色、ピッチ、音量、ビブラート——すべてが人間の声とは異なる奇妙な音の組み合わせで、スピーカーや電気増幅器《アンプ》も見当たらない。

「香名子……だと?」

蓮見香名子は、オレが最後に成功した殺しの後に抱いた女だ。

ほんのわずかな翳りを除けば、品川の小さな専門商社に勤めている平凡な三十路の女——のはずだ。特筆すべきことは、素人に見えて玄人《プロ》の所作《テクニック》を身に付けていたことぐらいか。あとは、彼女が勤めている商社の前身が〈昭和通商〉関係者の再就職先《たまりば》で、〈蠅の街〉で改造された〈特殊娼婦〉たちの生き残りを〈上海×東京0ライン〉なる国際密輸組織経由で海外へ売り飛ばす裏稼業《ドルかせぎ》に手を染めていたことを、その密輸組織が〈国際ギャング団〉と対立していることを、数日前に朱雀との寝物語で聞いただけだ。憎悪と怨嗟に満ちた口調で。

〈鉛の卵〉から香名子の名前が出たことに、オレは少しだけ動揺したが、予言とは常に一方的で、眼前の金属塊が問いに答えることはない。

もっとも、テレビが訃報ばかり放送していた理由だけは判明した。〈鉛の卵〉が放送電波に干渉し、未来の知りたくもない訃報とすり替えていたのだ。

「魔銃〈ペンデルトーンズ〉ハ……スベテノ〈虚構〉ヲ撃チ抜キ、滅スル〈最凶最悪ノ魔銃〉……」

殺し屋の頂点に立つ〈夢幻螺旋ノ魔銃〉に勝つためには、すべての〈虚構〉を葬送する〈最凶最悪ノ魔銃〉が必要となる——。

オレは、半月前に戦った女の青白い尻を思い出した。敗者を抹殺《エリミネート》せず〈女郎蜘蛛ノ魔銃《ヒューリーズム》〉で脱出不可の呪術を刻み、〈殺し屋の墓場〉へ放り込んだ女——殺し屋〈No.2〉。

当座の目的は、執行猶予期間が終わった後に訪れる処刑人への復讐だが、次に狙うのは頂点《ひとつ》だ。

（……手に入れた〈No.2〉の座を元手に、〈No.1〉と戦うか？）

だが、殺人序列第一位の殺し屋に勝つのは至難の業だ。あの〈女郎蜘蛛ノ魔銃〉ですら、長いこと〈No.2〉に甘んじているほどの凄腕だ。

（……ならば、予言めいた言葉に従うも一興か？）

不安そうにオレの表情を見上げる〈翠〉とは対照的に、殺し屋〈No.6〉蓬莱樹一郎は笑っていた。

005

昭和三十七年八月八日

——港区新橋〈純喫茶・夜来香〉

田村町二丁目の純喫茶『夜来香』の外壁に巨大な龍が彫られているのは、『新橋亭《しんきょうてい》』という支那料理屋の支店だからだが、店内の作りはモダンで、一階から三階までエレベーター式のステージが上下しつつ、ハワイアンやタンゴのバンドが演奏する大仕掛けが売りであった。

そして、昼下がりにこの巨大な音楽喫茶を訪れた洋装の少女を待っていたのは、夏の暑さを無視したロングコートで装った、髪の長い妙齢の女だった。

「……こちらですよ。莉流《リル》さん」

莉流と呼ばれた赤毛の少女は言葉を返すことなく一瞥し、さっさと対面に着席した。呼ぶ声は優しいが、女の正体は〈蝿の街〉の実力者・朱雀だ。訪れたのも、失敗した殺人序列者《ランカー》〈No.6〉——蓬萊樹一郎の拘置報告書を受け取るためで、旧交を温めるほど暇ではない。

「……ところで、莉流さんでよろしかったですか？」

「副業の名前だけどね。でも、得物《ヒューリーズム》の名前で呼ばれても困るから、それでいいわ」

　処刑執行権を競り落とし、〈蝿の街〉へ拘置委託したのは、莉流——殺し屋ランキング第二位〈No.2〉だ。しかし、第九位を自称する仔犬を蓬萊の許《もと》へ送り込んだのは、彼女ではなかった。

「訊きたいのは、番付表に記されたばかりの〈No.9〉があんなもので、わたしの手紙と一緒に放り込まれたこと……」

「直接、〈魔人の眼〉で確認すれば、すぐに真相が分かると思いますよ？」

「それは無理ね。わたしの計画が水泡に帰してしまうから。それに、あなたも許さないのでしょう？」

「ええ……時が満ちるまで、処刑人の〈蝿の街〉への入場は禁じていますから」

　莉流が競り落とした処刑権は、次の満月まで処刑執行を猶予可能だが、猶予期間は〈組織〉が定めた場所——〈殺し屋の墓場〉へ拘置しなければならない。それ自体は当然の措置だ。処刑日時を満月の夜に限定していることとは別として。

　問題はこの先だ。〈殺し屋の墓場〉を所有／管理している〈蝿の街〉自治会は〈組織〉との間に、「処刑執行権所有者が囚人の拘置を行う場合、期限満了まで〈蝿の街〉への入場を禁じ、監視は自治会が行う」という業務委託契約を結んでいた。

　このため、莉流は蓬萊から隔離され、次の満月まででは処刑どころか、接触もできない。囚人は半死者として扱われるため、殺人依頼を上書きすることは禁じられ、殺し屋を差し向けることもできない。拘置報告書の詳細も〈蝿の街〉の外で、自治会幹部から直接、聞くしかないが——〈組織〉に所属してい

「……ところで、莉流さんでよろしかったですか？」

「副業の名前だけどね。
でも、得物の名前《ヒューリーズム》で呼ばれても困るから、それでいいわ」

る以上、規約は遵守しなければならない。

「困ったものね。この業務委託契約、思った以上に面倒というか……どうして、こんなことを取り決めたのかしら？」

「経緯は、わたしも知らないのですよ。今の仕事に就いた頃には、既に存在していましたから」

業務委託契約は十年ほど前に締結されたらしいが、〈将軍〉が特殊な記憶素子を脳へ組み込み、過去の記憶を封印してしまった今となっては、詳しい理由を知る方法はない。

だが、昭和二十七年に闇病院〈イレブン〉が壊滅した後、〈蠅の街〉にやってきて、残された〈特殊娼婦〉たちの延命手術を細々と行っていた老医者が〈将軍〉と呼ばれ、街の実力者として君臨するまでに至った権力基盤は〈組織〉との関係にあった。

「老化で揮発するよりは、記憶素子へ封じた方が良い……ということなんでしょうけど、死んでしまえば同じだと思いませんか？」

苦笑いを浮かべた朱雀は、莉流に同意を求めたが、彼女は興味を示さずにステージが下がっていく様子を眺めていた。〈組織〉を通さない殺人依頼はお断り――と言わんばかりに。

「それにしても、あの子……仔犬さんは誰が送り込んだのでしょうね？」

黙り込んだ莉流が口を開く気配はなかったので、朱雀は仕方なく、話の切り口を変えた。

「……本当に知らないの？」

「ええ。本当に知らないのですよ」

「なら……手紙と一緒に、木偶人形《まがいもの》……殺されるだけの無力な〈魔銃遣い〉を送り込んだのは、誰？」

朱雀と視線を合わせた莉流は無表情を装っていたが、口調は苛立っていた。

「蓬莱さん……〈No.6〉からは生活必需品の注文を受けておりますが、貴女《あなた》の呪いは強烈ですから、副作用を和らげるだけで精一杯です」

「……ふぅん。治療と称して、久しぶりの変態性交《アイ・ファック》を愉しんでいたのではなくて？」

「ふふ、妬いているのですか？」

「そんなわけ……あるわけないでしょう」

莉流は一瞬、淫蕩な表情を浮かべた朱雀を睨んだが、すぐに視線を外し、冷めた珈琲を啜った。

「夢の四馬路《スマロ》か、虹口《ホンキュ》の街か……莉流さんは〈組織〉の殺人序列者《ランカー》となる以前から、殺し屋として活躍されていましたが……」

朱雀は昭和二十二年《ディック・ミネ》の流行歌《はやりうた》を呟き、遠回しに訊いた。暗に「その時代から殺人稼業を続けているのでしょう？」と言わんばかりに。

「……どうでしょうね。〈旧十五区封鎖〉の時代は、崩れ果てた夢の街にいたから……」

問いをはぐらかすように首を傾げ、莉流は淋しげに微笑む。

「それに、その時代のわたしたちが、今のわたしたちと同じ存在とは限らない……とだけ言っておくわ。〈組織〉は鵺《ぬえ》のようなものだから」

殺し屋たちの組合《ギルド》——その実体は、年齢不詳の殺人ランキング第二位〈女郎蜘蛛ノ魔銃〉ですら、明確に捉えているわけではなかった。

「唯一、経緯を知っている女……〈孤影〉なら、手紙をすり替えるくらいのことは、造作もないわ」

表情を曇らせた莉流が、忌々しげに呟く。

「〈孤影〉さん、ですか……懐かしい名前ですね。小犬丸のおじさま……いえ、〈将軍〉がよく寝物語に話しておられました。残念ながら、わたしはお会いしたことがないのですが……」

「会っていたとしても、それが正しい姿とは限らないわ。もっとも、どれが正しい姿なのか、誰も知らないけど……」

〈孤影〉——殺し屋ランキング第一位の〈夢幻螺旋ノ魔銃〉を操る殺し屋〈No.1〉の通り名だが、もう長いこと、公の場に姿を現していない。昭和三十五年十月に社会党委員長の暗殺を請け負ってから二年近く経っているが、消息不明のままだ。

殺人序列者《ランカー》は四半期《さんかげつ》に一回以上、〈組織〉を介して殺人を請け負うことが義務付けられている。理由なく怠業《サボタージュ》が続いた場合は、失格者として賞金首となるか、高額な違約金を上納しなければならない。しかし、〈孤影〉は四半期ごとに違約金を払い、頂点に居座り続けている。

「あの女……〈孤影〉は殺人序列者《ランカー》の頂《トップ》にいるけど、〈夢幻螺旋ノ魔銃〉は、己が手を汚すことのない外道の銃なの……」

頂——すべての〈魔銃遣い〉に狙われる〈孤影〉が請け負う仕事を厳選し、姿を隠すのは当然のことだが、失踪状態が続く限り、戦う機会もない。だいたいの場合、挑戦者は仕事の前後——特に任務直後を狙うからだ。

莉流が〈孤影〉と戦うためには、あらゆる手段を駆使して彼女の情報を集め、戦いの場へ招き込むための仕掛けを考えなければならない——。

「現在の〈組織〉を作り上げたのは〈孤影〉だけど……組合《ギルド》は鵺のようなものだから、すべてを支配しているわけではないの」

殺人者たちの組合《ギルド》は、極めて自動的に管理されている。上層部すら存在しない、平等にして不可視の〈組織〉は、殺人序列《ランキング》による競争原理の導入を除いては、常に不確実性《リスク》を最小限に留めるように動く。だからこそ、戦後の混乱期を過ぎても、存在し続けている——。

006

昭和三十九年九月十日

——港区新橋〈矢ノ浦探偵事務所〉

（元〈彼岸島一家〉新條）

墓参りを済ませたおれは、御殿坂を下り、中野屋であさりとハゼの佃煮を買う。右手に和紙袋、左手に革製仕事鞄《アタッシュケース》の取り合わせは、傍から見れば奇妙だが、更に谷中銀座でメンチカツを頬張り、駒込千駄木町の電停から都電四十系統に乗る。

旧式の6000形電車は上野公園へ抜け、上野松坂屋を眺めながら中央通りを走る。終点の銀座七丁目電停で降りたおれは、汐留の新爆スラム跡を横目に見つつ、オリンピック間際の仕上げ工事で忙しい路地を歩いていく。

「久しぶりだね。風の噂では、府中にいると聞いていたけど……あと、少し老けたかな？」

開口一番——新橋の〈矢《や》ノ浦《うら》探偵事務所〉を訪れると、幼さが残るベレー帽の少年が部屋の奥から皮肉を言う。先代の助手だった頃から何度か会っているが、相変わらずだった。

「あんた、年齢不詳どころか……この十年、まるで変わっていないな」

「それは……褒め言葉なのかな？　ま、ヒラヒラした格好は苦手だから、仕方ないけど」

女らしい格好をすれば、成熟した色香を放つとでも言いたげなベレー帽の少年——矢ノ浦小鳩《こばと》は、男装の少女探偵だ。

昔、銀座四丁目電停の近くにある〈ルパン〉というスタンドバーで飲んでいたおれは、怪しげなトップ屋が闊歩する出版社系週刊誌の隆盛を私立探偵の黄金時代到来と思い込み、『週刊タンテイ』なる週刊誌の創刊を画策していた藤村泰造《ふじむらたいぞう》と高柳《たかやなぎ》淳《じゅん》之《の》助《すけ》から、そのことを聞かされた。

先代が隠居し、矢ノ浦小鳩が二代目所長に就任した直後——昭和三十三年のことだ。ちなみに、週刊誌の件に関しては、高利貸しの森脇将光《もりわきまさみつ》まで参入し、『週刊スリラー』なる週刊誌を創刊したが、あっという間に潰れた。高木《たかぎ》彬光《あきみつ》の『白昼の死角』という推理小説だけを残して。

（おれは、この古狸に騙されているのではないか？）

当時のおれはそう思ったが、藤村は更に続けた。

《丸山明宏《メケメケ》なる、妖しい輩が出てくる時代じゃからな。その逆がおっても不思議ではあるまい》

小鳩は端正な顔立ちだが、小娘ということを差し引いても、まるで色気を欠いている。その意味でも、丸山明宏とは逆だ。

《もっとも、わしの若い頃には水の江瀧子《ターキー》や川島芳《かわしまよし》子《こ》なんてのもおったが――》

水《みず》の江《え》瀧子《たきこ》なら知っている。日活のプロデューサーとして石原裕次郎を抜擢した中年女《オバサン》だが、戦前は松竹少女歌劇の男役で人気を博していた。

もっとも、おれが知っているのは、十年ほど前、水の江がマネージャーの兼松廉吉《かねまつやすきち》や鶴田浩二《つるたこうじ》と芸能社を経営していた頃、鶴田が山口組興行部との諍《いさか》いから三千万の負債を作り、〈彼岸島一家〉も債権回収に駆り出されたからだ。結局、兼松が鎌倉・稲村ヶ崎の防空壕跡で青酸カリ自殺し、詫びたことで沙汰止みとなったが。

考えてみれば、おれと〈矢ノ浦探偵事務所〉の縁も、この事件から始まっていたのだが――。

閑話休題《それはさておき》。

「あんたの言う通り、おれは府中刑務所で服役中だ。厳密に言えば、おれを演じる〈まがいもの〉だが」

小鳩に新しい仕事を訊かれたおれは、乾いた笑いを浮かべている――。

「……なるほど。〈彼岸島一家〉を破門されたと聞いたが？」

「別にたいしたことじゃない。〈兄貴〉はもう、丸太を担がないからな。代わりに担いだ退屈な神輿は肩に喰い込み、背骨まで砕いていくだろうな」

淡々と呟いたおれは、〈銀座の虎〉の傘下に入った〈彼岸島一家〉が、任侠団体連立構想《パトリオットイズム・ユニオン》の瓦解から、衰退しつつあることを知っていた。地下のカジノモドキを作って稼ぐ程度の知恵はあった〈兄貴〉も、結局、経済ヤクザ《ビジネスマン》としては二流止まりだった。

そして、おれは〈彼岸島一家〉の全盛期と思い込んでいる／思い込みたい〈旧十五区封鎖〉の時代を懐かしんでいた。

舞い戻った〈東京〉で出会った、ロイド眼鏡に飛行帽の与太者――〈兄貴〉は、鶴田浩二のように〈特攻くずれ〉を自称していた。本当にそうだったのかは分からない。戦後、男を売る稼業の者たちが好んで使う箔付け――経歴詐称だったからだ。

実際――鶴田も大井海軍航空隊の整備科予備士官で、死地へ向かう特攻隊員を見届ける立場だった。だが、喧嘩では「ドスは持たない――丸太だ！」という矛盾に満ちた啖呵と共に、常に先陣を切っていたから、誰もが〈特攻くずれ〉だと信じた。

かくして、新爆異能者へ覚醒することもなかった十人足らずの弱小愚連隊《おれたち》は、〈旧十五区封鎖〉の一年間を生き延びた。鬼神の如き高位異能者と遭遇しなかった幸運もあったが、丸太を振り回しては突撃を繰り返す狂戦士《バーサーカー》の背後から、確実に狙撃していく連携技《コンビネーション》は予想外の戦闘力を発揮した。

封鎖解除後もいくつかの闘争を繰り返し、赤坂の一角に小さな縄張りを確保した愚連隊が〈彼岸島一家〉の看板を掲げたのは、配給食糧しか喰わなかった杓子定規の判事が栄養失調で死んだことを新聞が報じた日――昭和二十二年十一月四日であった。

ささやかな領土ではあったが、誰もが掲げた看板を誇らしく思っていた。「おれたちはついに砦を築いたのだ」と。〈夢の砦〉を現実にしたのだと。

しかし、手に入れた安寧に微睡んでいるうちに、猛者たちのタマシイもゆっくりと腐敗していった。血飛沫を求めてぐるぐると瞳孔を回していた〈兄貴〉ですら、どんよりと曇った眼球で札束を数えるようになっていた。

いつしか、おれは常に不機嫌な表情を浮かべ、その表情がゴム仮面のように張り付いていることを自覚していた。自分自身のタマシイが腐っていく臭いを常に嗅ぎ続けていることも自覚していた。

おれはヤクザの分際で実存主義者と化し、組の躍進に背を向けた。昭和三十六年九月――何度目かのお勤めをひっそりと終え、それでも腐敗していく精神を賦活する術はないものか、と苛立っていた。

　そして、毛色の違う博打を探してカジノモドキへ迷い込んだ仔猫《リル》——ひどく気まぐれで危なっかしい性悪猫《ヒューリーズム》と出会った。室戸岬で暴れ回る巨大台風《ナンシー》をラジオが報じていた、ひどく鬱々とした夜だった。

（あの夜から、二年……深い闇の底《ダーク・ボトム》を這い出したおれは、ひどく乾いている…）

　欠けた気分は、喉の渇きに似ていたと思う。

「それでは、久しぶりの依頼を訊こうか」

「ああ……そうだったな。あんたに頼むのは、久しぶりだ……」

　疑り深く覗き込んでくる眼鏡の助手が差し出した煎茶を啜った新條は、意識を現在へ引き戻した。

「依頼は、うちの殺人ランキング第二位だった——〈女郎蜘蛛《ヒューリーズム》ノ魔銃〉を殺した〈魔銃遣い〉の顛末だ」

「ふむ。仇討ち《リベンジ》かい？」

「復讐など、水に名を記すようなものだ。おれが知りたいのは、結末へ至った状況と経緯だけだ」

「なら、話は早い……〈女郎蜘蛛ノ魔銃〉を殺した〈灼熱獄炎ノ魔銃《ペンデルフォイヤー》〉はそのまま消息を絶って二年だ。今となっては、夢幻《ゆめうつつ》の住人——この世界にいるのかどうかも判然としない」

「……それは知っている。現在の〈No.6〉はおれなのだからな」

　殺し屋の末路を改めて聞いた新條は退屈そうな表情を浮かべた。昭和三十七年夏——〈No.2〉を倒した〈No.6〉はそのまま失踪し、失格者として〈組織〉から殺人宣告を受けていた。

　だから、最新の番付表に〈灼熱獄炎ノ魔銃〉の名は記されていない。現在の殺人ランキング第六位は、この男——新條だ。

「私が知る〈女郎蜘蛛ノ魔銃〉は、赤毛の少女の姿だったが……ひょっとして、恋人だったのかい？」

「死んだ女を追いかけて〈魔銃遣い〉になった、とでも言うのか？」

　呆れたような口調で新條は答えたが、退屈そうな表情に険しさが紛れ込む。わずかに眉が動く程度の微量だったが。

「そう言えるほどの繋がりも、交歓もない。おれが〈底なしの底〉を覗き込んだ理由の一つではあるが」

「ふむ。〈組織〉の殺人序列者《ランカー》が、探偵に依頼するというのも、奇妙な話だね。

　……いや、前にも一度あったかな？」

　微妙な事情は察していたが、小鳩は軽口を交え、容赦なく訊いた。

　念のため——この会話に於ける〈組織〉とは〈彼岸島一家〉ではなく、殺し屋たちの組合《ギルド》だ。殺人依頼遂行用の情報は〈組織〉への申請で入手できるので、〈矢ノ浦探偵事務所〉が代表幹事を務める〈帝都探偵組合〉の私立探偵に〈組織〉の〈魔銃遣い〉が依頼することは、極めて稀だ。

「〈組織〉内の序列争いなら……内部から情報を得ることはできないのかい？」

「届いたのは、過去の番付表と通達の写し《コピー》だけだ」

だが、新條が所属している〈組織〉は、それ以上の情報開示請求を行うべき相手——管理者や上層部が可視化されていない。

　そして、個人事業者の互助会とはいえ、管理者がまったく見えないことを奇妙に思っていた。最初は《新入りの下位序列者《ランカー》だから、接触できないのか？》と考えたが、いくつかの仕事を請け負い、番付が上がっても、組織図が可視化される気配はなかった。断片的な情報しか知らない連絡係《したっぱ》と、殺人序列者《ランカー》を管理する制度《システム》と規則だけが、殺し屋たちの〈組織〉を構成していた。

「……だから、真相を知りたければ、探偵だと考えた。餅は餅屋だとな」

「なるほど。合理的ではあるね。それに、浮気調査よりはマシな仕事だ」

　小鳩は含み笑いと手元の帳簿を放り出す動作で応

えたが、やっぱり、新條の表情に変化は無かった。

「あんたへの依頼は、後日談の確認ではない——知りたいのは過去へ戻る道だ」

「過去へ戻る道？　困ったな。時計の針は戻らないからね……」

　淡々と話す新條に、小鳩が困惑の表情を浮かべたのは、質問の内容だけではなかった。現在の新條は、矢ノ浦小鳩が高位異能者に匹敵——いや、それ以上の何かであることを見抜いていたからだ。以前の新條が異能に対して、あまりにも鈍感だった——とも言えるが。

　何にしても、〈魔銃遣い〉が探偵——それも、矢ノ浦小鳩に依頼した時点で規格外の依頼になるのは、当然のことだ。

「覗き込む術《すべ》はあるけど、ほとんどは似て非なるもの……〈虚構の原風景〉に囚われるだけだよ？」

「可能なら、おれ自身の眼で過去を覗きたい」

　新條は煙草を燻らせ、続く回答を待っていた。

　仕方なく、机の中から取り出したのは、昭和三十七年十二月の事件記録——蓮見隼太の一件だった。

〈虚構〉からの侵略者——〈虚構の原風景〉を覗き込んだ隼太は、記憶と欲望から仮構された過去を経路として、先に呑み込まれた姉の香名子《かなこ》が抱いていた妄念——仮想空間へ辿り着いた。

　続きのない夢の中で〈虚構〉そのものに成り果てた香名子が隠していた性的欲望——〈底なしの底〉まで覗き込んだ隼太は〈最凶最悪ノ魔銃《ペンデルトーンズ》〉に取り憑かれ、世にも珍しい〈魔銃探偵〉と化した。

　侵略対象——適格者の記憶領域に仮想空間を構築する〈虚構の原風景〉の性質上、対象が関わっていない過去を映し出すことはない。よって、新條の脳髄に〈虚構の原風景〉が潜り込んでも、〈女郎蜘蛛ノ魔銃〉殺害の現場へ辿り着くことはない。

「君は〈底なしの底〉まで覗き込んでいるのだろう？　それでも……本物の過去を覗き込みたい、と？」

「そうだ。まがいものの過去を覗き込む術なら知っている。

あんたには〈魔銃〉が視えているはずだからな。不可視の鎖《ゴーストチェーン》でおれと繋がっている〈魔銃〉が……だが、〈魔銃遣い〉が知っているのはそれだけだ。あとは撃ち込む術《こと》しか知らねぇ」

〈底なしの底〉を覗き込んで〈魔銃〉に取り憑かれた者が〈魔銃遣い〉となる。

その意味で〈魔銃〉は〈虚構〉の産物と言える。

「……自分自身の感覚器《めだま》で直接、覗きたいから、探偵の技を教えてくれ、と？　探偵に覗いてもらうだけでは満足できないのかい？」

「そういうことだ。名探偵《あんた》なら、〈組織〉が隠している真相まで覗き込むこともできるだろう。だが、おれはこの眼で現場を覗き込みたい」

「まったく、図々しいね」

臆面もなく頷いた新條に呆れつつ、小鳩は腕を組み、少しばかり考え込むふりをした。

「幽冥の場所――〈都市の特異点〉を介して、過去の有機物に記憶情報――タマシイを転移することは可能だよ。でも、そうそう都合よく、成人男性型の依代があるかな……」

新型爆弾投下による呪詛拡散は時間と空間のねじれを作り出し、二十年近く経過した現在も〈東京〉には〈都市の特異点〉と呼ばれる場所がいくつか存在している。それを利用すれば、記憶――タマシイだけは過去へ遡ることが可能だ。

しかし、憑依可能な肉体が存在していたことを確認しなければ、幽霊と成り果て、過去の世界を彷徨い続けることになるだろう。空白の肉体があったとしても、人間型ではない／人間型であっても脳髄の精度が低ければ、身体を動かすことすらできない。

「タマシイのない人形を作り出す技術は、むしろ、君の〈組織〉が得意としていることだからね。余っているなら、教えて欲しいくらいさ」

小鳩は〈組織〉が、人工魂魄《プログラム》で駆動する人造人間《ホムンクルス》――〈まがいもの〉を送り込み、服役中の新條とすり替えたことを揶揄したが、当の本人は「……何処にあるんだろうな」と呟くだけであった。

「肉体ごと過去へ運ぶことは……難しいのか？」

「可能だけど、お勧めはしないな。発動条件が厳しい上に、途中で〈虚構〉に喰らい尽くされる危険性《リスク》が高いからね」

「……〈魔銃〉を手にした時点で、おれは〈虚構〉に取り憑かれているのだろう？」

「覚悟の上なら、止めやしないけど、現在へ戻る可能性がないよりは、あった方が良いだろう？」

目的を達成した後、何処へ向かうか——新條はまったく考えていなかったが、特に思いつくこともなかったので、小鳩の意見に従うことにした。

「ところで、君が覗いた〈底なしの底〉は、どうだったのかな？」

「どうだった？　どうだろうな……」

さらりと答えた新條は、机上の書類にサインし、正式に依頼した。案件は『〈女郎蜘蛛ノ魔銃〉殺人現場見学と時間移動の手引』と名付けられた。具体的には、過去を覗き込む方法——過去へ記憶情報《タマシイ》を転移するための依代の確保と、転移に必要な特異点の調査を行い、報告書として受け取る。

「調査結果は、何処へ届ければいいのかな？」

漂えど沈まず——府中刑務所で規則正しく演じている人造人間《まがいもの》に気を遣っているわけではないが、組を破門されたこともあり、気分次第で都内を転々としていた。

「〈グリーンパーク〉で石蕗《ツワブキ》が投げる試合は、だいたい観ている。今は外野席から眺めるだけだが、球場が工場だった頃は同期の桜だったからな」

「なるほど、国鉄スワローズはそろそろ消化試合だけど、彼は金田天皇《カネヤン》に次ぐ、切り札《クローザー》だからね」

エースの金田正一なら、抑え投手の助けを借りずに完投するかも知れないが、昨年、球界復帰を果たした石蕗三四《さんし》郎《ろう》は救援投手《リリーフ》陣の大黒柱だ。早々に大敗しなければ、終盤に投げる確率は高い。

「今季、〈グリーンパーク〉での国鉄スワローズ戦は残り二試合。明日は無理としても……最終戦で届かなければ、諦めるさ。オリンピックの間は〈東京〉にいたくないからな」

「ふむ……オリンピック疎開かい？」

「ヘリコの翼渦干渉《ローターノイズ》……あの音は、ムスタング《ノースアメリカン》の機銃掃射を思い出すんでな」

傷だらけの革製仕事鞄《アタッシェケース》を差し出した新條は、扉の前でソフト帽を被り、背を向けた。

「ところで、殺人現場に居合わせることができれば、当然、介入することも可能だけど、その場合はどうするのかな？」

「そうだな……その時に考えるさ」

ジュラルミンの内板で補強し、ドスや銃弾にも耐えてきた頑丈な鞄には大量の現金《ゲンナマ》が入っているのだろうが、小鳩は中身を確認せず、代わりに受け取った〈博士〉は予想外の重さに驚いた。そして、新條はゆっくりと階段を下りていく――。


「大丈夫ですか、小鳩さん？　あのひと、普通の人間ではないですよね……」

残された鞄と和紙袋を眺めつつ、険しい表情を浮かべた〈博士〉は、〈矢ノ浦探偵事務所〉を去った新條の素性を怪しんでいた。

「平々凡々《ヤクザ》のまま、朽ちていくと思っていたが……殺人序列《ランカー》者に成り果てるとはね」

小鳩は古馴染みの依頼人だと説明したが、助手である〈博士〉は裏門の客とは面識がない。顧客名簿《リスト》には記されているが、先代《たろうじ》からの顧客は事務所を訪れず、別の経路《ルート》――裏門の客が多かった。

「まァ、覚醒したばかりで、出世には興味がないようだが……」

「明日の試合の次は、最終戦……二十三日のドラゴンズ戦になりますが、間に合いますか？」

試合ごとに刻々と変化し、数値化されていく人生だけを愛している、偏執的なプロ野球愛好者《ファン》は、シーズン全試合の日程を記憶していた。

「一晩あれば、すべて解けるさ。難しいのは匙加減……すべてを伝えるかどうか、でね」

　手元の資料を繰りつつ、軽い口調で答えた小鳩は、更に一拍置いて付け加える。

「でも——今日はもう、飲みに行くことにするよ。一年前から眠っている方の色男を、そろそろ起こす頃合いでね。銀座の〈ルパン〉だけど、術の布石を打つから、連絡は取れないと思う」

「ああ、氷室さんの件ですか。最近《こちら》の〈七つの顔の名探偵〉は、すっかり女性に手慣れてしまって、本物の色男になってしまいましたけど」

　昭和三十八年九月四日に酔い潰れてから、夢の中で惚れた美少女の尻を延々と追いかけて、不可視の存在に成り果てた色男——氷室卓也は、次の満月の夜、やっと悪い夢から覚める。

「真面目な青年をからかって玩ぶのは、〈蓮音《あいつ》〉の悪い癖だ……」

　書類袋を手に取った小鳩は乾いた笑いを浮かべる。

「同じ時間にタマシイどころか、肉体まで同一存在——氷室卓也が二人いることは、あまりよろしくないことですから……」

「おかげで、事件から一年後の私……現在の私が申し送りで起こしに行く、と」

　これから、ねじれた空間の中で延々と眠り続けていた氷室卓也に気づかれないよう、元の時間——昭和三十八年九月へ帰し、事件の途中で帰らざるを得なかった一年前の矢ノ浦小鳩には、〈甲〉の魂魄が戯れに起こした事件の報告書と一年後の作業依頼書を郵送しなければならない。

「東京タワー《六百六十六メートル》のてっぺんで浄化装置を演じ続けることが、ひどく退屈なのは分かるが……」

「でも、小鳩さんも他人のことは言えないですよ？　真面目な青年《ハヤタさん》に〈異界眼鏡〉を渡して、〈魔銃探偵〉に変えてしまったんですから」

「そう言えば、そうだったな」

　宝貝の技術で作った特殊偏光眼鏡を介し、〈虚構の原風景〉に囚われた姉——蓮見香名子が隠していた真相を覗き込んだ蓮見隼太は、彼女に殺意を抱き、〈最凶最悪ノ魔銃《ペンデルトーンズ》〉に取り憑かれた。

（男たちの〈道《タオ》〉——運命をぐにゃりと歪めていく）

（まったく、とんだ〈運命の女《ファム・ファタール》〉だ）

ろくでなしの可愛くてお節介な天使——てっぺんから男の純情を盗んで玩ぶ、〈流星〉のような長い黒髪の怪盗少女《スピードスター》なら納得もするが、小柄で平坦な少女探偵には似合わない役回りだ。

「そういえば、次の満月の夜は——もうひとり、過去からの来客と会う用事もあるな……」

　わずかに溜息をついた小鳩は、愛車であるベスパ125〈流星号〉のエンジンを回し、歩いても十五分とかからない銀座四丁目電停のあたりまで、ゆっくりと走らせた。

「確か、失敗した殺し屋……〈蓬莱樹一郎〉の名を勝手に使っている〈魔銃遣い〉だったかな……」

007

昭和三十九年九月十日

——台東区上野公園〈西郷会館／聚楽台〉

「あんた……線香臭いぜ？」

「し、仕方ないだろう……今日しかなかったのだ」

　座っていても長身の女——〈01〉は、眼前の青年が浮かべた苦笑いを直視することができなかった。背の高い自分と、青年が横に置いているギターケースが周囲の視線を集めてしまうことを、彼女はいつも気にしていたが、今日に限っては、タイル画で彩られた壁面といい、店内中央に設けられた噴水といい、和洋折衷の仰々しい内装に紛れている。

「それは……美味しいのか？」

「悪くない。種物のバラエティには富んでいるし、腹一杯にはなるぜ」

青年が食べていたのは、微妙に奇妙な丼物であった。薩摩芋の天ぷら、豚の角煮、薩摩揚げ、鳥そぼろ、明太子、温泉玉子、ほうれん草という七種の具材がいまひとつ調和しないまま、白い飯の上に並べられているが、〈西郷丼〉と称しているこの丼物は上野百貨店二階――聚楽台《じゅらくだい》の名物であった。

その様子を伏し目がちに見ながら、〈01〉はスパゲティ・ナポリタンをフォークを回して絡める動作を繰り返していた。父親の墓参りと恋人との逢引《デート》を同じ日にまとめたことは、不謹慎な上に無理があると分かっていた。東京オリンピックを翌月に控え、宿敵〈国際ギャング団〉の活動も活発になっている状況で非番日《ホリデイ》を確保すること自体、極めて困難だったのだが、青年がこの日の夕方から旅に出ると言い出した。結局、地方からの上京客御用達《おのぼりさん》である、上野駅前の聚楽台で落ち合うことになった。

「貴様は……腹一杯にさえなれば、なんでも良いのだろう？」

「そうは行かないさ。もう、そんな時代はとうに終わっている。仕事は断りにくいが、代金を払う立場なら、選ぶことができる……」

確かに、敗戦直後の苛烈な食糧難が嘘のように、現在の都市には食が溢れている。戦時中の外食券食堂は〈都〉指定の民生食堂を経て大衆食堂になったが、この店のように、和食、洋食、中華――すべてが揃った巨大食堂《レストラン》も当たり前になりつつある。

「それなりに稼げば、それなりに美味いものが喰える……良い時代だ」

「なるほど、ずいぶんと稼いでいるのだな……稼いでいるから、勝手気儘な旅に出るのだな……津々浦々の名物を食べ歩き、津々浦々の美人と浮き名を流すのだな……旅の恥はかき捨てなのだな……」

「……いくらなんでも、そこまで気楽な御大尽《おだいじん》じゃないぜ？」

ほんの一瞬――青年は箸を止めた。まるで少女のように頬を膨らませて拗ねる〈01〉は妙に可愛かったが、続く台詞はいまいち思いつかない。

「暇を持て余してフラフラしている〈渡り鳥〉に、私の苦労は分からないのだ……」

「そうでもないぜ。今度のオリンピックで〈東京〉への来訪者が増えれば……探偵《この》稼業も相当、忙しくなるからな」

上野駅前の風景――交差点の信号機が青に変化して、人々が蜘蛛の子を散らすように広がっていく様子を窓から見下ろしていた青年が答えた。

「忙しくなる前に、少しだけ流れ流されておかないと……また、葬り去ったはずの偽りの幻《まがいもの》に、魅入られちまうような気がするのさ……恥ずかしい話だが」

「……い、偽りの幻に魅入られる……だと？」

膨らませていたはずの頬が真っ赤になったのは、補助脳の干渉を受けない非番の脳髄が、昭和三十八年四月八日に訪れた、江東区白河の同潤会清砂通アパートメント〈十七號館〉での出来事を思い出していたからだ。特に、唇に触れた一瞬を。


「具現化した〈虚構〉を撃ち抜いて、本来あるべき時間へ葬送できるのは、俺の〈最凶最悪ノ魔銃《ペンデルトーンズ》〉だけだからな」

西郷丼を食べ終えた青年はギターケースに手をかけ、自信満々の口調で呟いたが、表情は醒めたままで、右手が〈魔銃〉へ変化することもなかった。

「旅に出るのは、旅の空から〈東京〉への愛着を確認するため……いや、あんたが生きている〈東京〉を守る準備作業《トレーニング》と言い換えるべきかな？」

「貴様はどうして、素知らぬ顔で恥ずかしいことばかり言うのだ！」

潤んだ瞳で睨んでいる〈01〉の恋人は〈帝都探偵組合〉の独立遊撃型私立探偵《フリーランサー・オペラティヴ》にして、唯一の〈魔銃遣い〉――〈魔銃探偵〉蓮見《はすみ》隼太《はやた》だった。

008

昭和三十九年九月十一日

——三鷹〈武蔵野グリーンパーク野球場〉

九月十一日——国鉄スワローズは〈武蔵野グリーンパーク野球場〉で中日ドラゴンズと戦い、一点差の接戦となったが、七回途中から登板した石路三四郎の好救援《セーブ》で逃げ切った。得意の快速魔球《スプリット》が冴え渡る石路が、七つのアウトすべてを遊撃手・広岡達朗《ひろおかたつろう》と二塁手・杉本正孝《すぎもとまさたか》への内野ゴロで奪うと、新條も矢ノ浦小鳩から書類袋を受け取った。

「ずいぶんと早い仕事だな」

「依頼人《きみ》はオリンピックの間、〈東京〉に居たくないのだろう?」

強い陽射しを避けるように、小鳩は帽子を目深に被っていた。

「そうなると、渡すのは今日しかなかったのさ。おかげで、久々に徹夜をする羽目になった」

「……そいつは、悪いことをしたな」

「では、私は先に帰るよ」

野球には興味がないのか、小鳩はすぐに踵《きびす》を返し、去っていった。受け渡しの一瞬、新條はわずかに小鳩の表情を見たが、眼が充血しているでもなければ、肌が荒れている様子もなかった。徹夜が平気な体質なのか、徹夜自体が嘘なのか。どちらにしろ、迅速な仕事に文句はない。

「それと、中野屋の佃煮《つくだに》、美味しかったよ」

「……それは良かった。本当は酒のアテにしようと思っていたんだが」

「ふむ。君は洋酒派だと聞いていたが?」

「ウイスキー《サントリーやニッカ》なら佃煮も悪くない。和洋折衷だ」

書類袋を懐に入れた新條は、試合終了後、退場していく観客たちに紛れ、裏手の雑木林へと向かった。暇があれば、〈グリーンパーク〉の隣接施設——入幡町の〈武蔵野ヘルスセンター〉で汗を流すことも考えていたが、書類を受け取ってしまった以上、〈組織〉の監視網を避ける必要があった。

　隠すように駐車していたスバル360の鍵を回し、多摩川沿いの河川敷へと向かった新條は、車内で書類袋の中身を確認する。中には〈女郎蜘蛛ノ魔銃〉の顛末を記した報告書《レポート》、〈すりかえ現象〉の方法を記した説明書《マニュアル》、〈都市の特異点〉に×《バツ》印が書き込まれた地図《マップ》が入っていた。

　代表的な〈都市の特異点〉は、江東区白河の同潤会清砂通アパート〈十七號館〉だと記されていた。

　解説文に目を通しつつ、新條は（満月の夜にだけ出現する流浪性建築物ならば、肉体ごと過去へ運ぶことも可能でないか?）と考えたが、その疑問を見透かしたように、小鳩は付け加えていた。

《この特異点は〈虚構〉の過剰な影響下にあるため、侵入者の大半は肉体を分解され、妄執だけの霊体《ゴースト》と成り果てている。私が知る限りでは、〈矢ノ浦探偵事務所〉から派遣した〈魔銃探偵〉と、彼に救出された仔猫ちゃんを除いて、肉体を保持した状態で脱出した者はいない。肉体まで保持している生活者――アパートメントの住人も、現在、男女二名しか確認されていない》

　考えてみれば、清砂通の同潤会アパートは十六號館までしかなかった。界隈の住人たちがまだ、旧地名の深川東大工町に拘っていた時代――昭和二十年三月十日の東京大空襲までは。

（いつの間にか、この世に紛れ込んでいた）

　更に新條は、説明書と地図を見比べていく。

　危険度が低いとされていたのは、銀座四丁目電停の近くにある古ビル《ルパン》だったが、〈女郎蜘蛛ノ魔銃〉の顛末の現場とされる場所にも、×印があった。

《満月と同時に〈都市の特異点〉で発動する〈モスビー効果〉による〈ホーナー現象〉が、俗に〈すりかえ現象〉と呼ばれているのは、対象となる存在を時間や空間を隔てた存在とすり替えるからだが、これを利用すれば、過去の依代へ記憶情報《タマシイ》を転送し、別個の存在として行動可能と思われる。なお、この現象に遭遇するのは大半が潜在的異能者だが、既に異能を発現している魔人――たとえば、〈虚構〉に魅入られた〈適格者〉も含まれている》

以上の説明文の後に、具体的な転移方法が記されていたが、それはいくつかの仮説を組み合わせたものので、実例はない。しかし、新條の思考は、実例がなかったことへの不満ではなく、発動条件にまつわる因果へ向けられていた。

「なるほど、早い仕事だったのは、そういう理由だったか――」

次の満月は九月二十二日だ。その次の十月二十一日は、東京オリンピックの真っ最中だ。

「もっとも、これで〈グリーンパーク〉の最終戦を観ることもできなくなっちまったな」

二十三日の中日ドラゴンズ戦を除くと、首都圏での国鉄スワローズの試合予定は、明日と明後日――後楽園球場での対巨人二連戦だけだったが、野球観戦のために都心へ向かう意欲は、もう湧かなかった。〈組織〉経由で請けている、いくつかの依頼を片づける必要があったからだ。次の満月までに。

009

昭和三十七年八月八日

――江東区南砂町〈蝿の街／殺し屋の墓場〉

「朱雀さんだったら、神様さんがだれだかわかると思うの」

そんなことを言って、いつの間にか〈殺し屋の墓場〉を抜け出していた〈翠〉が、枯れた色の長い髪――朱雀を連れてきた頃には、陽が沈みかけていた。

「おそらく――この予言機械は戦時中、満州で試作《コピー》されていたものでしょうね」

「予言機械、だと？」

〈翠〉が神様と勘違いしている巨大な〈鉛の卵〉と朱雀の両方に、蓬萊は訝しげな表情を向けた。長い髪で左眼を隠している女は、この街で〈将軍〉と呼ばれている老人の秘書と古道具屋が表の稼業だが、鑑定結果は裏の稼業に属していた。

「はい。電子計算機の一種ですね」

魔力付与《エンチャント》した武具、暗器の類を調達する闇ブローカーの顔で、朱雀が語り出した。

電子計算機とは考える機械だ。特殊なタイプライターで作成した質問表《プログラムカード》を与えると、無数の真空管が人間の脳の代わりに思考する。複雑な数式計算でも算盤の熟練者より速く回答を出すが、考えることはできても、問題を作り出すことはできない。

「つーか……質問表を与えてねぇのに、動き出しやがったぞ……」

「はうぅ……神様さんにしちゅもんひょーは、はいらないよ……」

蓬萊と〈翠〉が同時に疑問を呈すると、朱雀は珍しくにっこりと笑って答えた。

「予言機械は《このレプリカも》自分で考えます。あらゆる主義主張《イデオロギー》や信仰の影響を受けず、誰からも独立した存在であるが故に、普段はどこか地下深くに埋もれていて、気まぐれに地上に現れるのです」

朱雀の話では、「殺された者の脳細胞を予言機械に繋ぐと、死人の思考を電子粒として再現することもできますよ」とのことだが、屍体の処理方法としては相当に悪趣味だ。

「最近、〈御多福会〉が血まなこになって探しているようですが、仮に彼らがこの場所にあることを知っても、どうにもならないでしょうね。いつ現れるかも分かりませんし、普通の人間が近づけば、磁場にアテられてあっという間に狂い死にます。わたしでも半日が限界ですから」

〈殺し屋の墓場〉が閉鎖区域となっている理由は、地下深くに眠っていた磁力兵器――もとい、予言機

「朱雀さんだったら、神様さんがだれだかわかると思うの」

械の影響で磁場が狂っているからだ。人外の異能を持つ魔人でなければ、生活の場とすることは困難だ。たとえ、外見が脳天気な仔犬であっても。

「一日ニシテ全人類ノ葬儀ハ終ワル……永イ時ノ経過ニ、幸運ガ生ミ出シタ一切……磨キ上ゲ、卓越セルモノ一切……スグレテ美シキモノ一切……偉大ナ王座モ、偉大ナ国土モ、一切ガ深淵ニ落チ……一切ガ一刻ニシテ滅ビユク……」

　不意に、しばらく沈黙していた予言機械が再び作動し、また呟いた。

「また、ずいぶんと不穏な予言だな……」

「確かに予言ですが、これは過去の予言です……古いセネカの予言詩です」

「予言ハ終ワリ……風ノ如ク、マタカヘリ来ム……」

〈鉛の卵〉は、銀座の有名服飾デザイナー・二《に》階堂《かいどう》卓也《たくや》のような台詞を残して沈黙した。他人の猿真似だけが得意な〈七つの顔の名探偵〉ではなく、小林旭が銀幕で演じているヒーローが吐くような、ひどく気障な台詞で。

　だが、蓬莱は知らなかった。この〈鉛の卵〉がもっとろくでもないものだということを。

　過去に同じ形状の予言機械《オリジナル》が、新京の関東軍司令部に顕現し、同じ台詞を呟いて沈黙したことを。

010

昭和二十年八月十五日

——京橋区銀座〈数寄屋橋〉

　新京では小犬丸と呼ばれていた老人が、未曾有の混乱の中、百万邦人を見捨てて辿り着いた〈東京〉は白い荒野と化していた。一足先に帰国した息子夫婦と孫と友人の行方は知れず、独り、廃墟を彷徨い続けている。耳を澄ませても、聞こえるのはかすかな呻き声と遠くで啜り泣く声だけだ。

「熱い泪も故国に着けば、嬉し泪と変わるだろ……と思っていたんじゃが……な」

春——新京の関東軍司令部に顕現した予言機械が告げたのは、ソ連参戦と満州国の崩壊、〈東京〉へ降りかかる新型爆弾の災厄、敗戦後《これから》に流行るらしい田端義夫の歌。そして、世界最終戦争の本当の切り札にして、すべてを撃ち抜く〈最凶最悪ノ魔銃《ペンデルトーンズ》〉——。

「夢幻螺旋の嬢ちゃん《ナインテイルズ・フリークアウト》は信じたが、わしは……信じなかった」

「……あんたも、古い嘘を信じ続けた末に、すべて失ったのかい？」

小犬丸老人の呟きにぴくりと反応した見知らぬ浮浪者は膝を抱え、橋の欄干にもたれ掛かっていた。

皮膚の大半は塩化現象で白くなり、痩《こ》けた頬がぽろぽろと崩れかけている。

「おれは思うんだがね、あんたたちはそろそろ、すてきな新しい嘘をたくさんこしらえなきゃいけないんじゃないか？　でないと、みんな生きてくのがいやんなっちまうぜ」

数秒前まで浮浪者だった塩の柱はそう言い残し、あっけなく崩れ落ちた。

「すてきな新しい嘘……か。残念ながら、まだ調整が終わっていなくてな……」

老人は外套から小さな観音像を取り出したが、輝き出すのはもう少し先のことだ。

昭和二十年春——新京特別市大同大街関東軍司令部の地下では、ナチス・ドイツの〈古代遺産協会《アーネンエルベ》〉から来たポール・ベルンシュタイン博士の薫陶を受け、不合理で奇怪な魔術的科学《オーバーテクノロジー》を奉じる技術者たちが、石原莞爾が唱えた『世界最終戦論』を現実化すべく、決戦兵器の開発を行っていた。

当のベルンシュタイン博士は登戸研究所に招かれ、本土へ異動していたが、残された弟子たちは時間と空間を科学と呪術で歪め、俗世と切り離した人工異界の研究室で、現代科学の領域を軽々と踏み外した奇妙奇天烈な実験兵器を作り続けていた。

　そして、大陸の神仙〈孤影〉の協力を得た彼らは、兵器人間《ウェポノイド》で構成された異能実験部隊《ブーステッドマンズ》を作り上げ、より高位の神仙〈蓮音〉捕獲にも成功していた。

　神仙の膨大な神通力を制御するため、異界の研究室で〈蓮音〉の現身を切り刻み、魂魄を〈甲・乙・丙〉へ分割した一瞬——予言機械が起動した。

　もっとも、顕現の一瞬——予言機械がすり替えた時間と空間に存在することを許されたのは、軍医の老人とその友人だけであった。

　研究員の大半は人工異界の研究室から排除され、俗世の地下室へ強制送還されたが、塵芥のように分解されたまま、時間と空間の狭間に漂い続ける不運な者もいた。

　遅れて俗世へ帰還した老人と友人は、予言の真偽を図りかねていたが、六月——ドイツ降伏後の関東軍司令部が満州国の中立化を条件に、ソ連へ和平調停の斡旋を依頼する最後の賭けに出た時、友人は予言機械の託宣に従うよう、老人に告げた。

　だが、〈東京〉へ降りかかる新型爆弾の災厄だけは信じなかった。二人とも。

　八月六日——広島へ投下されたことで、この予言だけは誤差が生じたのではないかと錯覚したのだ。

011

昭和三十七年八月八日

——千代田区有楽町〈日活国際会館〉

　朱雀との会談を終え、新橋の〈夜来香〉から日比谷の日活国際会館へ戻った莉流は、エレベーターに乗り、日活国際ホテルのロビーに現れた。

　ビルの六階から九階を占めるホテルの大広間では、昭和三十五年十二月二日——石原裕次郎と北原三枝の結婚披露宴が盛大に開かれ、四百人の招待客と二百四十人の報道陣でごった返していたが、平時のロビーは多種多様な連中がうろついている。

著名人、成金紳士、外国人観光客——彼らの金に群がる有象無象。戦前からの老舗である帝国ホテルと違い、親会社である日活の映画撮影にも使われている新興のホテルは寛容で、莉流も定宿とするほど気に入っていたが、それにしても不似合いな姿がロビーの片隅にあった。

一張羅《スーツ》は着ているが、赤いテンガロンハットに長いもみ上げの、ひどく下品な装いの男は〈比治山〉の通り名で、この界隈をうろついている与太者だった。彼は宿泊客から電話注文を受け、未だ〈蠅の街〉に潜んでいる特殊娼婦の生き残りを淫売宅配車《プッシーワゴン》で運ぶ、夜の手配師——女衒《ぜげん》であった。

限りなく無理難題に近い——規格外の変態嗜好《アブノーマル》に適合《フィット》する特殊娼婦を調達しなければならない〈比治山〉の淫売宅配車は、ほとんど外国人相手の商売で、こうして毎晩、都内の有名ホテルを巡回しつつ、注文通りの女体を配達していた。

「商売繁盛、と言ったところね」

「ふん、リルかァ……白豚どもの生き血を啜り、精と金を搾り取る高級娼婦様《サキュバス》が何の御用で？」

右眼を真っ赤な眼帯で覆っていた〈比治山〉は、ひどく不機嫌だった。職業柄——性病絡みの眼疾を患ったようにも見えるが、莉流はつまらない喧嘩で負傷したことを知っていた。そして、朱雀から受け取った行動観察記録は正確だと感心した。

「黄色い豚に言われたくはないわ。あと、やりすぎると朱雀の情夫《イロ》に殺されるわよ……♡」

「余計なお世話じゃ、この糞袋がァ……！」

〈比治山〉は声を荒らげて牽制したが、莉流の歩み《ステップ》は左の眼球だけでは追い切れない死角から、すれ違いざまに左のデリンジャー型魔銃《ヒューリーズム》から飛び出した〈女郎蜘蛛の足《スパイダーレッグ》〉が的確に頸動脈を刺し、微量の呪詛毒を注ぎ込んだ。それは一瞬の早業で、誰の視界にも捉えられることはなかった。

「ンガァ……ッ……」

呪詛毒はすぐに脳髄へと達し、顔面蒼白になった〈比治山〉がわずかに呻く。

しかし、それもまた一瞬であった。

「あの女……〈夢幻螺旋ノ魔銃《フリークアウト》〉ほど、精密に操れはしないけれど……」

すぐに全身の筋肉が彫像のように硬直し、肩を怒らせたまま、その場に立ちすくんでいる。左の眼球は激しく血走っていたが、豚のように太った顔からは表情が失われていた。

「わたしの女郎蜘蛛はねえ——欲望を歪めることは得意なの……♡」

一張羅《スーツ》の下の屹立は硬直し、激しく脈打っていたが、勃起中枢《エレクション・ナーブ・センター》と繋がっている神経回路は呪詛毒で強制操作され、完璧な射精管理《イジャキュレーション・コントロール》が施されていた。

陰茎《ペニス》から睾丸、更に脊髄を駆け上がっていく甘美な疼痛が、これまで体験してきたどの拷問よりも、男の精神を蝕んでいく。

過剰性欲——己が欲情の奴隷と化した男は、生来の仄暗くいびつな性嗜好《フェティシズム》を具現化すべく、自動的に駆動していく。

強迫観念——だが、浮かび上がる幻影《イメージ》はあらかじめ操られ、〈女郎蜘蛛の足〉が脳髄に刻み描いた猟奇的無惨絵の女を求めていく。

失敗した殺し屋の運命へ間接的に干渉するため、莉流は〈比治山〉に女郎蜘蛛の呪い——過剰性欲と強迫観念を植え付けていた。

012

昭和三十七年八月八日

——江東区南砂町〈蝿の街／殺し屋の墓場〉

「ずいぶんと仲が良いんですね」

　無表情に呟く朱雀を、蓬莱は〈殺し屋の墓場〉と外部を繋ぐ地下道まで見送っていた。とっくに子供は眠る時間であったから、ベッドに腰かけて微睡んでいた〈翠〉を放置して、このまま連れ込み宿の〈十三号室〉へ歩いていくことも考えたが、残念ながら、特異な性交《アイ・ファック》を愉しむ気分ではなかった。

「……嫉妬しているのか？」

「少し。でも……むしろ、心配しているのかも知れませんね。子供が純粋で美しいなんて……そんなものは田舎者の俗情に過ぎませんから」

「そうだな……この世に純粋《プリミティヴ》で美しいなんてものは、滅多にありゃしねぇ。大半は馬鹿で可愛い——の間違いだ」

　蓬莱が朱雀の意見に同意したのは、〈翠〉への嫉妬というよりは、濡れた仔犬の一匹すらひり出すことのない〈からっぽの空白〉——朱雀自身の焼かれた子宮を呪っているように思えたからだ。

「可愛いのが一番ですよ。美しさなんて……儚い夢ですから」

「奇妙なことを言う……可愛さだって、儚い夢だろうが——」

「そうですね。この世の花はすべて、咲いては枯れてしまいますから。蕾のままでいることができないように、可愛い仔犬もすぐに成長してしまいますから……」

　謎めいた言葉を残し、別れを告げた朱雀に背を向け、蓬莱も〈殺し屋の墓場〉へ戻っていった。

　だが、莉流が〈比治山〉に仕掛けたように、朱雀もまた、自分を呼びに来た〈翠〉に暗示——ほんの少しの呪詛を仕掛けていたことを、蓬莱は知らない。もっとも、莉流の派手な仕掛けと違い、慎重に布石を重ねる、ささやかな催眠術だったが。

013

昭和三十九年九月二十二日

――江東区南砂町〈蠅の街／嘆きの壁〉

すべての依頼を片付けた新條は、或る目的のために〈蠅の街〉を訪れていた。

オリンピック直前の喧騒は、此処にはない。外国からの観光客が迷い込む可能性――他者の視線を気にして、この巨大な廃物の砦を取り壊す話は幾度も出ていたが、しぶとく残っていた。

強硬に取り壊しを主張していたのは、七月まで、建設大臣として東京オリンピックへの都市整備計画担当を任じていた河野一郎だったが、昨夏、右翼に邸宅を焼き討ちされてからは口を噤んでいる。直接の因果関係はないはずだが、大臣や官僚が〈蠅の街〉取り壊しを言い出すたび、その身辺に不幸が起きる奇妙な呪い《ジンクス》は相変わらずだ。

とはいえ、日本最大の闇市《ブラックマーケット》――〈蠅の街〉の経済活動を差配していた〈将軍〉の死を境に、街の住人は急速に減っていた。

閑散とした街の風景をすり抜け、廃墟同然の南側へ足を踏み入れると、人影を見ることも稀になった。やがて、私娼窟の果ての果てにある高塀と瓦礫に遮られた行き止まりの吹き溜まり――〈嘆きの壁〉へ辿り着いた。往時は此処にも外界と繋ぐ通用門があったらしいが、大規模な爆発でもあったのか、完全に破壊されていた。

破壊された壁から出ると、東京湾に面した無人の芒野原だった。この先にあるのは、〈東京〉中の塵屑が集まる最終処分場――第十四号埋立地だけだが、夜の闇は無限に広がっているような気がした。

闇の中で目を凝らし、芒野原一帯を見回したが、湿った臭気を伴った海風に剝ぎ取られたのか、二年前の事件の形跡は何も残っていなかった。

「結局……おれは、己の自画像を致命的に欠いている……からっぽの空白のままだ。いや、当節の人間は多かれ少なかれ、輪郭《イメージ》を欠いているのかも知れない。ただそれを焦って埋めようとしただけだ。おれも……あんたも……」

だが、虚空から自分の〈魔銃〉を召喚した新條は、睨みつけるように満月を見上げていた。

「それ自体を正常《まとも》でないと言うのなら、その通りだ」

此処が目的地――〈女郎蜘蛛ノ魔銃〉だった女が殺された、最後の場所だと確信していた。

《深く考えすぎないことよ。己の銃すら勃てられずに見失ったあなたたちが確かめようとしている輪郭なんて、もう、この国にはないのだから。少女の姿を纏ったわたしたちに刹那の虚像《フェイク》を演じさせて、優しく戯れているしかないのよ》

満月は薄い雲に遮られ、輪郭のすべてを視界に捉えることができない。代わりに、生前の女が呟いた言葉を思い出していた。

《刹那でなければ、甘美な空間……娯楽としては機能しない、ってこと》

独り言のように呟いた女の言葉は禅問答のように不可解で、新條はその意味を正しく捉えることができなかったが――。

（……精緻で甘美な空間に成り果てているが故に、輪郭を見失ったまま、互いに優しく戯れているしかないのか？）

膨大な時間を費やし、異能者たちが蠢く深い闇よりも深い闇の底《ダーク・ボトム》を覗き込んだ新條は、ついに正しい意味へ辿り着く。

もっとも、男を演じていた自分と大人を演じていた自分の輪郭が合致するのは、相変わらず、殺しの瞬間だけであった。

正しい意味を受け容れなかった新條は、深い闇の底から還ってきた。持ち帰った記憶はないが、他の囚人には見えない〈魔銃〉を抱えていたから、生前の女が所属していた〈組織〉から打診を受けた。

次の満月の夜——府中刑務所へ潜入し、脱獄の手引を行った担当者は、歌舞伎の〈黒衣〉のように顔や体型を覆い隠し、わずかに死臭を漂わせていた。まるで〈彷徨う孤独な影〉といった風情であったが、特に不満も無かったので、粛々と従った。そして、人工魂魄《オートマトン》を封入した精巧な人造人間《ホムンクルス》を替え玉にして、娑婆へ出た。別れの際に〈魔銃〉の使い道を訊くと、〈黒衣〉は背中から〈組織〉の規則を記した冊子を取り出し、ゆっくりと抑揚のない声で「輪郭が二重化している不能者が、合致の愉悦を得るための法具にして、淫具……」と付け加えた。

「獰猛な蜘蛛は熔け果て、〈道《タオ》〉を見失ったタマシイは赤い月の夢に囚われ、円環の廃墟……捻れた運命へと迷い込む」

否——呟きは、喉から発した声ではなかった。

骨伝導に近い微動で直接、新條の脳へ語りかけていた。直接、脳神経へ介入されることに不快感を覚え、疑いの目を向けると、〈黒衣〉の肩に長い銀髪が数本、抜け落ちていた。しかも、皮革から赤いエナメルが剝げかけた古く小さな背嚢《ランドセル》を背負っていたが、その奇妙さを問う前に闇の中へ消えていた。

「ホーナー現象だか、モスビー効果だか、難しいことは分からないが……過去へ遡ることで……から、っぽ、の空白の中心に輪郭を与えるのだ。そうして、おれという存在の中心にあるらしい虚点……底なしの底……〈虚構〉の極点を現実の中へ引きずり出すことで、おれは生身の存在たるおれを、正確に見極めうるのではないか？　虚点……それは人間にあっては魂《ソウル》と呼ばれるものではないか？」

生前の女が呟いた言葉への回答か——独り呟いた新條は、召喚した〈魔銃〉の照準を満月に向けた。

「現象の兆しは、満月の二重化——赤い月の顕現」

〈すりかえ現象〉とその条件を記した説明書は繰り返し読み、すべて暗記していた。

「おれは……リルに渇《かつ》える……」

月を遮っていた雲が流れ去った一瞬、意識がぐにゃりと捻れたような感覚があった。

(……〈すりかえ現象〉が発動したのか……?)

新條の視覚が捉えたのは、夜の闇の中に極彩色の絵の具をいくつも混ぜたような閃光——そして、光の中心にそびえ立つ、巨大な〈鉛の卵〉だった。

「——I now yearn for her,body and soul!?」

(第四話『水に名を記す愚者の群れ』完
——to be continued)

I WONDER WHAT IS A LIE
AND WHAT IS A TRUTH
IN THE WORLD.

（わたしはこのせかいがほんとうなのかうそなのか わからない）

『空想東京百景』の歩き方
Various scenery of imagined Tokyo
〈第四夜〉

【登場人物】

【殺し屋ギルド】

――〈No.6〉新條

かつては「新條」と呼ばれていた〈魔銃遣い〉。昭和三十八年秋に〈組織〉にスカウトされ、半年足らずで殺人序列第六位の座に就いた。元々は赤坂界隈の愚連隊上がりのヤクザ組織〈彼岸島一家〉に所属していたが、府中刑務所での収監中に〈底なしの底〉を覗き込み、〈刹那追憶ノ魔銃／ペイルフラワー〉を手に入れた。収監前に知り合った少女・リルへの妄執から、彼女が殺された瞬間を覗き込むべく、昭和三十九年九月、旧知の矢ノ浦小鳩の許を訪れる。〈すり替え現象〉に伴う時間の混乱を利用して、記憶だけを時間転移する術を会得したが……。

魔銃〈刹那追憶ノ魔銃〉は狙撃銃型で、モーゼルkar98をベースとしている。「乾いた花」の異名を持つ魔銃は〈女郎蜘蛛ノ魔銃〉に近い特性を有しており、死の間際に呪詛毒で走馬燈の如き幻覚を見せる／刹那追憶の作用がある。もっとも、狙撃銃でありながら変則的な螺旋を描く弾道の癖も含め、魔銃の特性は殺し屋の技に貢献していないどころか、むしろ妨げになっている。〈異能なき子供たち〉でありながら〈旧十五区封鎖〉を生き抜いた名狙撃手――新條自身の腕の良さが、殺人序列第六位という結果となっている。

――〈No.1〉【上】

戦後の混乱期、〈東京〉に殺し屋ギルド〈組織〉を創設した凄腕の殺し屋で〈夢幻螺旋ノ魔銃〉、または〈No.1〉と呼ばれる。

形状不明の魔銃は相手を幻覚状態に陥れ、精神支配・記憶改変などを行うが、直接的な殺人を行うことは稀で、むしろ、暗殺用の操り人形を作り出すことにその真価を発揮する。操り人形として選ばれるのは、性交未経験の若い男性が多く、人形の大半は殺人行動の直後に自殺するか、発狂している。その手口から、昭和三十五年十月の浅沼稲次郎暗殺事件への関与を噂されている。

戦後の混乱期に〈組織〉を創立し、常にランキングの頂点に存在している〈夢幻螺旋ノ魔銃〉だが、最古の記録である関東軍の内部機密文書では「伝聞に過ぎないが」と断った上で、「神仙捕獲を依頼した特務機関工作員――〈大連五星隊〉を率いていたのは、長い銀髪に左右非対称／オッドアイの若い女であったが、〈夢幻螺旋ノ魔銃〉なる摩訶不思議な武具を操り、見事、最上級の神仙〈蓮音〉捕獲に成功した」と記されている。

実際にその姿を見た者は稀だが、以後、約二十年間の記録がすべて銀髪の若い女の姿で記されているため、「〈夢幻螺旋ノ魔銃〉は先天的異能者／神仙で、彼女が所属していた特務機関〈組織〉の母体となった」という説が有力となっている。また、操り人形に自ら創り出した人造人間を用いることもあり、「魂魄そのものを操る魔銃」という説もある。【続く】

【警視庁〈0課〉】

――〈01〉【上】

戦後の〈東京〉で頻発する凶悪犯罪――異能や魔術的科学を使った犯罪に対処すべく、秘密裏に創設された警視庁〈0課〉所属の女刑事。本名は抹消されている。大柄で日本人離れした体軀の八頭身美人だが、左半身を中心に、全身に機械化手術を施されている。結果、人工心臓〈漆黒の球体〉に内蔵された加速装置の高速移動能力／スピードスターと、対ロボット用55口径大型拳銃〈ワイルドキャット〉を操る、強力な機械化刑事／サイボーグとなっているが、近年、巨大化の傾向にある〈国際ギャング団〉の犯罪ロボットには歯が立たず、いつも小鳩たちに助けられている。そのため、昭和三十八年に〈帝都探偵組合〉と〈都〉の間を取り持つことになり、〈鴉〉の〈V2〉化改修が行われた。

性格は生真面目で融通が利かないが、横綱〈大鳳凰〉のファンで、密かに恋愛に憧れている。昭和三十八年四月八日、同潤会清砂通アパート〈十七號館〉で〈鉛の卵〉に遭遇した際、〈矢ノ浦探偵事務所〉が派遣した〈魔銃探偵〉蓮見隼太に救出され、以後、微妙な関係となっている。

機械化された肉体と〈漆黒の球体〉による物理戦闘力／潜在能力は高いが、歳相応の常識人であることが災いし、常識外の〈怪異〉を引き起こす高位異能への想像力／対応力には欠けている。そのため、小鳩には常々、「騙されやすいお人好し」と評されているが、新爆投下直前から〈旧十五区封鎖〉期は疎開していたため、そもそも新爆異能者ですらない。【続く】

――〈本郷義昭〉【上】

警視庁〈0課〉創設者。階級は警視正。

戦前に人気を博していた山中峯太郎の少年向け小説『亜細亜の曙』の主人公と同名だが、おそらくは、それにあやかった偽名で、生年も不詳。

非合法破壊活動のエキスパートで〈特別機動捜査班〉〈対宗教特務班〉〈特別科学捜査班〉の三班を統括しているが、前線に出ることは少ない。戦時中は『亜細亜の曙』の本郷義昭と同じく、大東亜共栄圏の思想的基礎となった大アジア主義者だったと言われるが、敗戦後の思想傾向は極端な反共主義で、戦後日本の保守本流に沿っている。

若い頃は『亜細亜の曙』の本郷義昭と同じく、端正な顔立ちの偉丈夫であったと言われるが、部下の〈01〉に対しては、陽気で軽薄な中年男性として接している。もっとも、その内面は反共主義と宗教害毒論に凝り固まっており、特に中共／周恩来と内通する〈御多福会〉を目の敵にしている。また、安保闘争で国会議事堂にデモ隊が突入した際は、〈0課〉が鎮圧に出動する可能性もあったが、〈職業右翼〉が調達した〈刃導〉製ロボットがデモ隊と衝突したため、これを抑止する側へ回り、〈特別科学捜査班〉の魔法科学者〈時計屋〉クロエ・マクスウェルと試験運用中の〈01〉が、55口径対ロボット拳銃〈ワイルドキャット〉で破壊した。**【続く】**

〈帝都探偵組合〉関係者

——蓮見隼太

昭和三十八年二月十七日——彗星のように現れ、右腕に融合した〈最凶最悪ノ魔銃〉を武器に数々の怪事件を解決している〈魔銃探偵〉で、悪党たちからは〈悪魔の右手〉と怖れられている。住所不定の「独立遊撃型私立探偵」のため、依頼は〈矢ノ浦探偵事務所〉経由で請けているが、夜は調査も兼ねて、ギター片手に盛り場の流しをしている。もっとも、調子っぱずれな親不孝声のため、評判はイマイチ。

現在は気障な色悪だが、〈魔銃遣い〉と化す前の隼太は各種血液製剤の製造事業で急成長していた〈一宮製薬〉に勤めており、姉の香名子と二人で暮らしていた平凡な勤労青年だった。もっとも、本来の「蓮見隼太」は昭和二十年三月十日の東京大空襲で焼死しており、代わりに拾われた戦災孤児であるため、香名子とは血が繋がっていない。八月十日の新型爆弾投下で天涯孤独となった後は、二人で都内各地の新爆スラムを転々としていたが、やがて、第十四号埋立地に隣接する〈蝿の街〉へ流れ着く。しかし、昭和二十三年四月十八日、香名子の客であった進駐軍兵士の銃を衝動的に奪い、射殺した。二人は逃走したが、結果として香名子は特殊娼婦への改造手術を免れている。その後は一度、汐留へ戻るなど、都内各地を転々としたが、葛飾区立石に落ち着いてからは過去を隠して細々と暮らしていた。京成電鉄立石駅の北口には黒人兵向けの慰安施設から転じた赤線があったが、二人が流れ着いた頃には衰退していた。

昭和三十七年九月、〈蠅の街〉の住人を採血対象／スペンダーとする血液銀行へ出向していた隼太は、香名子に複雑な感情を抱いていたが、突然、彼女が失踪する。矢ノ浦小鳩に捜索を依頼したが、再会した香名子は〈機械化植物〉と融合し、異界の住人と成り果てていた。現世への帰還を拒絶した香名子に殺意を抱いた瞬間、彼女の胎内から現れた〈最凶最悪ノ魔銃〉に右腕を喰われ、現世へ帰還したが、殺し屋ギルドには属さず、〈帝都探偵組合〉唯一の〈魔銃遣い〉として登録された。

昭和三十八年四月八日、同潤会清砂通アパート〈十七號館〉――閉じた時の流れに漂っている「放浪性建築物」の調査で〈01〉と遭遇し、九月、東京タワーでの再会を機に交際を始めたが、昭和三十九年九月の時点では、それほど進展していない。

【〈怪異〉たち】

――神仙〈蓮音〉

矢ノ浦小鳩が好んでいる、煙草に似た嗜好品〈けぶりぐさ〉の最上位銘柄だが、由来は大陸の古い伝承に現れる神仙〈如意宝珠ノ蓮音〉の名である。伝承では「天上から下界を見下ろしているが、気まぐれに長い黒髪と白い翼を持つ美しい少女の姿で地上に舞い降り、人心を惑わす最上級の神仙」とされている。

戦時中、石原莞爾が唱えた世界最終戦論――〈世界最終戦争〉の勃発を大真面目に信じた関東軍は、来るべき勝利への切り札として〈神仙計画〉なるものを企てた。これは、大陸に潜んでいる太古の神仙を捕獲し、その神通力と宝貝／パオペイ技術を超兵器開発へ利用するという限りなく誇大妄想に近い計画であったが、ナチスの〈古代遺産協会／アーネンエルベ〉を追われた天才科学者、ポール・ベルンシュタイン博士が安江仙弘陸軍大佐の〈河豚計画〉で満州へ招かれ、彼女の魔術的科学／オーバーテクノロジーが〈神仙計画〉に輪郭を与えてしまった。もっとも、当の博士は「世界最終爆弾」こと〈呪詛爆弾〉の開発に難色を示し、遅れてやってきた夫のペン・ベルンシュタインと共に、早々に本土の帝国陸軍登戸研究所へ転じてしまったのだが。

肝心の神仙を捕獲するため、軍は大陸各地に特務機関を派遣したが、捕獲した神仙の中にひとりだけ〈神仙計画〉に賛同した「変わり者の神仙」がいた。その名は〈九眼天珠ノ孤影〉……大陸の深奥に潜んでいた強力な神仙の一人だが、長いこと下位に留まっていた「彼女」には、下位らしく俗世への野心があった。本作〈異聞〉に登場する白面金毛九尾／ナインテイルズの「分家」の末裔〈葉子さん〉とは違い、「本家」の末裔である〈孤影〉は「神霊への先祖返り」で肉体を持たずに生まれてしまったからだ。

――魂魄物質〈甲・乙・丙〉【上】

魂魄物質〈甲〉は〈呪詛爆弾〉とは正反対の存在……観音像型呪詛浄化装置に封じられ、満州国崩壊の直前、〈孤影〉の盟友であった小犬丸軍医の手で〈東京〉へ持ち込まれた。魂魄物質〈乙〉はそれより先に〈幻の本土決戦兵器〉漆黒の鉄人騎士〈鴉〉の電子頭脳に封じられ、新橋駅の地下深くで長い眠りに就いていた。残った神通力の残滓である魂魄物質〈丙〉は無力な神霊として満州国崩壊の際にも放置されたが、ソ連軍兵士によって陵辱されていた妊婦の屍体……〈大連五星隊〉唯一の女性隊員であった〈鳳凰〉が孕んでいた胎児へ憑依し、現身を得た。

わずかに残っていた神通力で、無惨な死美人と化しても延々と〈鳳凰〉の肉体を犯し続けていたソ連兵たちを呪殺した〈丙〉は、胎児の脳髄に成長物質を生成……外界で行動可能な肉体を構築し、死骸の子宮から脱出すると、魂魄物質〈甲〉と〈乙〉の行方を追った。通化を経由し、葫芦島／フールーダオから戦車揚陸艦／LSTに乗り、博多港で日本の土を踏み、列車を乗り継いで〈東京〉へ辿り着いた〈丙〉の現身は、矢ノ浦太郎字から「矢ノ浦小鳩」の名を与えられたが、急激な成長の代償として、永遠に少女の姿のまま成熟しないと知った。【続く】

【その他の人々】

――石蕗三四郎【上】

昭和二十六年に国鉄スワローズに入団したが、巨人戦で「殺人魔球」を投げたことから、球界を追放された「伝説の名投手」。新條が戦時中に学徒動員されていた、中島飛行機武蔵製作所の同僚だったが、昭和二十年八月十日、千葉の実家へ帰る途中、国鉄中央線車内で新爆投下に遭遇。戦後は「予科練帰り」を自称し、千葉で〈武装国鉄〉職員となったが、昭和二十六年、国鉄スワローズにテスト入団する。背番号は13番であった。

左腕からの快速球を高く評価され、球団の救世主と期待されたが、砂塵舞う〈武蔵野グリーンパーク野球場〉での一軍初登板試合で使った〈快速魔球〉が、自打球による負傷を誘発する〈殺人魔球〉とされ、更に新爆異能者であることが判明したため、永久失格処分を受ける。そして、プロ野球に於ける〈異能者制限〉の原因となった。

日本球界を追放された後はメキシコへ渡り、メキシカン・リーグの強豪チーム〈赤い太陽／El sol rojo〉で投げ続けた。このチームは、角の生えた野牛の骸骨をマスコットマークとしていた。やがて、リーグを代表するエースとして〈男の中の王／Rey en el hombre〉と呼ばれるようになった。スワローズ時代のチームメイトの証言によると、精悍な風貌の美男で無類の女好きだったが、日本人には興味が無く「俺の好みは宇宙人と外国人だ」と、口癖のように言っていた。スワローズ退団後、すぐにメキシコへ渡ったのも、この女好きが理由と思われる。【続く】

【世界観】
――蝗身重く横たわる

敗戦直後の翻訳小説はアメリカ文化への誤解に起因する珍訳誤訳だけでなく、翻訳者によるいい加減な抄訳や翻案も日常茶飯事で、明治、大正の古めかしい東京訛り――久保田万太郎調で訳された『マルタの鷹』という珍品まであったが、最近ではむしろ珍しい。なお、悪い冗談のような〈本郷義昭〉の翻訳小説は、次のような結末を迎える。

脳髄に植え付けられた観念の牢獄から逃れ、正しい〈道／タオ〉を発見するため、〈シン・ジョー〉は陥落寸前のベルリンへ向かったが、混沌の中から〈道〉を発見することはできなかった。一方、究極兵器〈呪詛爆弾／カース・ボム〉を入手したアメリカは、迷うことなく〈東京〉へ投下した。第二次世界大戦が終わり、「死が無限に連鎖していく」白い荒野を訪れた〈シン・ジョー〉は、真理と信じていた真・善・美――正しい〈道〉なるものが存在しないことを知る。

そして、真の宇宙的秩序としての〈道〉――凡俗たる知的生命体の集合的無意識と妄念が創り出した虚像の反響音／エコーに操られ、動かされていた存在でしかないことを悟り、形骸と化した己を処断する。

〈虚構〉
――Substance Substitution――

〈すりかえ現象〉を通じて、現世へ顕現する「異界の魔物」たちの総称。本体／ホストは〈都市の特異点〉の果て、〈底なしの底〉に存在し、太古の神々である〈怪異〉と融合したことから、擬似生命系統樹に属している。未来の〈世界最終戦争〉で崩壊した〈東京〉の住人／機械化植物に覆い尽くされた廃墟と融合して生き延びた集合意識と自称しているが、真偽のほどは定かでない。昭和三十年代の平行世界〈東京〉は東洋一の摩天楼となり、奇蹟の復興を遂げているが、反動で陰陽の調和が崩れ、呪詛浄化装置の光が届かない影――〈都市の特異点〉を介し、巨大な〈鉛の卵〉のような行動型端末／ターミナルを送り込んでくる。端末はすべて同じ姿に見えるが、個体ごとに異なる性能と役割が与えられている。

異界と化した未来の住人である〈虚構〉は「過去と未来の混沌的融合」を画策しているが、都市の影に依存しているため、光を放つ装置に近づくことができない。そのため、〈鉛の卵〉を使って〈東京〉の住人から〈適格者〉を選別し、〈虚構〉の意を受けて行動する〈代行者〉に仕立て上げることで装置の奪取を企てている。具体的には、対象の潜在的な欲望へ最適化した記憶操作〈虚構の原風景〉を刷り込み、精神支配した上で〈甲・乙・丙〉の三種へ腑分けする。魂魄を異界／未来へ転送された〈丙〉は機械化植物と融合し、集合意識に組み込まれる。蓮見香名子の失踪事件がこれに該当する。肉体や精神が変質し、魔人と化した〈乙〉は〈代行者〉として非合法破壊工作を繰り返す。〈国際ギャング団〉女頭領〈朱雀〉がこれに該当する。自ら〈底なしの底〉へ代償を捧げた〈甲〉は〈乙〉の変異種で、異界の武器を持つ〈魔銃遣い〉となる。殺意などの妄念が強すぎることから、〈代行者〉の役割に縛られることはないが、滅びの運命からは逃れられない。

World Alteration――〈世界改変〉を狙う〈虚構〉の侵略により、平行世界〈東京〉の世界情報は幾度となく書き換えられ、『空想東京百景』世界の年表や登場人物解説に影響を与えているが、大規模な〈世界改変〉を繰り返すことは、〈東京〉の崩壊／自壊を招く可能性が高い。魔物が〈虚構〉と呼ばれているのも、平行世界〈東京〉の住人たちが潜在意識で〈世界改変〉を怖れ、存在本質の規定を避けているからだが、現時点で端末を破壊できるのは、蓮見隼太の〈最凶最悪ノ魔銃〉と、生きながら〈都市の特異点〉と化した後の〈灼熱獄炎ノ魔銃〉だけである。

――尺貫法

尺貫法は昭和三十三年十二月三十一日限りでの禁止が決まっていたが、大工職人たちの反対もあり、土地建物の計量に限っては引き続き、使用を許された。しかし、土地取引や証明には使えないため、仕事上の計算が二度手間になる。

――矢ノ浦探偵事務所

大陸浪人から大阪商船の香港航路船長を経て、東京港の港湾利権を手に入れた実業家・矢ノ浦太郎字が趣味で作った探偵事務所で、事務所を構えている新橋の古いビルも、太郎字が〈都〉の要請で創設した〈帝都検数協会〉の所有物である。初期は〈露子〉という黒髪の美少女が助手を務めていたが、銀座の喫茶店〈ジーニアス〉の女給へ転職したため、養女の小鳩を助手とした。太郎字は昭和三十三年に表舞台から引退し、品川区大井庚塚町の邸宅に隠居した。その後は小鳩が二代目所長となり、孫娘の千鶴が助手を務めている。

――週刊タンテイ【上】

昭和三十一年に創刊した『週刊新潮』に端を発する週刊誌ブームに便乗して、昭和三十三年九月、富強世界社〈帝検書房〉から創刊した総合週刊誌。〈帝都探偵組合〉全面協力と銘打っているが、実際は〈帝都探偵組合〉の理事を務めている藤村泰造が、怪しげなトップ屋が闊歩する出版社系週刊誌の隆盛を「私立探偵の黄金時代到来」と思い込み、戦後、矢ノ浦太郎字の下にいた特殊実業家・高柳淳之助を誘って創刊した。創刊時の版元「富強世界社」とは、戦前、高柳が経営していた出版社である。この週刊誌ブームは高利貸しの森脇将光まで参入して『週刊スリラー』なる週刊誌を創刊するほどであったため、高柳も山師としての対抗心を刺激されたようだが、『週刊スリラー』自体は高木彬光の『白昼の死角』という名作だけを残し、あっという間に潰れた。

『週刊タンテイ』も部数は他誌の後塵を拝しているが、太郎字の尽力で鉄道弘済会の駅売店の「片隅で」販売されていることから、辛うじて休刊を免れている。【続く】

——高柳淳之助

元貴族院議員にして〈虚業家〉。戦前、野心的な投資家／詐欺師として名を馳せ、池上電気鉄道投資ファンド事件の詐欺容疑で逮捕されたが、戦後は矢ノ浦太郎字の協力者となり、〈武蔵野グリーンパーク〉再生事業と西武是政線延伸計画では、海千山千の古狸たちを相手に老獪な交渉を繰り広げ、暗躍した。

太郎字からは名前で呼ばれず、〈虚業家〉と呼ばれているが、文才に長け、面白いタイトルの実用書を数多く出している。晩年は藤村泰造と組んで『週刊タンテイ』創刊に携わり、利殖や節税など、一般大衆向けの経済学指南を連載。好評を博したが、昭和三十八年に逝去した。

——任俠団体連立構想【下】

任俠団体連立構想が瓦解した原因のひとつである〈神風特攻〉事件が起きた昭和三十九年三月までの約半年間、畑中は地下に潜伏しており、おそらくは「何者か」の支援があったと思われるが、それが誰であったのかは不明である。なお、昭和三十八年十月十三日に公開された西村昭五郎の監督昇進第一作『競輪上人行状記』と、昭和三十八年十一月十九日公開のジャン＝リュック・ゴダール『女と男のいる舗道』を観た畑中は、ひどく感銘を受けたらしく、「このふたつと、おれの体験談を組み合わせれば、きっとすごい映画になるぞ！　題名は『団地妻・昼下りの情事』だ！」と、旧知の西村に手紙を送っている。手紙には主婦売春組織の詳細な手口も記されており、西村は後年、この通りのタイトルの映画を撮っている。

昭和三十八年八月十日に〈蠅の街〉で発生した〈将軍〉暗殺事件以降、失踪中だった矢ノ浦小鳩も日比谷の日活本社にひょっこりと現れ、『競輪上人行状記』の試写を観ていた。脚本が今村昌平なので、如何にもな重喜劇だが、主役の小沢昭一は大熱演であった。しかし、隣に座っていた松本清張が「音楽が良くない」と延々と愚痴っていたことには閉口していた。この映画の音楽は黛敏郎で、ラストシーンの音楽は『涅槃交響曲』

の最終楽章「一心敬礼」を転用していた。松本は黛を『砂の器』の殺人者のモデルとするほどに嫌悪していた。

一方、この試写に居合わせていた鈴木清順と助監督の大和屋竺、双葉社の清水文人は、ある映画の企画を考えていた。アルセーヌ・ルパンの孫を自称する小林旭の大泥棒、宍戸錠のガンマン、高橋英樹のサムライの三人がぐうたらな生活を送りつつ、巨大コンピューターに操られた殺し屋集団と知恵比べをする話で、いくつかのシノプシスは鈴木の『殺しの烙印』へ流用されたが、大和屋の『荒野のダッチワイフ』『毛の生えた拳銃』、清水は加藤一彦という貸本漫画家にこのプロットを勧めた。

――武蔵野グリーンパーク野球場【中】

昭和二十九年、後楽園球場の過密日程に耐えかねた東映フライヤーズが新しく作られた駒澤野球場／駒沢球場に本拠地を移した。〈グリーンパーク〉以下の粗悪な立地条件でありながら野球場を新設したのは東急沿線の誘客策でもあったが、結果、後楽園での興行権を完全に剝奪され、フライヤーズは長いこと観客動員の少なさに喘ぐことになる。この状況が改善されたのは、四番打者の山本八郎が不調の貧打線ながらも、土橋正幸と八名信夫が揃って二十勝投手となり、はじめてAクラス入りした昭和三十四年以降のことである。

しかし、〈都〉はフライヤーズの惨状を知ってか知らずか、国鉄スワローズにも〈グリーンパーク〉への本拠地移転を打診する。昭和二十一年の時点では、都心部への人口流入制限のため、強引に郊外地の開発が必要とされたが、都心部の復興が進んだことで、生活圏は自然と二十三区外／郊外へ拡大しつつあった。また、この時期、〈グリーンパーク〉に隣接する武蔵製作所西工場跡地に米軍将校用住宅が建設されており、〈グリーンパーク〉も取り壊して拡張しようという話もあったことから、それを防ぐために〈都〉が動いたとも言われているが、後楽園での興行権剝奪を怖れた国鉄側は〈都〉の打診を拒否する。一方で、桜木町から磯子への京浜線（後の根岸線）延伸計画を進めていたことから、横浜平和球場の改装による移転計画を水面下で検討していたが、平和球場は予想以上に老朽化が激しく、横浜市中心部の治安状況が悪化していたこともあり、結局、本拠地球場には不適と判断された。結局、国鉄側から、本拠地化への条件として「関東ローム層の土壌改善」「荒廃した球場施設の再整備」「新会社の設立による運営会社の再編」などが挙げられ、それに伴う経費を〈都〉が負担するかどうかが争点となった。

交渉は難航したが、東京湾への台湾バナナ輸入ルート確保などで名を馳せた海運界の黒幕・矢ノ浦太郎字に堤康次郎との仲介を仰いだ〈都〉は、西武鉄道の協力を取り付けることに成功する。西武鉄道は昭和二十九年五月に多摩川競艇場を開場し、西武新宿線や西武池袋線との接続を目標とする是政線延伸の可能性を模索していた。具体的には新宿線を経由して池袋線の田無町駅までの延伸を目指していたのだが、堤康次郎最大のライバルである東京急行電鉄の五島慶太は西武の南多摩地区進出に反対した。かつての「大東急」傘下である京王帝都電鉄や小田急電鉄との競合が表向きの理由だったが、五島は是政線延伸が「多摩田園都市」構想の障害になると考えていた。

堤が〈グリーンパーク〉再生事業への協力に応じたのは、武蔵野競技場線の借用権と多摩地区進出へのお墨付きが出たことが大きいが、戦時中、食糧増産のために〈都〉から西武鉄道へ委託され、「黄金列車」と呼ばれていた糞尿輸送契約や、これも戦時中の措置で都電杉並線／十四系統となっていた西武軌道線（新宿～荻窪）を正式に東京都交通局へ譲渡したことで、〈都〉との繋がりが強くなっていたことも挙げられる。もっとも、矢ノ浦側の交渉役として現れたのが、池上電気鉄道事件で名を馳せた高柳淳之助だったことには苦笑いしていたが。

何はともあれ、この仲介の功績により、矢ノ浦太郎字は新しい運営会社の主導権を握ることに成功し、住宅公団に売却された土地を買い戻した。球場の正式名称も〈武蔵野グリーンパーク〉へ変更され、昭和三十年八月には廃墟と化していた球場の改装工事が開始された。当初、蔵前国技館と同じく気象制御装置を設置する予定だったが、都心にある〈波動エネルギー発振器／観音像〉から遠いため十分に作動せず、代わりに、形法風水理論に基づいて土壌改善と芝の生育を促す〈龍脈操作型寿砂変換器／地磁気制御装置〉をグラウンド地下に設置した。

昭和三十一年三月、〈グリーンパーク〉は国鉄スワローズの本拠地として再び開場し、武蔵野競技場線の運行も再開されたが、武蔵境駅から境浄水場への引込線を利用する形で新線を整備し、玉川上水の手前から武蔵野競技場線へ乗り入れる形での西武是政線（是政～武蔵境）延伸も決定した。国鉄側は難色を示したが、試合開催日だけの運行方針を変更する予定もなかったことから、渋々受け容れ、八月十日、武蔵境～グリーンパークが開業した。これにより、南多摩地区からの観客動員がある程度、見込めるようになり、辛うじてプロ野球本拠地としての体裁を確保したが、国鉄の球団でありながら、西武線の沿線住民に支えられる奇妙な構図になった。また、球場周辺の環境開発はあまり進んでいるとは言えず、プロ野球開催日以外は相変わらず閑散とした風景が広がっていた。シーズンオフの十一月二十三日には、都内で銀行強盗に失敗して逃走中だった元・東大生の職業犯罪者・中村泰による警官射殺事件が発生した。なお、主人公に高学歴の職業犯罪者・伊達邦彦を据えたハードボイルド小説『野獣死すべし』で大藪春彦がデビューしたのは昭和三十三年のことである。【続く】

あしかけ10年以上
『空想東京百景』の
「画」を描き続けてきました。
これからも描き続けて
いければ…
toi8

あとがき——作者による、本件の経緯報告

【background】

なんと、二〇〇八年の『空想東京百景』1巻から、七年ぶりのシリーズ新刊です。

理由の七割くらいは、『パンドラ』休刊……連載中断直後、過労で倒れたことにあるのですが、嘘八百のホラ話と本当のことが不規則に混淆した遊戯的与太話は真面目な小説以上に気力と体力がいるんだなァ、と思いました。

気がつけば、初代の担当さんは新しい会社を作られ、二代目の担当さんも異動され、三代目の担当さんへ……本当に申し訳ありません。

【explanation】

小説、漫画、絵物語——様々な形式を駆使し、虚実入り交じった情報の断片を繋ぎ合わせて架空の昭和三十年代を幻写した『空想東京百景』1巻は、テーブルトークRPGの基本セット

のような感覚で作っておりましたが、応用編／リプレイのような今回は、全2巻の長編小説になりました。

シリーズすべてを知るマニアックな方々は首を捻るかも知れませんが、1巻に登場したキャラクターたちが〈灼熱獄炎ノ魔銃《ペンデルフォイヤー》〉の殺し屋・蓬萊樹一郎の物語に関与すると、彼の〈道《タオ》〉はどう変化していくのか……という興味がありまして。

まァ、基本的にはやっぱり、中学二年生のぼくが読みたかった物語として、脳内常駐型エミュレーターによる自動書記で書いております。むしろ、書いた後の検証／整理に時間がかかってしまいましたが——。

……とはいえ、此処はまだ、物語の折り返し点です。

暗黒の魔窟に囚われた〈灼熱獄炎ノ魔銃〉の殺し屋・蓬萊樹一郎の運命を操るのは、魅惑の美少女か？　妖艶の魔女か？

その結末は、『空想東京百景〈V3〉殺し屋たちの墓標』でどうぞ——。

二〇一五年　一月

ゆずはらとしゆき

〈主要参考文献〉

『昭和二万日の全記録』講談社編／講談社
『昭和史全記録　1926〜1989』毎日新聞社
『1億人の昭和史』毎日新聞社
『にっぽん60年前』毎日新聞社
『昭和時代　三十年代』読売新聞昭和時代プロジェクト／中央公論新社
『昭和の記憶　写真家が捉えた東京』クレヴィス
『別冊歴史読本　日本大空襲』新人物往来社
『ドキュメント 東京大空襲』NHKスペシャル取材班／新潮社
『〈写説〉占領下の日本』ビジネス社
『〈写説〉占領と単独講和』ビジネス社
『別冊歴史読本特別増刊　日本陸軍総覧』新人物往来社
『事典　昭和戦後期の日本　占領と改革』百瀬孝／吉川弘文館
『占領期のキーワード100　1945・1952』谷川健司編著／青弓社
『1960年代の東京　路面電車が走る水の都の記憶』池田信／毎日新聞社
『追憶の街　東京』薗部澄／アーカイブス出版
『東京の消えた風景』加藤嶺夫／小学館
『写真で見る　東京の激変』大竹静市郎／世界文化社
『東京　あの時ここで　昭和戦後史の現場』共同通信社編／新潮社
『東京アーカイブス　よみがえる「近代東京」の軌跡』芦原由紀夫／山海堂
『戦時下の武蔵野Ⅰ』牛田守彦／ぶんしん出版
『戦争の記憶を武蔵野にたずねて』牛田守彦＋高栁昌久／ぶんしん出版
『武蔵野から伝える戦争体験記録集』武蔵野市
『多摩の鉄道沿線　古今御案内』今尾恵介／けやき出版
『「文藝春秋」にみる昭和史』文藝春秋編／文藝春秋
『特務機関長許斐氏利　風淅瀝として流水寒し』牧久／ウェッジ
『猛牛と呼ばれた男「東声会」町井久之の戦後史』城内康伸／新潮社
『美貌のスパイ鄭蘋如　ふたつの祖国に引き裂かれた家族の悲劇』柳沢隆行／光人社
『上海テロ工作76号』晴気慶胤／毎日新聞社
『近衛家の太平洋戦争』近衛忠大＋NHK「真珠湾への道」取材班／NHK出版
『河豚計画』メアリ・シュオーツ／日本ブリタニカ
『陸軍登戸研究所の真実』伴繁雄／芙蓉書房出版
『731　石井四郎と細菌戦部隊の闇を暴く』青木冨貴子／新潮社
『張本勲　もう一つの人生　被爆者として、人として』張本勲／新日本出版社
『浮浪児1945　戦争が生んだ子供たち』石井光太／新潮社
『ニッポン日記』マーク・ゲイン／筑摩書房
『敗北を抱きしめて』ジョン・ダワー／岩波書店
『ワシントンハイツ　GHQが東京に刻んだ戦後』秋尾沙戸子／新潮社
『東京都市計画物語』越澤明／筑摩書房
『新宿・街づくり物語』勝田三良・河村茂／鹿島出版会
『昭和キャバレー秘史』福富太郎／文藝春秋
『『洋酒天国』とその時代』小玉武／筑摩書房
『戦後「翻訳」風雲録　翻訳者が神々だった時代』宮田昇／本の雑誌社
『中島飛行機物語　ある航空技師の記録』前川正男／光人社
『レッドアローとスターハウス　もうひとつの戦後思想史』原武史／新潮社
『誰も「戦後」を覚えていない［昭和30年代篇］』鴨下信一／文藝春秋
『昭和史　戦後篇』半藤一利／平凡社
『叙情と闘争　辻井喬＋堤清二回顧録』辻井喬／中央公論新社
『国鉄スワローズ1950・1964』堤哲／交通新聞社
『こんにちは八名信夫です』八名信夫／データハウス
『昭和プロ野球徹底観戦記』山口瞳／河出書房新社
『人間臨終図巻』山田風太郎／徳間書店
『夢の砦』（上・下）小林信彦／新潮社

※講談社BOX『空想東京百景』1巻に記載した参考文献は省略しております。

※この作品はフィクションです。本文中の描写・表現・註釈・年表はすべて、平行世界〈東京〉の史実に基づいているため、現実世界の史実とは異なることがあります。ご了承下さい。

附録／「空想東京百景」の歩き方

【「空想東京百景」シリーズ年表】

都市は過ぎゆく時間に媚び、様々に変容を繰り返していく。螺旋が生命原理となる円環が都市原理となるように、大いなる混沌と大いなる秩序は蓮華宇宙の一現象でしかない。都市はそれらの隠喩だが、言語による暫定的秩序の下、情報群／energyが、終末／entropyを迎えることはない。metadataは変容し、書き換えられていく。よって、この附録も、やはり二〇一五年の作者から見た平行世界〈東京〉の一部に過ぎない。

閑話休題――それでも、都市生活者／intelligentsiaは幽霊のように漂い続けながら、都市の彼岸に〈廃墟〉を夢想している。環状線の内側に蓄積された情報群を貪り喰らう都市生活者は、「飽食の代償」である様々な不都合に直面するたびに、類い希なる妄念の数々で「過去に存在したはず」の〈廃墟〉を巧妙に仮構し、眼前の不都合とすり替える。なるほど、幻想の死者たちによって担保される〈廃墟〉には、生者の不都合は存在しない。

「銀座八丁は外堀、京橋川、汐留川、三十間堀……今ではみんな埋め立てられ、初めて出会った数寄屋橋も外堀ごと姿を消した。そうさ、すべては忘却の彼方……忘却とは、忘れ去ることとなり。忘れ得ずして忘却を誓う、心の悲しさよ……」

過去の論理によって、現在進行形で形骸と化していく自分自身を忘却することは可能だが、過ぎゆく時間を葬ることは困難である。よって、都市生活者は、遠くない未来――都市の末路としての〈虚構〉を作り出す。

妄念の果てに形骸と化した己か、他者へ投影した己の妄念か――。

〈灼熱獄炎ノ魔銃〉が撃つのは、同じコインの裏表。念のため、付け加えるならば――。

これらは、独り言。すべてが、独り言。

「覚えてねぇんだったら、その方が……幸せだ。本当のことなんざ忘れちまって、てめぇに都合のいい夢だけを見ていた方が……幸せだ」

戦後日本年表（昭和二十年代）

■昭和二十年（１９４５年）

【不明】
◇神仙〈孤影〉率いる関東軍の特務機関〈大連五星隊〉、満州にて最上級の神仙〈蓮音〉を捕獲。その魂魄物質を〈甲・乙・丙〉へ三分割する。
【三月】
◇アメリカ軍、〈東京〉へ大規模空襲。通称〈東京大空襲〉。深川区、本所区、浅草区、日本橋区、城東区の下町一帯を焼失し、死者は約一〇万人。一〇〇万人が焼け出される。蓮見香名子、蓮見隼太、蓬莱樹一郎、朱雀らが孤児となる。〈露子〉、同潤会清砂通アパート〈十七號館〉に現れる。（３／10）
【四月】
◇軽井沢・三笠ホテルに外務省軽井沢事務所を設置し、大久保利隆を所長兼特命全権公使として派遣。帝国陸軍登戸研究所にいたベルンシュタイン夫妻も同行し、疎開外交団との和平交渉を開始。
【五月】
◇ベルリン陥落。アメリカ軍、ナチスが開発していた未完成品の新型爆弾〈呪詛爆弾〉を入手。（５／２）
◇アメリカ軍、〈東京〉へ大規模空襲。今回は山手方面が標的となる。品川区大井庚塚町の矢ノ浦太郎字邸にも爆弾が投下されるが、不発弾で難を逃れる。（５／25）
【六月】
●沖縄守備軍指揮官・牛島満中将、摩文仁の軍司令部で自決し、指揮系統が完全に消滅。（６／23）
【八月】
●煙草の配給が五本から三本へ減る。（８／１）
◇新京に現れた〈予言機械〉の啓示に従い、〈孤影〉と小犬丸軍医の家族は〈東京〉へ脱出し（８／７）、小犬丸軍医も後を追った。
●アメリカ、広島（８／６）と長崎（８／９）に原爆投下。
●ソ連、日本へ宣戦布告。対日参戦開始。（８／９）
◇満州へ侵攻したソ連兵に殺され、集団陵辱されていた元〈大連五星隊〉の女性隊員〈鳳凰〉の胎児に魂魄物質〈丙〉が憑依／融合し、人の姿となる。後に「矢ノ浦小鳩」となるが、この時点では〈丙〉。
◇広島、長崎に続いて、三発目の新型爆弾〈呪詛爆弾〉を〈東京〉へ投下。蓬莱は数寄屋橋、矢ノ浦千鶴は神田駿河台でそれぞれ被爆。新條は田無の中島航空金属附属病院で閃光を見た。（８／10）
●天皇、御前会議でポツダム宣言受諾を表明。（８／14）
●大日本帝国、連合国へ全面降伏。正午、〈玉音放送〉が行われる。（８／15）
●鈴木貫太郎内閣総辞職（８／15）に伴い、東久邇宮稔彦内閣発足。児玉誉士夫を内閣参与に任命。（８／17）
●国務大臣・近衛文麿、連合国軍兵士専用特殊慰安施設の設営を警視庁と合意し、各府県へ無電通報される。（８／18）
●スターリン、ソ連軍の北海道北半分の占領を要求（８／16）。トルーマンは拒否し、ソ連軍は千島列島への攻撃を開始。（８／18）
●チャンドラ・ボース、台湾で飛行機事故死。（８／18）
●尊攘同志会員ら、愛宕山頂で集団自決。（８／22）
●スターリン、日本軍捕虜のソ連国内への移送を指令。〈シベリア抑留〉開始。（８／23）
◇国鉄八高線で列車正面衝突事故。死者一〇五人。だが、敗戦直後の混乱状況に加えて暴風雨の最中だったことから、未確認の死者も多い。新條が乗っていた。（８／24）
●ＲＡＡ／特殊慰安施設協会、大森海岸の料亭〈小町園〉を進駐軍兵士専用特殊慰安施設第一号に。九月二日の開業予定だったが、マシンガンで武装したアメリカ軍兵士が押しかけ、慰安婦全員を強姦し、そのまま開業へ。（８／27）
●指揮系統崩壊後、遊撃戦へ転じ、徹底抗戦を続けていた沖縄守備軍・歩兵第三十二連隊が米軍へ投降。（８／29）
◇連合国軍最高司令官ダグラス・マッカーサー、神奈川県厚木飛行場に到着（８／30）。〈東京〉は新爆投下後の混乱が続いているため、横浜〈ホテルニューグランド〉に滞在。
◇ＮＢＣＣ／連合国軍新型爆弾傷害調査委員会、先遣隊として〈即死境界線〉内の新爆被害状況を調査開始。
【九月】
◇新爆投下の閃光直撃を免れた被災者にも〈生き腐り〉と呼ばれる塩化現象が発生。都内各所で大量死が頻発。

◇新爆投下による時空間の混乱で〈十七號館〉から排除された〈露子〉、矢ノ浦千鶴を救ったことから、矢ノ浦太郎字と出会い、〈矢ノ浦露子〉となる。
●東京湾上の戦艦〈ミズーリ〉艦上にて、降伏文書に調印。第二次世界大戦終結。(9/2)
●沖縄守備軍、嘉手納で降伏調印。(9/7)
●GHQ、戦犯容疑者に逮捕命令。東條英機元首相は自殺未遂。(9/11)
●誠文堂新光社、『日米會話手帳』発売。(9/15)
●笹川良一率いる右翼団体・国粋同盟、大阪市南区九郎右門町に進駐軍専用特殊慰安施設〈アメリカン倶楽部〉を開業。(9/18)
●GHQ、各報道機関に〈プレスコード〉通達。(9/19)
●新聞各紙が天皇とマッカーサーが並んだ写真を一面トップで掲載(9/29)。情報局は「不敬」として新聞紙法で発売・頒布禁止とするが、GHQの圧力で撤回。
◇仔犬、〈生き腐り〉により死亡。瑞鳥は行方不明に。
◇矢ノ浦千鶴、太郎字の伝手で信州山中の療養所へ。

【十月】
●特別高等警察廃止。(10/6)
◇新爆投下と〈生き腐り〉の大量死を免れた被災者の中から、凶暴凶悪の異能に覚醒する者が現れ、〈東京〉の治安悪化が深刻に。

【十二月】
●GHQ、NHKでプロパガンダ番組『眞相はかうだ』放送開始。(12/9)
●太虚堂書房、文芸誌『りべらる』を創刊。〈カストリ雑誌〉の嚆矢と言われるが、実際はかなり長い間刊行され、風俗実話誌となったのは昭和二十二年以降。吉行淳之介も「カストリ雑誌の範疇に入らず」と評した。(12/17)
●近衛文麿、木戸幸一ら九人の重臣に逮捕命令(12/6)。近衛は服毒自殺。(12/16)
◇極度の治安悪化と残留呪詛の影響により、新爆投下時の〈即死境界線〉内にある旧東京市域十五区が昭和二十一年度の復興計画から除外、封鎖区域となる。(12/31)

■昭和二十一年(1946年)

【不明】
◇矢ノ浦五郎八、南方戦線より復員。圧倒的な暴力で封鎖区域内の英雄に。
◇関東軍の実験兵器群の一部を入手したNBCC、江東区南砂町の旧陸軍登戸研究所分室に研究機関を設置。封鎖区域内で様々な実験を行う。薬物投与による新爆異能者の暴走事件も発生したが、プレスコードにより報道されず。
◇封鎖区域内の凶悪犯罪が悪化の一途を辿っていたことから、警視庁は〈本郷義昭〉の発案で秘密裏に〈武装警察隊〉を創設。初期は戦争協力責任を問われ、日陰者となっていた元・特高刑事や憲兵たちで編成された。
◇都内の神社に奉納されていた甲冑と刀に〈禍〉が宿り、夜な夜な進駐軍兵士へ辻斬りを繰り返す〈神風桃太郎〉事件発生。最後は、汐留の新爆スラムに住む容貌魁偉の侠客・初代〈蓬莱樹一郎〉の手で破壊された。
◇武蔵野町で女子小学生が進駐軍兵士に集団強姦されたことから、戦後の異常性欲に対応可能な〈特殊娼婦〉開発が急務となる。街娼としての価値が低い新爆孤児が人体改造手術の素材として用いられた。

【一月】
●天皇、自身の神格化を否定。世間には〈人間宣言〉と受け取られる。(1/1)
◇封鎖区域内の小石川区富坂警察署で暴徒による襲撃事件が発生(1/3)。主犯格の約二〇人は後日、「何者か」の手で惨殺された。
●GHQ、軍国主義者を中心に戦争協力者の公職追放を指示。(1/4)
●煙草の自由販売第一号『ピース』発売。一〇本入り七円の高級品だったが、人気が過熱し、発売当初は日曜・祝日に一人一箱の制限販売。(1/13)
●名古屋市千種区の雑貨商・熊沢寛道が、アメリカ人記者の取材で「自分は南朝正統な皇統の後継者である」と宣言(1/18)。笹川良一の秘書・有田正憲が支援者となる。また、複数の皇位僭称者が現れた。
●GHQ、公娼制度廃止を指令。(1/21)
●琉球列島、奄美群島、小笠原群島の行政権を剝奪され、連合軍の軍政下に置かれる。(1/29)

【二月】
◇〈丙〉、中共占領下の通化で日本人虐殺事件(2/3)に遭遇するが、〈紅蝎子〉を名乗る馬賊・江連力一郎の尽力で通化を脱出。
●GHQ、接収した東京宝塚劇場を〈アーニー・パイル劇場〉へ改称。(2/24)
●天皇、神奈川県下を巡幸(2/19)。以後、全国を巡幸。
●公職追放令公布。(2/28)

【三月】
●江戸歌舞伎の名優・片岡仁左衛門、渋谷区千駄ヶ谷の自宅に居候していた座付作家・飯田利明に薪割り斧で撲殺される(3/16)。享年六十五。自身の実妹を含む一家五人を殺した飯田は「一日二食しか与えられなかった」ことなど、仁左衛門夫妻の執拗な嫌がらせを理由に挙げ、実際、二十六歳の後妻を徹底的に惨殺していた。

●GHQ、「進駐軍ノ淫売窟立入禁止ニ関スル件」で通達。性病の蔓延も問題となり、RAA施設は一斉閉鎖に（3／27）。しかし、RAA自体は〈赤線〉経営者の組合として存続。事務所は日本野球連盟との共同運営で、京橋区銀座の歌舞伎座に置かれた。

【四月】

●沖縄民政府発足。（4／24）

●鳩山一郎自由党総裁、自由党の単独組閣を表明。（4／30）

【五月】

●極東国際軍事裁判（東京裁判）開廷。（5／3）

●GHQ、鳩山一郎に公職追放通告。首相選出が白紙に。（5／4）

●中国国民党、中国共産党、アメリカの三者協議により、葫芦島で在満邦人の送還事業が始まる。（5／7）

●吉田茂、自由党総裁を受託。（5／14）

●食糧危機突破を謳った飯米獲得人民大会（食糧メーデー）で（5／19）、「国体はゴジされたぞ　朕はタラフク　食ってるぞ　ナンジ人民　飢えて死ねギョメイギョジ」と記した風刺プラカードを持っていた松島松太郎が不敬罪で起訴される。

●吉田茂内閣成立。（5／22）

【六月】

●東宝、新人俳優（ニューフェイス）を募集。三船敏郎、久我美子らが合格。

◇GHQ、〈東京〉都内の洋式家屋接収を通告（6／7）。神田駿河台の小犬丸軍医邸、矢ノ浦四郎邸も接収対象に。

【七月】

●アメリカ、南太平洋のビキニ環礁で原爆実験「クロスロード作戦」を行う（7／1）。戦艦〈長門〉が標的艦として参加したが、一回目では沈没せず、第二実験後に沈没。（7／29）

●進駐軍兵士が上陸記念品に警察官のサーベルを強奪する事件が頻発したことから、サーベルの佩用を廃止。警棒の携帯に切り替える。（7／15）

【八月】

◇全国の闇市で、警察の一斉検挙が行われる（8／1）。〈東京〉の封鎖区域内では暴動へ発展し、〈武装警察隊〉が投入された。

◇〈都〉が〈呪詛浄化装置〉稼働開始を発表。これに伴い、〈東京〉から離れていた政府機関の一部が再移転。首都機能が復活する。（8／10）

●芝区増上寺で女性の全裸死体を発見（8／17）。大相撲の立行司・第24代木村庄之助の実娘（十七歳）と判明し、犯人の小平義雄は七件の連続強姦殺人で死刑に。「泥棒の始まりが石川の五右衛門なら、助平の始まりは小平の義雄」が啖呵売の定番口上となる。

【九月】

●GHQ、四大財閥（旧三井本社、三菱本社、住友本社、安田保善社）と富士産業（旧中島飛行機）に解散勧告（9／6）。

◇郊外や地方へ転出していた都民から陳情が相次いだことから、封鎖区域の一部解除と再転入制限が緩和される。

【十月】

●茜書房、『猟奇』創刊。五〇ページで一〇円。戦前の『犯罪科学』『グロテスク』の流れを汲む、元祖〈カストリ雑誌〉。

●上野駅前に外地引揚者マーケット『アメ横』誕生。（10／11）

【十一月】

◇〈都〉、年内での〈十五区封鎖〉全面解除を発表。

●公娼制度は廃止されたが、内務省は風俗的見地からカフェーを装った特殊飲食店地帯「特飲街」を指定（11／12）。昭和二十五年以降は「赤線」の呼称が一般的に。

【十二月】

●NHKラジオ第一、『話の泉』放送開始。（12／3）

●シベリア抑留者を乗せた第一回引揚船が舞鶴に入港。（12／8）

●横浜でBC級戦犯裁判が開廷。（12／18）

◇汐留と鮫河橋の新爆スラムを中心に、都内各所で大規模な暴動。矢ノ浦五郎八が行方不明となる。（12／24）

◇葫芦島を出港し、〈丙〉と江連力一郎を乗せたLSTが博多へ入港（12／24）。〈丙〉は汽車を乗り継いで〈東京〉へ到着。（12／31）

■昭和二十二年（1947年）

【不明】

◇安房小湊の清澄山で大山倍達にテコンドーを教えていた〈白髪鬼〉、〈東京〉を追われたアウトロー異能者を統率し、房総半島最大の異能者ゲリラ集団〈清澄山パルチザン〉を作り上げ、〈武装国鉄〉との抗争を開始。

【一月】

◇〈東京〉の〈十五区封鎖〉が全面解除。（1／1）

◇〈丙〉、矢ノ浦太郎字と出会い〈矢ノ浦小鳩〉となる。

●公職追放令改正。財界、言論界、地方公職も追放対象となる。（1／4）

●『猟奇』第二号、公然わいせつ罪で摘発。発禁に。（1／9）

●全国の小学校で学校給食実施。（1／20）
●全官公庁労組共闘委、二月一日のゼネストを宣言（1／18）するが、GHQの中止命令で頓挫。（1／31）

【三月】

◇矢ノ浦千鶴、小鳩の遊び相手として〈東京〉へ戻る。

【四月】

●『ピース』、三十円に値上げ。
●NHK、『街頭録音』で藤倉修一アナが、有楽町の街娼〈ラクチョウのお時〉こと西田時子を隠し録りインタビュー。話題を呼ぶ。（4／22）
◇エドワード・ジョゼフ・フラナガン神父来日（4／23）。〈フラナガン機関〉のウイリアム・C・フラナガン中佐とは別人だが、彼も敬虔なカトリック教徒で、フラナガン神父が推進した戦災孤児救済事業の協力者であった。また、イエズス会のブルノー・ビッテル神父とは旧知の仲だった。

【五月】

●日本国憲法施行。（5／3）
●片山哲内閣成立。新憲法下に於ける衆参両院の首班指名による初の内閣だが、実際にはGHQの意向が色濃い社会党政権。（5／24）

【七月】

●NHK、ラジオドラマ『鐘の鳴る丘』放送開始。（7／5）

【八月】

●太宰治、『新潮』で『斜陽』連載開始。（～10月）

【九月】

●戦災による都心部の人口減少で、〈東京〉は三十五区を二十二区へ再編した（3／15）が、更に練馬区が板橋区より分区、二十三区に。（8／1）
◇キャスリーン台風により、関東地方に大水害が発生。死者二二四七人と発表されたが、各地のスラムでは戸籍のない行方不明者も多く発生した。この台風で、江東区南砂町に満州引揚者住宅として建築中だった高層アパート群が廃墟化し、汐留に代わる〈東京〉最大の新爆スラム〈蝿の街〉が形成されていく。（9／14）

【十月】

●闇米を拒否した東京地裁の山口良忠判事が栄養失調で死去。（10／11）
●NHK、社会風刺番組『日曜娯楽版』放送開始。（10／12）

【十一月】

●『ピース』、五〇円に値上げ。
●NHK、クイズ番組『二十の扉』放送開始。司会の藤倉修一アナの「ご名答」が流行語になる。（11／1）
◇江東区南砂町、旧帝国陸軍登戸研究所分室跡に闇病院〈イレブン〉が出現（11／11）。〈蝿の街〉に〈特殊娼婦〉の私娼窟が形成されていく。

■昭和二十三年（1948年）

【一月】

●二重橋が開放され、国民一般参賀が行われる。（1／1）
●新宿区柳町の〈寿産院〉院長で牛込産婆会会長の石川みゆき、夫の元巡査・石川猛、新宿区榎町の葬儀社社長・長崎龍太郎の三名を逮捕。石川夫妻は新聞の三行広告で集めた嬰児八五人以上を餓死させ、養育費と配給品を着服していた。（1／15）
●帝国銀行椎名町支店で、赤痢の予防薬と偽られて青酸カリを飲んだ行員一二人が毒殺される。〈帝銀事件〉と呼ばれる。（1／26）

【三月】

●社会党の左右対立により、片山哲内閣が総辞職（2／10）し、芦田均内閣が成立。（3／10）

【四月】

◇蓮見香名子と隼太は〈蝿の街〉の私娼窟へ流れ着くが、香名子の客であった進駐軍兵士を隼太が射殺（4／18）し、再び新橋へ逃亡する。結果、香名子は〈特殊娼婦〉への改造手術を免れている。
●四月第一土曜日から九月第二土曜日までの間、時計の針を一時間進める夏時刻法（サマータイム）が公布されるが（4／28）、苦情が多く、昭和二十七年に廃止される。

【六月】

●太宰治、玉川上水で入水自殺。（6／13）

【八月】

●横浜ゲーリッグ球場（後の平和球場）でプロ野球初ナイター。（8／17）
●東宝争議が重大化。組合が籠城している砧撮影所へ仮処分が執行され、警視庁予備隊約二〇〇〇人に加え、アメリカ軍のMP、飛行機、戦車、装甲車が出動。「来なかったのは軍艦だけ」という大騒乱へ発展。（8／19）

【十月】

●昭和電工疑獄事件で西尾末広前副総理兼国務相が逮捕（10／6）され、芦田均内閣は総辞職。（10／7）

【十一月】

●極東国際軍事裁判所は、東条英機、板垣征四郎、広田弘毅らA級戦犯二五人に

有罪判決。（11／12）

【十二月】

◇新橋で街娼となっていた朱雀、蓮見香名子の裏切りにより、凶暴な女愚連隊の集団暴行に遭い、重傷を負う。

●A級戦犯七人の絞首刑を執行（12／23）。一方、A級戦犯容疑で逮捕され、不起訴となった岸信介ら一九人は釈放された。（12／24）

◇朱雀、〈蝿の街〉の私娼窟へ流れ着き、闇病院〈イレブン〉の手で〈特殊娼婦〉への改造手術を受ける。

■昭和二十四年（1949年）

【三月】

◇新宿区戸山町に一〇五三戸の〈都営戸山ハイツ〉が完成。南砂町の高層アパート群の教訓から、低層住宅となった。（3／1）

●朝日新聞の報道から、シベリア抑留中の同胞虐殺事件が発覚。〈暁に祈る〉事件として知られるが、誤報という説もある。（3／15）

●戦時中の出版物配給統制機関・日本出版配給（日配）、GHQの閉鎖指定を受け活動停止。（3／29）

【四月】

●GHQ、一ドル＝三六〇円の単一為替レートを指示。長い間、このレートで固定される。（4／23）

【五月】

●戦後初の台湾バナナ輸入。（5／24）

【七月】

●国鉄下山総裁が轢死体で発見される〈下山事件〉が発生（7／6）、更に〈三鷹事件〉（7／15）、〈松川事件〉（8／17）と、国鉄の労働争議に関連した列車事故が続く。

【八月】

●古橋広之進、全米水上選手権一五〇〇メートル自由形で世界新記録。（8／16）

【九月】

●〈都〉、都内約六〇〇〇軒の露店廃止を決定。（9／14）

【十一月】

●日配の閉鎖に伴う資金繰り悪化で、戦後に創業した出版社の多くが倒産。ゾッキ本が氾濫。

●闇金融〈光クラブ〉の東大生社長・山崎晃嗣が自殺。〈アプレゲール犯罪〉が流行する。（11／24）

●プロ野球、セントラルとパシフィックの二リーグに分裂。（11／26）

■昭和二十五年（1950年）

【不明】

◇赤坂界隈に進駐軍くずれの外国人マフィアが増加。〈赤坂租界〉と呼ばれるようになる。新爆異能者不在の愚連隊〈彼岸島一家〉もララ物資の横流しや闇ドル取引など、外国人相手の商売で業務拡大していく。

◇警視庁、一般警官への拳銃携帯許可が正式化されたことから、〈武装警察隊〉を解体。刑事へ登用した新爆異能者を加え、通称〈0課〉へ再編成。

【一月】

●ソ連コミンフォルム、平和革命論を主張する野坂参三を批判。日本共産党の平和革命路線を否定し、アメリカ占領軍との武力対決を要求。

【二月】

●川崎競輪で八百長事件。群衆が放火して暴動化する（2／5）。この時代、各地の競輪場で八百長が頻発していた。

●牛乳の自由販売開始。（2／22）

●〈東京〉で共産主義者の教員二四六人に退職勧告。レッドパージが本格化。

【四月】

●シベリア抑留で「反動は帰国させるな」とソ連に要請した疑惑により、徳田球一共産党書記長が証人喚問を受ける。

●山本富士子が第一回ミス日本に選ばれる（4／22）。後に大映専属の女優となる。

【五月】

●ソ連の干渉により、共産党が所感派と国際派に内部分裂（5／1）。平和革命路線から武装闘争路線へ転換。徳田球一ら主力幹部は地下潜行へ。

●吉田茂首相、全面講和論を唱える南原繁東大総長を「曲学阿世の徒」と批判。（5／3）

【六月】

●北朝鮮軍が北緯38度線を越えて韓国領内へ南侵（6／25）し、首都・ソウルを占領（6／28）。〈朝鮮戦争〉勃発。更に光州も占領（7／23）し、半島全域の占領に迫る。

【七月】

●金閣寺、放火で全焼。（7／2）

●国連軍最高司令官に就任したマッカーサー、七万五〇〇〇人の国家警察予備隊創設を指示。海上保安庁は八〇〇〇人の増員へ。
●日本交通公社が出資していた出版社・ロマンス社が二億一〇〇〇万円の負債を抱え破産。国鉄運輸利権が大蔵委員会の議題に挙がる（7／26）。後に旧関東軍特務機関残党の関与も判明。

【八月】

●警察予備隊設置令公布施行。後に自衛隊へ発展していく。（8／10）

【九月】

●マッカーサーの指揮によるクロマイト作戦が成功し、国連軍が仁川に上陸。本格的な反撃が行われ、ソウル奪回（9／26）に成功。
●朝日新聞が掲載した「地下潜行中の共産党幹部・伊藤律、宝塚山中で会見に成功」なる記事（9／27）が捏造記事と判明（9／30）。担当記者は占領目的阻害行為処罰令違反で逮捕、有罪判決を受ける。当の伊藤律は〈東京〉にいた。
●関脇・力道山が引退。翌年、プロレスへ転向。

【十月】

●徳田球一、大阪の淀川河口から漁船に乗り、沖に停泊中の外国貨物船で中国へ亡命。野坂参三、伊藤律らと〈北京機関〉を作る。
●国連軍、北緯38度線を突破し、北朝鮮の首都・平壌の占領に成功（10／19）するも、中共の参戦で再び押し戻され、一進一退の攻防が続いていく。

【十一月】

●NHK東京テレビジョン実験局、定期実験放送開始。（11／10）
●トルーマン大統領、「朝鮮戦争で原爆使用もありうる」と発言。（11／30）

■昭和二十六年（1951年）

【不明】

◇蓮見香名子と隼太、葛飾区立石に落ち着く。

【一月】

●NHK、第一回『紅白歌合戦』を午後八時からの五〇分間、ラジオ放送する（1／3）。昭和二十八年の第四回から大晦日へ変更し、テレビ放送も開始。
●許斐氏利、銀座での〈東京温泉〉開業に向けて、トルコ風呂のサービスガール〈ミストルコ〉を募集。水着審査も行う。（1／27）

【四月】

●五百円札登場。NHK『日曜娯楽版』で「千円札もついに分裂」と皮肉られる。（4／2）
●中島飛行機武蔵製作所跡地に、通称〈武蔵野グリーンパーク野球場〉開場。（4／14）
●トルーマン大統領との対立で、GHQ総司令官を罷免（4／11）されたマッカーサー元帥が帰国（4／16）。米議会で「老兵は死なず、ただ消え去るのみ」と演説。（4／19）
●国鉄桜木町駅で列車火災事故（4／24）。死者一〇六人。加賀山之雄総裁は引責辞任。

【五月】

◇〈武蔵野グリーンパーク野球場〉で行われた国鉄スワローズ対読売ジャイアンツ戦（5／6）で、国鉄の新人投手・石蕗三四郎が川上哲治へ投じた〈殺人魔球〉が問題となり、「石蕗事件」へ発展。四月の桜木町事故で国鉄スワローズへの批判が強まっていたこともあり、石蕗は球界追放処分となる。

【六月】

●政府、第一次公職追放解除を発表。三木武吉、石橋湛山らが政界復帰。（6／20）

【七月】

●アナタハン島で敗戦を知らずにいた日本人十九人と「女王」比嘉和子が帰国（7／6）。猟奇事件として大々的に報道され、日米合作の映画まで作られた。

【八月】

●奄美大島の住民が日本復帰を要求し、一二〇時間の断食祈願を行う。

【九月】

●政府、第二次公職追放解除を発表。（8／6）
●名古屋・中部日本放送と大阪・新日本放送が、初の民間ラジオ放送を開始する。（9／1）
●サンフランシスコ講和会議で「対日講和条約」と「日米安全保障条約」が調印される。（9／8）
●映画『羅生門』がベネチア国際映画祭で日本映画初のグランプリ（金獅子賞）受賞。（9／10）

【十月】

●講和条約への対応方針の違いから、社会党が「左派社会党」「右派社会党」に分裂。（10／24）

【十一月】

●公職追放解除とレッドパージで保守勢力の勢いが増したことから、〈逆コース〉が流行語に。

【十二月】

●吉田茂、ダレス米国務長官への書簡（12／24）で、国民党政府／台湾を中国の正統な政府として選ぶことを表明。

●ラジオ東京（後のTBSラジオ）、東日本初の民間中波ラジオ放送開始（12／25）。水曜夜の『虎造アワー』が人気に。浪曲師・広沢虎造の「虎造節」が流行。

■昭和二十七年（1952年）

【三月】

●西多摩郡小河内村で、武装闘争路線へ転じた日本共産党の山村工作隊員二三人を検挙。（3／29）

●カトリックの聖パウロ修道会、四谷鮫河橋にラジオ放送局・ＮＣＢ（財団法人日本文化放送協会）を開局。（3／31）

【四月】

●琉球政府発足。（4／1）

●ＧＨＱは両国国技館、帝国ホテル、神宮外苑競技場などの接収を解除。（4／1）

●ＮＨＫ、連続ラジオドラマ『君の名は』放送開始。（4／10）

●対日講和条約・日米安全保障条約発効。ＧＨＱ廃止。日本は独立を回復。（4／28）

◇新爆スラム〈蝿の街〉にある闇病院〈イレブン〉が全焼。旧帝国陸軍登戸研究所分室時代からの研究記録を狙った特務機関の襲撃説も（4／28）。異能実験体として囚われていた、氷室卓也と桐原真人は脱走。

【五月】

●第23回メーデーの最中、使用不許可の皇居前広場に突入したデモ隊と警官隊が衝突。二人射殺、一二三二人検挙の〈血のメーデー〉事件に。（5／1）

●白井義男、日本初のフライ級ボクシング世界チャンピオンとなる。（5／19）

●東ドイツが東西ベルリンの境界線を封鎖。東西冷戦が本格化していく。

【六月】

●ＮＨＫ、過激な世相風刺や政治批判で人気を博していた『日曜娯楽版』を打ち切る。庇護者であるＧＨＱ廃止が原因。（6／8）

【七月】

●米軍から返還された東京飛行場が東京国際空港（羽田空港）へ改名する。（7／1）

【八月】

●ラジオ受信契約数、一〇〇〇万を突破する。（8／8）

【九月】

◇大相撲、秋場所から土俵の四本柱を廃止し、吊り屋根と四色の房に。また、日本相撲協会が〈都〉の公営競技化を受け入れ、トトカルチョ方式の〈相撲くじ〉を開始。相撲茶屋で販売し、幕内上位一〇組の本割勝敗をすべて当てた者が一等当せん金を受け取る仕組み。

■昭和二十八年（1953年）

【一月】

●ＮＨＫ、第三回『紅白歌合戦』のテレビ実験放送を行う。（1／2）

【二月】

●テレビ本放送、〈東京〉で開始。初日は午後二時からの四時間放送。（2／1）

【三月】

●スターリンの死で株価暴落。（3／5）

◇大相撲、初の大阪場所（春場所）で年四場所制へ。〈相撲くじ〉は〈都〉の管轄なので、地方開催場所では実施されず、代わりに暴力団が行う相撲賭博が問題となる。

【四月】

●衆議院選挙で右翼や旧軍人が大量に立候補。

【六月】

●ＮＨＫ、大相撲のテレビ中継を開始。（6／4）

【七月】

●伊東絹子がミス・ユニバース・コンテストで日本人初の三位に入賞。〈八頭身美人〉という流行語が生まれる。（7／16）

●板門店で朝鮮休戦協定調印。一進一退の膠着状態に陥っていた〈朝鮮戦争〉はひとまず終結。（7／27）

【八月】

●ソ連、世界初の水素爆弾保有を宣言。（8／8）

●ＮＨＫ、プロ野球ナイターを西宮球場からテレビ初中継。（8／23）

●初の民放テレビ、ＮＴＶ（日本テレビ）が放送開始。（8／28）

【九月】

●ラジオドラマに続いて、映画版『君の名は』が封切られ（9／15）、大ヒットとなる。ストールの「真知子巻き」が流行。

【十二月】

●奄美群島返還の日米協定発効。アメリカの占領下にあった奄美群島が日本へ復帰。（12／25）

●ＮＨＫ『紅白歌合戦』の放送日が大晦日に移り、公開テレビ放送に。（12／31）

■昭和二十九年（1954年）

【不明】

◇矢ノ浦太郎字、〈都〉の依頼で廃墟と化していた〈武蔵野グリーンパーク野球場〉の再生事業に着手。

◇新興宗教団体〈御多福会〉が台頭し、社会問題化する。過激な布教活動に加え、文化放送や高橋ユニオンズへの買収工作、鮫河橋の新爆スラム整理など、派手な経済活動も目立つ。

◇矢ノ浦小鳩、〈露子〉の転職に伴い、〈矢ノ浦探偵事務所〉で太郎字の助手となる。

【一月】

●インフレにより不要となった五十銭以下の小額貨幣流通を停止。（1／1）

●皇居一般参賀に三八万人が来訪するも、二重橋で群衆が将棋倒しとなる〈二重橋事件〉発生。一六人が圧死。（1／2）

●営団地下鉄丸ノ内線、池袋～御茶ノ水間開通。（1／20）

【二月】

●マリリン・モンローとジョー・ディマジオが新婚旅行で初来日。（2／1）

●蔵前国技館で行われた日本プロレス協会の旗揚げ戦（力道山&木村政彦対シャープ兄弟）を日本テレビ放送網で放映。力道山が国民的スターになる。（2／19）

●テレビ受信契約、一万台突破。（2／22）

【三月】

●アメリカがビキニ環礁で行った水爆実験により、焼津のマグロ漁船・第五福竜丸が〈死の灰〉を浴びる。（3／1）

【四月】

●文京区本郷・元町小学校で、授業中にトイレへ行った細田鏡子ちゃん（七歳）が強姦され、絞殺死体で発見（4／19）。犯人の坂巻脩吉（二十歳）は死刑に。

●高利貸し・森脇将光の告発メモが発端となった〈造船疑獄〉の収賄容疑で、東京地方検察庁は自由党幹事長・佐藤栄作と池田勇人の逮捕を決定したが、犬養健法相の〈指揮権発動〉で逮捕を阻止（4／21）。森脇はメモを実話誌の体裁で自費出版し、後の『週刊スリラー』へ発展していく。

●黒澤明監督の映画『七人の侍』が公開（4／26）され、空前の大ヒットとなる。

●テレビアン社、『週刊テレビアン』創刊。日本初のテレビ番組情報誌だったが、時期尚早のため、短期間で月刊となり、休刊。

【五月】

◇プロレスの台頭に対抗するため、夏場所から〈相撲くじ〉の当せん金が大幅に上がる。以後、〈都〉の貴重な財源となっていく。

●日本各地の雨からビキニ水爆実験による放射能を検出。（5／16）

【六月】

●陸海空の三編制で、自衛隊創設。（6／9）

●NHKラジオ、政府の圧力により、『日曜娯楽版』の後継番組『ユーモア劇場』も打ち切る。（6／13）

【九月】

●黒澤明監督の『七人の侍』と溝口健二監督の『山椒大夫』が、ベネチア国際映画祭で銀獅子賞を受賞。（9／6）

◇蔵前国技館が正式に完成。古代ローマの闘技場を模した先鋭的なデザインに加え、観客席の一部が金剛界曼荼羅となっており、上段中央の一印会に据えた気象制御装置の効果で、台風や大雪以外の雨天中止がない。（9／18）

●第五福竜丸無線長・久保山愛吉、死亡する。（9／23）

●青函連絡船〈洞爺丸〉、台風十五号の影響で沈没。死者・不明者は一一五五人。（9／26）

【十月】

◇浅草のストリップ劇場〈フランス座〉の草野球チームでバッテリーを組んでいた土橋正幸と井上廈、東映フライヤーズのテストに合格、入団する。

●光文社、新書判の〈カッパブックス〉創刊。（10／10）

●ラジオ東京、『虎造アワー』人気にあやかって、素人参加の浪曲のど自慢番組『浪曲天狗道場』放送開始（10／26）。昭和三十年から三十五年まで民間放送の聴取率トップに君臨し続ける。

【十一月】

●東宝、ビキニ水爆実験を題材に取った空想科学映画『ゴジラ』を封切り（11／3）、大ヒットとなる。

●警視庁、約六〇〇〇人の警官隊で御徒町マーケットのヒロポン密造所を急襲。（11／9）

【十二月】

●吉田茂内閣が総辞職（12／7）、鳩山一郎内閣が成立。（12／10）

●初の日本プロレス選手権開催。力道山対木村政彦の試合は〈昭和の巌流島〉と囃し立てられたが、力道山は八百長（ブック）破りで木村を完膚なきまでに叩きのめし優勝。その地位を絶対的なものとする。（12／22）

〈作品初出〉

本書『空想東京百景〈Ｖ２〉殺し屋たちの休暇』『空想東京百景〈Ｖ３〉殺し屋たちの墓標』は、講談社ＢＯＸマガジン『パンドラ』連載分（２００８〜２００９年）に書き下ろしの続編を加え、刊行されました。

(a)『空想東京百景』第三期シリーズ

■File:01『闇の中で見る虹』／『パンドラ』Vol.2 SIDE-B

■File:02『殺し屋たちの休暇』／『パンドラ』Vol.3

■File:03『空虚でいびつな風景』／『パンドラ』Vol.4

(b)単行本書き下ろし

■File:04『水に名を記す愚者の群れ』

■File:05『日照りのなかの幕間』

■File:06『道化師のための予行演習』

■File:07『優美なる死骸遊び』

■File:08『死体置場の片隅から』

単行本化に際しては、各話註釈を「〈空想東京百景〉の歩き方」へ再構成し、イラストレーションを追加いたしました。また、物語の一部に『空想東京百景』1巻、『空想東京百景〈異聞〉』、『十八時の音楽浴 漆黒のアネット』、『試作品少女 空想東京百景』などのエピソードを含んでいます。

著者紹介

ゆずはらとしゆき

小説家、漫画原作者。主な作品に『空想東京百景』シリーズ（講談社BOX）、『咎人の星』（早川書房）、『雲形の三角定規』（双葉社）などがある。作家以外にも「パノラマ観光公社」名義で、『平安残酷物語』『のばらセックス』（著／日日日、講談社BOX）、『姉さんゴーホーム』（著／石田敦子、講談社）など、出版企画者として活動中。

Illustration

toi8《といはち》

イラストレーター。『空想東京百景』シリーズ（著／ゆずはらとしゆき、講談社BOX）、『まおゆう魔王勇者』（著／橙乃ままれ、エンターブレイン）など、小説作品のイラストを多く手がけ、『空想東京百景〈異聞〉』（一迅社）、『惑星さんぽ』（ワニマガジン）など、漫画家としても活動中。また、アニメ『NO.6』キャラクター原案、『鋼の錬金術師　FULLMETAL ALCHEMIST』路地デザインなど、活躍の場は多岐にわたっている。

講談社BOX

KODANSHA BOX

空想東京百景《くうそうとうきょうひゃっけい》〈V2《ブイツー》〉 殺《ころ》し屋《や》たちの休暇《きゅうか》

定価はカバーに表示してあります

2015年3月2日 第1刷発行

著者 ── ゆずはらとしゆき／toi8《といはち》

発行者 ─ 鈴木　哲

発行所 ─ 株式会社講談社
東京都文京区音羽2-12-21　郵便番号 112-8001
編集部 03-5395-4114
販売部 03-5395-5817
業務部 03-5395-3615

印刷所 ─ 凸版印刷株式会社

製本所 ─ 株式会社若林製本工場

ISBN978-4-06-283881-8　N.D.C.913　280p　19cm

小説、漫画、絵物語《イラストーリー》。
様々な形式を駆使し、
もう一つの昭和三十年代
〈東京〉を幻写する
圧倒的〈伝綺〉活劇!!
2008年の発売時、絶賛を受けながらも、
諸事情で中断を余儀なくされていた〈幻の作品〉復活――!
2015年――『空想東京百景』電子書籍化に続き、七年の雌伏を経て、
新作『〈V2〉殺し屋たちの休暇』『〈V3〉殺し屋たちの墓標』と、
toi8自身による漫画版『空想東京百景〈異聞〉』の三連続刊行!
そして、待望のtoi8最新画集――『追憶都市』も制作開始!
東京百景
Various scenery of imagined Tokyo
ゆずはらとしゆき
Illustration/ toi8
講談社
一迅社
REX
パノラマ観光公社
panorama sightseeing public corporation
KODANSHA BOX
『空想東京百景〈異聞〉 strange report』4月27日発売予定！

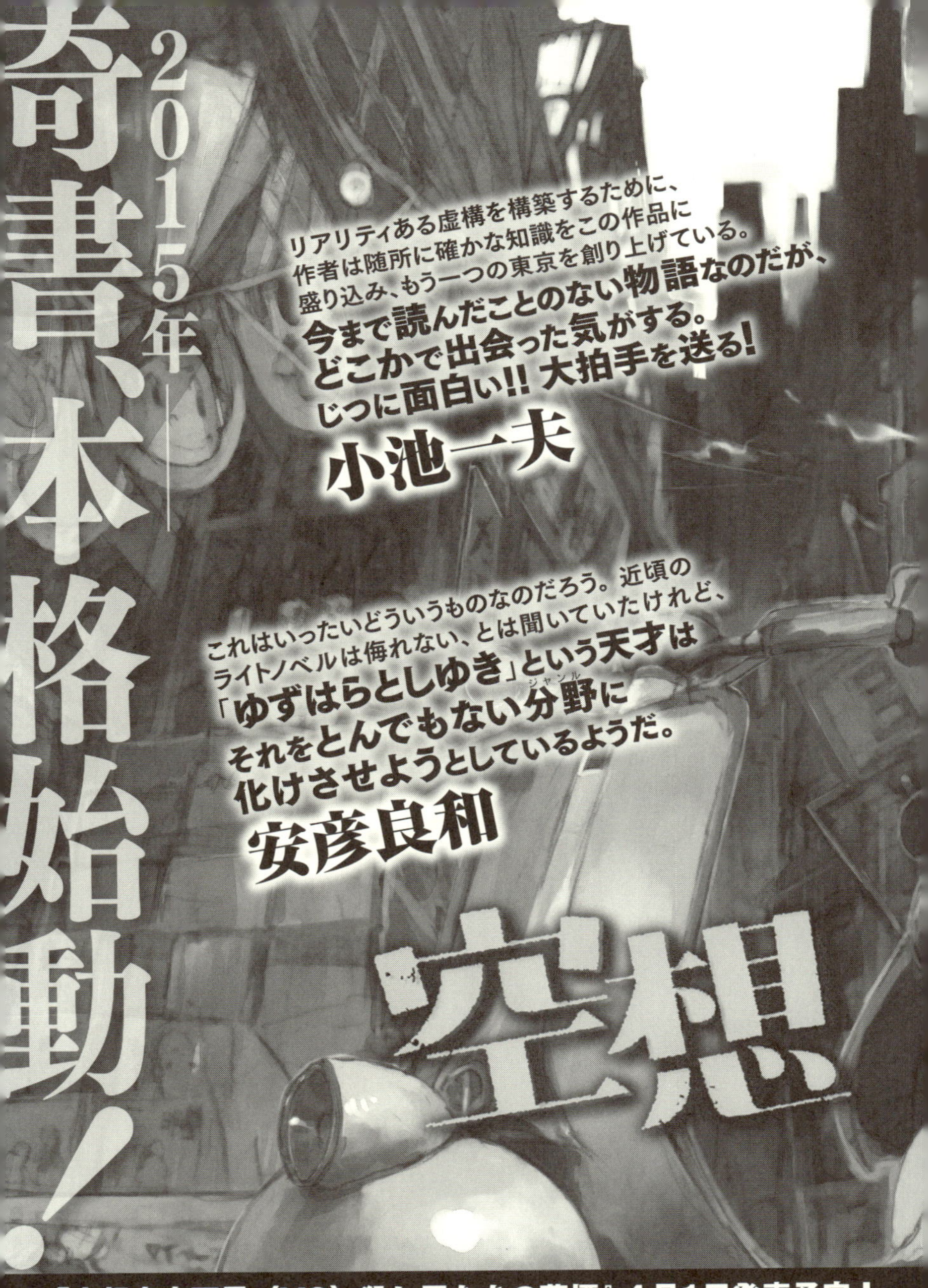

『空想東京百景〈V3〉殺し屋たちの墓標』４月１日発売予定！

日日日 Akira × Illustration 千葉サドル
〈講談社BOX〉シリーズ第4作目!
はこぶね!エトランゼ
子供が嫌いな干支島さん。大人が怖い泡路くん。
輝かしくも呪われた〈青春〉の結末へ辿り着くため、
ひとりぼっちのふたりは〈同盟〉を結ぶ。
『ちーちゃんは悠久の向こう』
『うそつき ～嘘をつくたびに眺めたくなる月～』
『ピーターパン・エンドロール』の
〈香奈菱高校〉シリーズ最新作にして最終章が、八年の空白を経て、
『平安残酷物語』『のばらセックス』『図書館パラセクト』の
〈日日日×千葉サドル〉シリーズと融合!
講談社　定価:本体1400円(税別)
KODANSHA BOX
panorama sightseeing パノラマ観光公社 public corporation

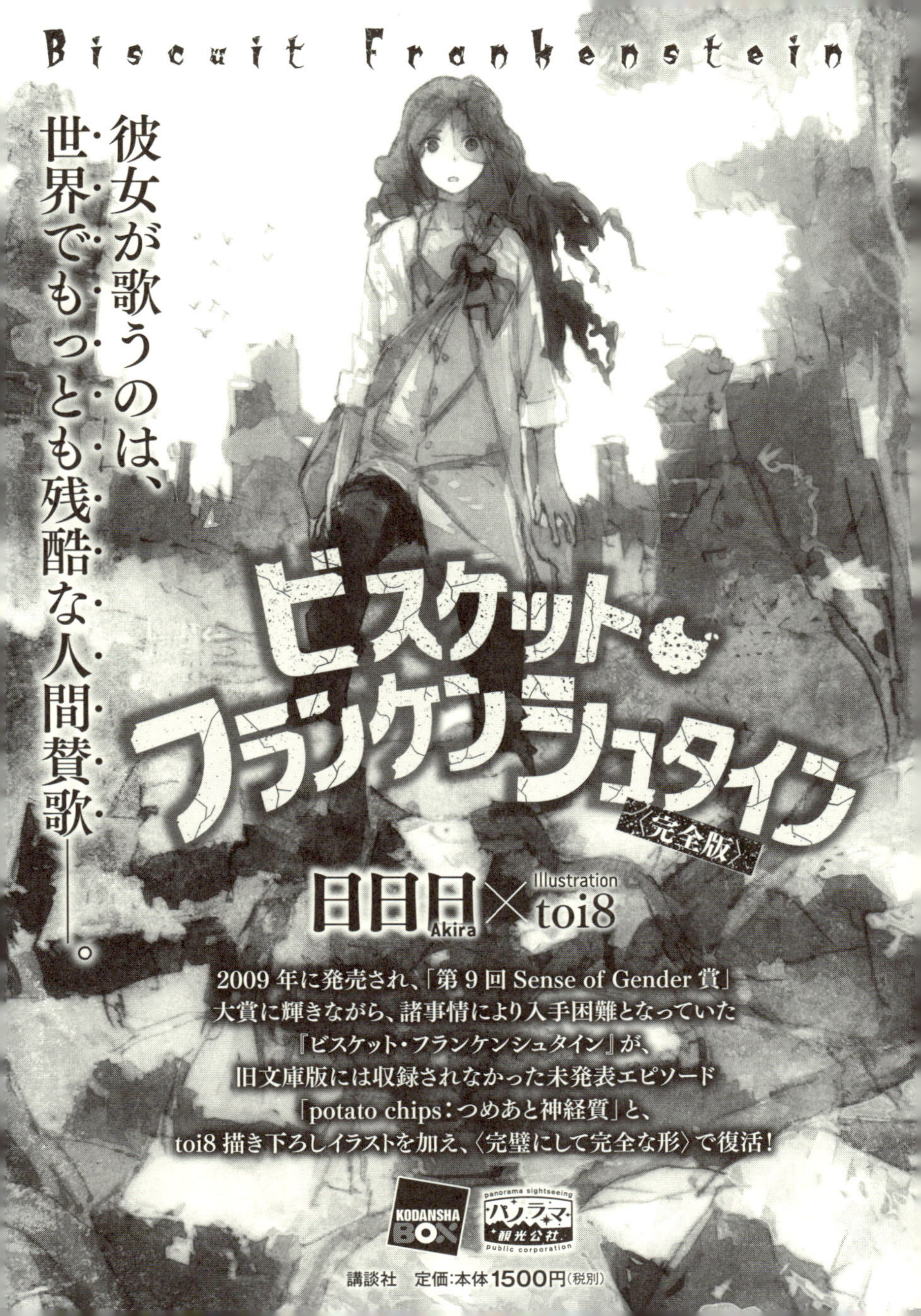
Biscuit Frankenstein
彼女が歌うのは、
世界でもっとも残酷な人間賛歌――。
ビスケット・フランケンシュタイン
〈完全版〉
日日日 Akira × Illustration toi8
2009年に発売され、「第9回 Sense of Gender 賞」
大賞に輝きながら、諸事情により入手困難となっていた
『ビスケット・フランケンシュタイン』が、
旧文庫版には収録されなかった未発表エピソード
「potato chips：つめあと神経質」と、
toi8 描き下ろしイラストを加え、〈完璧にして完全な形〉で復活！
KODANSHA BOX
panorama sightseeing パノラマ観光公社 public corporation
講談社　定価：本体1500円（税別）

toi8が溢れんばかりの画才で描く、
漫画版『空想東京百景』は、
〈都市生活者《オールスター》〉の幻想群像劇！
昭和三十九年の平行世界〈東京〉に顕現する、妖しげな〈怪異〉の数々！
白面金毛九尾の分家の狐〈葉子さん〉にまつわる、
不思議の謎を解くのは、異能の美女か、凄腕の魔人か——!?
REX COMICS
空想東京百景
〈異聞〉strange report
漫画：toi8
原作／監修：ゆずはらとしゆき
予価：本体800円+税
©toi8・講談社／ゆずはらとしゆき
合同企画!!!!!!
4月27日同時発売！